生庚傅
品作
列系

中国文学欣赏举隅

傅庚生 著

傅光 编

壬寅文怀沙署

生活·读书·新知
三联书店

图书在版编目 (CIP) 数据

中国文学欣赏发凡／傅庚生著；傅光编. —北京：生活·读书·新知
三联书店，2017.12
（傅庚生作品系列）
ISBN 978-7-108-05983-3

Ⅰ. ①中…　Ⅱ. ①傅…②傅…　Ⅲ. ①中国文学－文学欣赏－文集
Ⅳ. ①I206-53

中国版本图书馆 CIP 数据核字（2017）第 115544 号

责任编辑　杨柳青
封面设计　储　平
责任印制　黄雪明
出版发行　生活·读书·新知 三联书店
　　　　　（北京市东城区美术馆东街 22 号）
邮　　编　100010
印　　刷　江苏苏中印刷有限公司
排　　版　南京前锦排版服务有限公司
版　　次　2017 年 12 月第 1 版
　　　　　2017 年 12 月第 1 次印刷
开　　本　880 毫米×1230 毫米　1/32　印张　10.375
字　　数　230 千字
定　　价　49.00 元

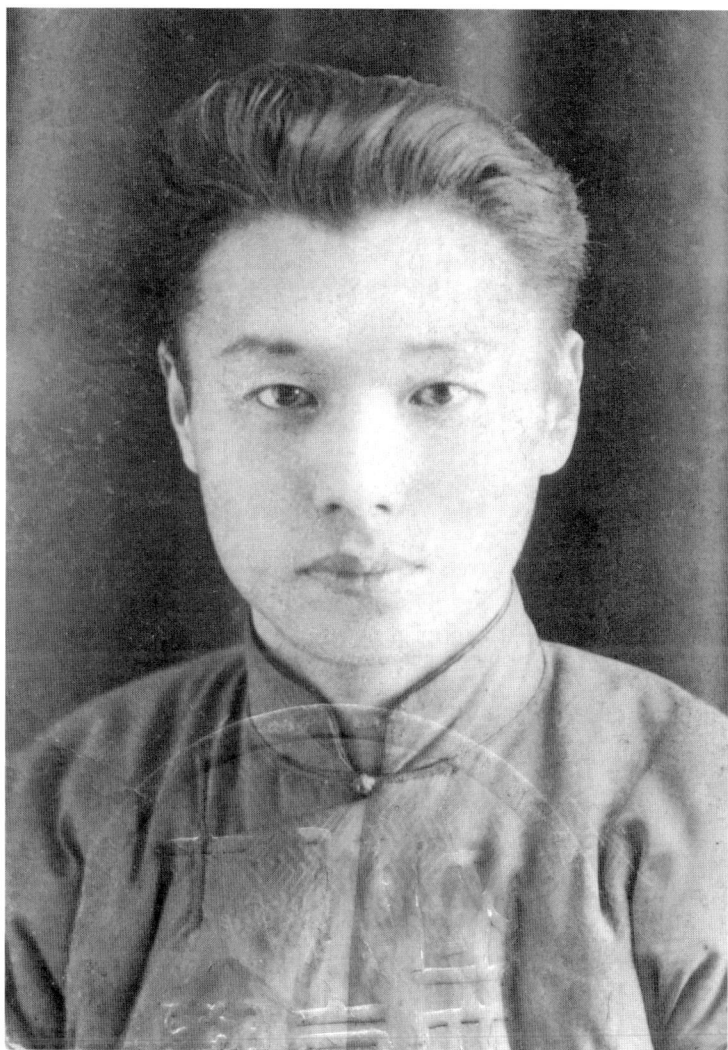

作者 1934 年于北京大学毕业照（上有北大钢印）

哭杜斌丞先生

民國三十六年，十月七日，杜斌丞先生就義於西安玉祥門外。靈耗傳播，知與不知咸廬下淚！三八年莫春某夕，高元白兄始鼓余於其鈺生室。剪燭西窗，話及此事，余始俯聆頹末淒然興懷，眼眶未已六月上浣，長安已解放，浚句元白擬拜先生遺墨及謄友好紀念文字，裒集成快，以志不朽。余因牽成七言八句，以哭先生。附之卷末，亦見愚味平生之人。欽仁之意暴天下人景行之一斑，將你可以就識先生所以感召後輩共之廣且遠，館死猶生。則其功在革命者偉矣。余風不能詩，誠是而竟自忘其拙陋也。

十季蛇豕薦長安，飢溺侵尋民

作者1950年作《哭杜斌丞先生并序》诗稿一

力殫，仁者先憂後存惻怛，獨夫末
路肆兇殘，徒資口耳譏投袂，
不憚頭顱論蓋棺，桃李成蹊千
載下，姓名常往齒牙寒。

瀋陽傅庚生拜撰

作者 1950 年作《哭杜斌丞先生并序》诗稿二

卷首语

他生在东北的书香门第，父亲是清末科举出身。及长，受到良好的家庭教养与学校教育。以后，大半生从事教育、学术工作。文章驯雅而卓秀，著述精纯而典丽。思想力图习新，而观念刻古守旧；洁身自好，不入流俗。习文推崇"修辞立其诚"，授业标榜"以诚款相接"。早年遭逢国难家仇，流离转徙；晚岁堕为"反动"权威，万劫不复。其一生也，一袭长衫而来，形影相吊而去；茕茕孑立，行色匆匆，而今音容杳然，垂三十载。斯人也，我父。

三十年来，对他的怀想时常萦绕在我的思绪里。每读欧阳永叔《泷冈阡表》，百身莫赎，不禁泫然。

三十年前，秋风渐起、残阳未敛的时刻，我所经历的生离死别的情形恍如隔日，从他离开的那时起我对他竟有了全新的认识。

我敢说，他是上一个百年中，在学术上不愿随波逐流的人，在学术界从不结党攀附的人，是对"就文以论文"最为坚持的人，对古文学的欣赏最多独得的人，也是在古代文学研究界文笔最具优雅、巧思的人。

然而他的一生却是个悲剧，他不是没有才华，不是没有崇尚，不是没有性情，不是没有品格；对学术，对来者，他的奢望也仅仅是能"贡瓣香之献"，但是他的一生却命途多舛，尤其在中年之后，他的背腹满是明枪与暗箭的伤痕。动物的极恶就是凶残，而人可以除却

1

凶残之外,更兼阴险、邪恶、仇恨与暴戾。他在疯狂的暴行中,为儿女们苦撑着。他曾写下有关杜甫的心迹:"大人受些罪也还罢了,而孺子何辜?"此时这情感却灼蚀着他自己。在那些岁月里,我时常看到母亲在昏暗的居室中,啜泣不已,绝望而无助;我的童年因此在忧郁中度过。他对文学艺术的敏感,使他感受到更多的痛苦;他对师生授受的诚款,使他体会到无尽的悲凉;他对人格的坚持,使他蒙受更大的创伤;他对文学伟大、崇高的信念,使他始终无法接受斯文扫地的践踏和侮辱。他一门心思"碧蕙捐微芳"般的"愚诚"、满脑子"温柔敦厚"的"痴想",一往而有情深,如何应对早已变幻莫测的人和事?

我注视着晚年的他踽踽凉凉地前行,踉跄、趔趄、倒下;黯淡的目光永远在我的记忆中闪烁。善矣,人之将死其言也!他宽谅了一切良心发现的救赎,我却不能宽恕那些怙恶不悛的固守。他一生鼓吹"真善美"不遗余力,却无法抵御"假恶丑"的残暴。我曾经多么希望他是个文盲,至少可以不让那些嫉恨、戕害他的人称他作先生。

孔子说:"君子疾没世而名不称焉。"我想他没有那样的遗憾。他晚年曾给我讲起杜工部"尔曹身与名俱灭,不废江河万古流"的名句,他加重语气,三复斯言,意有所指。我想,我明白他的心曲。

我的儿子、他的孙子,幸不拜谁人之所赐,在自由的年代和环境中长大,不晓得生存的血泪和生活的心酸。我庆幸苦难岁月里我的少不更事,至少这样减少了我对那些苦难的记忆;我更庆幸,他的孙子不曾遭逢他祖辈的不幸,能够快乐地生活。我父九泉有知,当亦可以莞尔。

傅　光

甲午玄月先父逝世卅年祭撰于长安望云楼

目　录

书旨与叙录

　　一个民族、一个国家的固有文化是构成民族传统与精神的重要依据。我国漫长的古代社会创造了灿烂的文化，如浩瀚星空、奥邃银河，而文学就是众星环拱的北辰。

　　然而，我们所遭遇的现实并不乐观。我们究竟生活在一个什么样的文化时代和文化环境之中？为什么当今中国的东西都是"土"（贱）的，外国的东西都是"洋"（贵）的（土、洋本以区分地域，而今实寓贵贱之别）？民族的东西是"俗"的，而"雅"的东西也尽在西方？别的我不知道，我知道至少在唐代，当"万国衣冠拜冕旒"的时际，我们国家的文化是以伟大、崇高、丰厚、优美示天下的，并因此赢得举世的倾慕与尊崇。"土"是最高贵的，"雅"是属于我们的。

　　先父《中国文学欣赏举隅》出版七十余年了，其间重印、翻印至少有五十个以上的版次，发行量自然不小。标明"举隅"，是希望读者读过之后，可以就其一隅而以三隅反；在这个"狎大人，侮圣人之言"、物欲横流的时代，"谁爱风流高格调，共怜时世俭梳妆"，果真有多少能够隅反的么？

　　近见有学者撰文称："《举隅》出版至今已七十载矣，在'鉴赏学'（或'欣赏学'）方面，傅先生一旦为《举隅》，则后来者不但无法仿效,更无法超越。"(阎琦先生《傅庚生先生的学术风采》)这是不正常的,学术发展理应"譬诸积薪,后来居上",不应"前不见古人,后不见来者"。

他理想中的文学欣赏是以天才的禀赋,加以后天的力学,尤其是不失其赤子之心,珍惜、护持、利导着自己的情知走向伟大高远的路上去。既有醇正的心性、贞正的品格,又有悲天悯人、四海一家的慈悲情怀,还不失尚友古人、千载知音的心曲相通。

了解是欣赏的边沿,欣赏是了解的极致。我们若要欣赏,必先有知人论世的了解,继之以设身处地的揣摩,才能走上欣其所欣、赏其所赏的路去。越是熟悉的篇章,越是精彩的段落,有时越是容易从我们的眼前滑过去。譬如《论语》的开篇:

> 学而时习之,不亦说乎? 有朋自远方来,不亦乐乎? 人不知而不愠,不亦君子乎?

《论语》虽说是语录体的著作,又成于众弟子之手,但从它的篇目次第来看,首篇《学而》,述君子务本之义;继而《为政》,述为政以德……它还是遵循着一定的篇章格局而成的。那么问题是,为什么要用这三句看似不相连属的话,作为《论语》的开篇?

开宗明义,一部书的开篇,虽不必如"其始也,皆收视反听,耽思傍讯,精骛八极,心游万仞"(陆机《文赋》)的耸人耳目,却也至少不会是随手凑泊、不知所云的。朱熹《四书章句集注》也没有解决这一疑问,他只是引程子曰:"乐由说而后得,非乐不足以语君子。"这个连贯实在勉强得很。

孔子一生都为了他的理想而执著着。他周游列国,是为了推行他的主张,实践他的理想。周公时代的礼乐文明,那造就了"成康盛世"以及西周三百年的辉煌,云蒸霞蔚、流光溢彩的大国文明是他一生的向往。"周监于二代,郁郁乎文哉,吾从周"(《论语·八佾》)是他理想的根基。他一生都为了它而奔走,遇君主,见王侯,不过都是想要求志以伸、施德于天下。他积极奔走,有时如丧家之犬,也不言放弃。他时常与他的学生说:

　　学而时习之,不亦说乎?

能为自己的所知所见、所学所能,找到实践(习)的机遇(时),不是一件十分愉快的事吗? 有时,也有远道慕名前来讨教的,他因此再度觑见理想实现的可能,又说:

　　有朋自远方来,不亦乐乎?

他访人,人访他,大多数的人只是仰慕他的名声,难得一见,并不真的理解他、用事于他,却往往认为他的主张不合时宜,有些落伍了。他才又对他的学生们说:

　　人不知而不愠,不亦君子乎?

君子不气不馁、不骄不躁,择善而固执之。

　　在孔子的一生中,这样的事例反复上演着,这样的话也就被重复念叨着,不免令人印象深刻。因此他的学生才觉得这三句话,足以代表老师一生孜孜不倦的追求。后来,当《论语》编录的时候,才特别用它来作开篇。果如是，这三句话才具深情，有分量，够沉痛，也才能前后贯穿得起。这三句话所展现的精神，行进在孔子伟大的一生中，才担得起《论语》的开篇。

然而，孔子晚年终竟知道他的理想恐难实现了，他说：

> 甚矣，吾衰也；久矣，吾不复梦见周公！（《论语·述而》）

周公时代的辉煌渐渐远去，礼乐崩坏的时代降临了。楚狂接舆的"凤兮凤兮！何德之衰？……已而，已而！今之从政者殆而！"（《论语·微子》）不幸一语成谶。因此，以这三句话置诸《论语》的开篇，也代表着他的学生对他一生俯仰喷鸣、赍志以殁的理解与钦迟。

仅有粗浅的了解是不够的，没有层层递进的深思辨析，就无从寻绎作者的精心结撰。前人的解说只作我们思考的起点，潜心琢磨原是我们读书的本分。要知道过去好些注释的书，是未曾说到根本上的。

有时能力也在限制着我们，时下高等院校古代文学教育的水平，不必和清末比，即便和民国时期相较，也有大幅度的下降。本书第六章《学思与兼通》尝有云：

> 在清末民初，五六岁才识字的孩子，到十岁左右，资质不太差的，就可以写文言短篇，大致通顺，文言文的文法、气势、格调、体裁是有轨路可循的，得其门而入，并不是骇人的难事。志趣在学文学的高中学生，写通顺的文言，本不该是"难于上青天"的。

现状绝非这样乐观,在当下的高等院校文史专业,莫说学生,即使教员"写通顺的文言"竟也不易,这并不是耸人听闻。先父门人、北大教授陈一新(讳贻焮)先生逝世后,北大中文系众教授曾作《墓碑文》一篇,试一读:

> 师字一新,湖南新宁人士。执教北京大学逾四十载,学业精进,师德高尚,海内推为宗匠。生平著述如《唐诗论丛》《杜甫评传》《论诗杂著》等,咸以文心史识,卓见宏词,为学界所服膺。复精吟事,格近唐贤,以爱水仙之清致,因结佳集名梅棣;风雅高情,千古不磨!我等弟子,从学虽分先后,沃泽俱为深长,镌此贞珉,以永铭师恩,永弘师德。
>
> 众弟子敬立
>
> 公元二〇〇〇年冬月谷旦
>
> (见《陈贻焮先生纪念文集》,北京大学出版社 2002 年出版)

碑铭文字,盖棺论定,应字字精准,句句沉痛;感师恩之厚德,必有精强顽艳的字句。此文寥寥一百余字,其中"人士""服膺""吟事""沃泽"等语词,或非雅驯,或属生造,或用词不当,或不辨言文,均难称恰切;"学业精进",非弟子口吻;"格近唐贤",拟不于伦;"千古不磨",可以赞昔人,不宜论当下;"我等弟子",用词率意如江湖辞令。至于音节之微,实亦不堪推敲;句法之间,则更难耐琢磨;通篇既乏文气,兼无章法。如是之文,"永弘师德"如何担当得起?纪年既用公元,何谓冬月,云何谷旦?类似这样的文章,自不能说是草草为之,然而果真是郑重其事,又出自全国最高学府,确是令人感到十分遗憾的。

这就是时下的现状，我们自应直面问题，不应只是虚与的遮掩。从事中国古代文学教学与研究的教授或专家，不能作浅显的文言，是普遍的状况。有些勉强写出的，你可曾在语句的文法、篇章的间架上寻得轨路了么？你又可曾在文句的精粗、用字的浅深上付诸琢磨了么？你还可曾在语言的音节、声音的气韵上措意了么？如果没有，则终竟只算作门外汉。

这是可悲叹的，亦是可忧惧的。因为创作上的无能正暴露着认知上的肤浅，而认知上的肤浅正是导致本国固有文化价值被低估的根源；近几十年来，从事于这一专业的学者是应为此负上一份责任的。

时世如此，夫复何言！

《中国文学欣赏发凡》采撷作者自《中国文学欣赏举隅》出版后直至1962年二十年间撰著的与文学欣赏相关的文章，汇为一编。仍因《举隅》例，厘为26章，其文章的具体出处及分章如下：

一　文学与要素

摘自《中国文学批评通论》第二章"文学批评的义界"，商务印书馆，1946年1月第一版。

二　了解与欣赏

《读诗偶识》，《国文月刊》，1946年2月第40期。

三　研究与创作

《中文系教学意见商兑》，《国文月刊》，1946年10月第49期。

四　明诚与端志

《国文教学识小篇》第三节"明诚"、第四节"融情思"、第五节"端志向",《国文月刊》,1946 年 10 月第 48 期。

五　授受与一贯

《国文教学识小篇》第六节"教学一贯",《国文月刊》,1946
年 10 月第 48 期。

六　学思与兼通

《国文教学识小篇》第七节"学思并重"、第八节"新旧兼
通",《国文月刊》,1946 年 10 月第 48 期。

七　咬文与嚼字

《国文教学识小篇》第九节"咬文嚼字",《国文月刊》,1946
年 10 月第 48 期。

八　缘情与度理

《国文教学识小篇》第十节"缘情度理",《国文月刊》,1946
年 10 月第 48 期。

九　深入与旁通

《国文教学识小篇》第十一节"深入浅出"、第十二节"触类
旁通",《国文月刊》,1946 年 10 月第 48 期。

一〇　分析与综合

《国文教学识小篇》第十三节"分析综合",《国文月刊》,
1946 年 10 月第 48 期。

一一　情辞与本色

《文学的本色》,《文学杂志》,1946 年 8 月第 2 卷第 3 期。

一二　风格与人格

《文学的风格与人格》,《东方杂志》,1946 年 9 月第 42 卷
第 20 号。

一三　格调与趣味

《文学的趣味》,《东方杂志》,1948 年 9 月第 44 卷第 9 号。

一四　情景与意境

《诗词的意境》,1961 年 10 月 21 日陕西广播电台录音播出;《延河》,1962 年 1 月号。

一五　醇美与蕴蓄

《说唐诗的醇美》,1961 年 11 月 27 日在作协西安分会报告;《讲关于唐诗的醇美——傅庚生教授在作协西安分会作学术报告》,《陕西日报》,1961 月 12 月 4 日;《说唐诗的醇美》,《光明日报》,1962 年 2 月 25 日《文学遗产》。

一六　深隐与卓秀

《论文学的隐与秀》,《东方杂志》,1947 年 2 月第 43 卷第 3 号。

一七　梦幻与光影

《文学意境中的梦与影》,《文学杂志》,1948 年 1 月第 2 卷第 8 期。

一八　诗情与画意

《诗情画意》,1962 年 7 月 24 日写成;《延河》,1962 年 10 月号。

一九　言辞与声韵

《诗歌的声韵美》,《东方杂志》,1947 年 7 月第 43 卷第 13 号。

二〇　诵读与吟咏

《谈文章的诵读》,《国文月刊》,1947 年 6 月第 56 期。

二一　神气与灵感

《文论神气说与灵感》,《东方杂志》,1946 年 1 月第 42 卷第 1 号。

二二　复古与革新

《论文学的复古与革新》,《国文月刊》,1947 年 3 月第
53 期。

二三　汉赋与俳优

《汉赋与俳优》,《东方杂志》,1945 年 12 月第 41 卷第
23 号。

二四　抑李与扬杜

《评李杜诗》,《国文月刊》,1949 年 1、2 月第 75、76 期。

二五　秦李与三瘦

《说"三瘦"》,《国文月刊》,1948 年 11 月第 73 期。

二六　新诗与前瞻

《谈新诗》,《东方杂志》,1945 年 4 月第 41 卷第 8 号。

没有简单地将这些文章罗列汇编起来,而是将其编排在 26 个题目
下,一是使全书整齐划一,更具条理;二是内容上由浅入深,易于收
循序渐进之效;三是与《举隅》更易两相参证,比并阅读。总之,是
为了取便于读者的阅读与欣赏。

　　"修辞立其诚",不仅是做人的根本,尤且是学文的先导。本书
于端志、明诚等立身务本的精神,独多阐发,这是首先应该说明的。

　　其次,《发凡》与《举隅》相较,《发凡》用语体文,更方便现在的
读者(唯第一章"文学与要素"没有找到作者用语体所作类似内容
的文本,只能选择了文言)。《发凡》第一章"文学与要素"可说是
《发凡》《举隅》两书的总纲,也是作者文学欣赏的总依据。《发凡》
与《举隅》在有些内容上是可以两相参证与互为补充的,比如《发

凡》的"了解与欣赏"与《举隅》的"精研与达诂"、《发凡》的"风格与人格"与《举隅》的"善美与高格"、《发凡》的"深隐与卓秀"与《举隅》的"辞意与隐秀"、《发凡》的"言辞与声韵"与《举隅》的"重言与音韵"等等；又因为《发凡》的写作是在《举隅》之后，所以不少内容都有作者新的理解与发挥，可以说是更进一境了。

本书文字大部分成于上世纪 40 年代，有些语句在文法或文字的用法上，与今天的习惯略有差别，为保存文献计，仍保留原状，没有作修改。这些要请读者鉴之。

略有遗憾的是，因为《发凡》的文章创作时间有先后，写作的初衷也各有各的实际情况，编在一起，还有些畸重畸轻，不够匀称，有些篇幅过短，有些又嫌它偏长；有些趣味性强些，有些又偏重些学术性，难于一律。不过仔细读下去，还是能够引起读者的一些兴趣的。比如"抑李与扬杜"专论李杜诗，二万余言，是很有学术价值的文章，但因为他的文笔格外生动，又大体上是从欣赏的轨路为悟入处的，所以读来仍饶有兴味。另，"诵读与吟咏"一章只谈到诵读，而尚不及吟咏，题目曰"诵读与吟咏"是希望强调诵读与吟咏同等重要，留下这样一个言诠，以期引起读者的注意。

历代的文学作品，大抵上是创作者"鸳鸯绣了从教看，莫把金针度与人"的，欣赏文学就是寻绎他的"金针度人"处。

文学即是人学，文学虽不是教化的附庸，但它仍分肩着教化的使命，文学的最终目标是通过对社会、生活、人事的反映，达到顺调人情、淳厚民风的社会功用。文学的欣赏亦然。

傅　光

2017 年 2 月于西安城南望云楼

又，本书承王秦伟先生主持由三联书店出版，责任编辑杨柳青女士特别为全书引文查注出处，劳心劳力，取便读者。全稿校对由周卫斌、张森、傅侃任其劳，并由傅侃作《索引》《后记》，特为之记。

傅　光

2017 年 3 月校讫记于望云楼

二校讫，特蒙父执文怀沙先生为本书题签，深情雅谊，书此为念。

2017 年 5 月又记于望云楼

一 文学与要素

文学批评者,凭依吾人对于文学作品品鉴之结果,而予之以定评;并说明文学之所以为卓尔者,实具某种要素,俾以促进读者之理解力并激发其欣赏力者也。

"品鉴"云者,谓对于文学之欣赏力也。吾人于披阅文学作品时,耸动感情,以契作者在心之志;运用理智,以衡其发言之诗:故品鉴实兼情知二者之用。唯批评之事,方其求索原理原则时,运其知而敛其情,固属近于科学而远于文学;方其品鉴作品时,首重情而次重知,则应以欣赏为本,而以品评为末也。

各凭主观以恣意臧否,既非批评之正轨,则必发见普遍之原理,为品藻之准绳也。吾人既已叩诸创作之本身,借归纳之方法,纬绎而知文学构成之要素,从而慎察其比较之价值,与相互之关系,则评论之原理著。执此客观之标准以衡文,亦可以无大过矣。

文学之四要素中,以"感情"一目为其冠冕。感情奔放而乏理智以约束之者,虽不得谓为文学之极诣,然终不失其为文学创作也。若只能表达"思想"而不具诉诸感情之力,则属于哲学科学之范围,已不得谓为文学。然思想背后之理智恒为最高文学创作之檃栝,故思想在文学上之地位为感情之亚也。"想像"则与感情相将相生,尤为文学创作表现之管籥,助长感情之萌动,而激荡情感之共鸣,其在文学上之地位，实与思想相伯仲也。"形式"为内容之华叶，文质交互为用，且读者领略作者之情思必借形式为媒介也。情辞相称者为优，情胜其辞者为中，辞胜其情者抑末已，故形式之于文学，其地位仅次于内容也。《梦溪笔谈》："旧说用药有一君二臣三佐四使，其意以谓药虽众，主病者专在一物，其他则节级相为用，大略相统制也。"今试以之状文学四要素之性能与轻重，可以曰：

> 感情，其君也；思想则奉事感情而运筹帷幄，间亦拾遗补阙，感情之视思想则如人君之驭争臣，敬而远之，故思想为臣也；想像对于感情，辄希指而佞从，忧喜与共以广君之意，感情之视想像则如人君之御媵嫱阉尹，狎而近之，故想像为佐也；形式则如百官各司其职，效忠者褒之，怀贰者锄之，入国者睹百官之良窳，可以窥测朝廷之仁不仁也，是形式为使矣。

衡文者能准此以度量之，察其感情之真伪、思想之奇正、想像之丰吝，与形式之工拙，则评骘之标准云备，而欣赏之基础已奠，余唯学文者自尽其心焉。

文学作品既往往各有所偏，而理想中最上乘之创作，则必兼备诸长。陆机《文赋》云："体有万殊，物无一量。纷纭挥霍，形难为状。辞程才以效伎，意司契而为匠。在有无而俛傀，当浅深而不让。虽离方而遁员，期穷形而尽相。"《朱子语类》云："文字自有一个天生成腔子，古人文字自贴这天生成腔子。"凡所云"穷形尽相"与"天生成腔子"者，即理想之文学最高标准也。然既"离方而遁员"，则形相何由以穷尽；腔子既属天成，人力何缘以贴附耶？诸待人之悟入，立论者辄不详及之矣。昔人不重评论之学，多不置虑于分析与综合之功夫,恒喜通浑以诠理,令人感捉摸之无从。讨论文字者,或则不求甚解,或则以为可意会而不可以言传;前者失之肤廓,而后者蹈于玄虚,皆不深研之过。今析之为四元素,而明其轻重与关系,执此矩矱,当可以度量榱桷矣。

1946 年 1 月

二　了解与欣赏

了解是欣赏的边缘,欣赏是了解的极致。我们希望能和当代的作家心印神交,或者尚友古人,单靠理智上了解他们的作品,是不够的;还要羼进些感情上的因素,能够欣赏它,才成功。不只是了解了刚算做了一半儿,严格来说,文学了解的大门,竟是敲打不开的,除非你能使用一把感情的钥匙。

陶渊明说:"好读书,不求甚解;每有会意,便欣然忘食。"〔1〕"解"就是了解。"不求甚解",是不像郑氏对于《三礼》、毛公对于《诗经》那样过甚求解的意思,大意是要求通的(据冯钝吟《杂录》)。若像一般人囫囵吞枣地去读书,自然便说不上什么爱"好"了。"每有会意"便是赏,"欣然忘食"便是欣。这和"子在齐闻韶,三月不知肉味"〔2〕是一样的意思。"奇文共欣赏,疑义相与析"(陶潜《移居》),靖节原已这么说过了的。我们因为好读书,才去多多地求了解,了解了之后,才能欣赏它而更加强了读书的乐趣——这是循环而渐进的一种良好的习惯,只消你肯迈出第一步去!

但这也不是一件过分容易的事。真能够做到了解的地步,也需

---

〔1〕 语出《五柳先生传》。(按,本书脚注均为编注。)
〔2〕 语出《论语·述而》。

要有一些素养的。正如阮裕所说"非但能言人不可得,正索解人亦不可得"(见《世说新语》)。钟子期死了,伯牙为什么终身不复鼓琴?可见人在生时找到一个——只是一个——知音的人已经很难;第二个呢,几乎是不可能的了。历代著述的人们,为什么大家都在异口同声地慨叹着"知难",章实斋甚至于和泪(我想他会的!)为文,说:"夫不传者,有部目空存之慨;其传者,又有推求失旨之病,与爱憎不齐之数。若可恃,若不可恃;若可知,若不可知。此身后之知所以难言也。人之所以异于木石者,情也;情之所以可贵者,相悦以解也。贤者不得达而相与行其志,亦将穷而有与乐其道;不得生而隆遇合于当时,亦将殁而俟知己于后世。然而有其理者不必有其事,接以迹者不必接以心。若可恃,若不可恃;若可知,若不可知。后之视今,亦犹今之视昔。嗟乎!此伯牙之所以绝弦不鼓,而卞生之所以抱玉而悲号者也。"(《文史通义·知难篇》)可见人能否遇到身后之知,也是很渺茫的。

我偶尔读几首古人的诗,偶尔又看到人们讲解古人的诗,发现一般人于诗的了解上已经很有些见仁见智的不同。若谈到欣赏,自然更是各欣所欣、各赏所赏的了。果如钟惺《诗论》所说:"诗,活物也。游夏以后,自汉至宋,无不说诗者,不必皆有当于诗,而皆可以说诗。其皆可以说诗者,即在不必皆有当于诗之中,非说诗者之能如是,而诗之为物,不能不如是也。"欣赏是个人的事,还可以不必多管。但在了解方面,既有程度上浅深的差异,恐怕也难免有喻解上正讹的区分。果尔竟有"起古人而问之,乃曰:'余之所命,不在是矣。'毋乃冤欤?"(《文史通义·文理篇》)的情形,自是应该设法化除的。因此我想写出几条为例,这些都是我曾经见到或听到别人的诂诗和我不相同的。我的学识浅陋得很,实在没有自许为古人知己的信心,只是怀着"如访者之几于一逢,求者之幸于一获"(钟惺《诗归序》)的苶忱,以酬答昔人求身后之知的殷念,附带着也提供给来学的人一点粗浅的臆说,警惕着他们"不要让所读的诗文的意思,在眼前或诵读声中,滑过去"(朱自清《了解与欣赏》)。

先来读乐府古辞《饮马长城窟行》一篇:

> 青青河畔草,绵绵思远道;远道不可思,宿昔梦见之。梦见在我傍,忽觉在他乡;他乡各异县,辗转不可见。枯桑知天风,海水知天寒;入门各自媚,谁肯相为言?客从远方来,遗我双鲤鱼;呼童烹鲤鱼,中有尺素书。长跪读素书,书中竟何如:上有加餐食,下有长相忆。

"枯桑""海水"两句,李善《文选注》说:"枯桑无枝,尚知天风;海水广大,尚知天寒。君子行役,岂不离风寒之患乎?"这似乎有类于"深院卷帘看,应怜江上寒"(周邦彦《菩萨蛮》)的意思,是居人萦牵行子之辞。照这样解释,便和下边"入门""谁肯"两句不甚联属了。今人有的解作"枯桑何以知天风,因为它高;海水何以知天寒,因为它深"。海水深了,为什么就知道天寒?"沍寒凝海",已经是夸饰的句子;海水既不结冰,应该认作它不知道天寒才是。若说海水虽不凝冻,而冷暖自知,这样立意便晦了。至于桑树,偏是"每岁刈取,故枝干低亚"[1]的,它并不曾高;自然又不是桑因为枯了才高的。说枯桑因为高而知天风,怕不也失了诗人的本旨?我以为这两句应该作疑句解,就是枯桑(讵)知天风,(而)海水(又岂)知天

---

[1] 语出[唐]李善《文选注》。

寒（耶）？朔风尽管使着劲儿地吹掠，落了叶儿的桑树已经不复能发出拨剌的声响，只是枝柯直刺着天空，晓得有什么天风地风的？海水浩瀚，从不结冰，哪里知道什么天寒地冻？他们这些夫妇团聚的人家"入门各自媚"，有谁理会离人的苦楚？"有昏黑在我的周围；正屋的纸窗上映出明亮的灯光，他们正在逗着孩子玩笑。"（鲁迅《伤逝》）他们正像是枯桑海水不知道风寒一般，谁肯向咱说一句半句同情的话语儿来相慰藉呢？怜惜咱的，算来算去，只有远道的夫君，他能浼烦远客带下尺素的书，"书中竟如何：上有加餐饭，下有长相忆"。这一封素书，还不值得伊"长跪"去读它吗？

再看《古诗十九首》中的第一首：

> 行行重行行，与君生别离。相去万余里，各在天一涯。道路阻且长，会面安可知？胡马倚北风，越鸟巢南枝。相去日已远，衣带日已缓。浮云蔽白日，游子不顾反。思君令人老，岁月忽已晚。弃捐勿复道，努力加餐饭。

"胡马倚北风，越鸟巢南枝"，意思是说飞走之属尚且不忘故土，游子不顾返，自是道理上说不下去的。但说诗的人也不要凿凿断断地讲：北地来的马，看它一定要向北站着；南方来的鸟，看它一定要巢在南枝。实际的情形却是，鸟雀喜欢在树的南枝垒巢，只是取它的向阳和暖，不一定越鸟才有这特性。北风吹起的时候，多半是严寒的冬天，马常是迎着（倚）北风站在那里，因为它的皮毛后附，这样可以御寒；若是背风站着，风从身后吹来，毛鬣纷披着，更加要冷了，这也不一定要胡马才有这样的习惯。我们要了解这首诗，不能不去"格物"；但"格"了之后，又不该去编排诗人的不通物性，他原是借喻以感游子之心的哩!

再来读《古诗为焦仲卿妻作》,问题便多了:

……新妇谓府吏:"勿复重纷纭!往昔初阳岁,谢家来贵门;奉事循公姥,进止敢自专?昼夜勤作息,伶俜萦苦辛。谓言无罪过,供养卒大恩;仍更被驱遣,何言复来还?妾有绣腰襦,葳蕤自生光;红罗复斗帐,四角垂香囊;箱帘六七十,绿碧青丝绳,物物各自异,种种在其中。人贱物亦鄙,不足迎后人,留待作遗施,于今无会因。"

时时为安慰,久久莫相忘。鸡鸣外欲曙,新妇起严妆:著我绣夹裙,事事四五通;足下蹑丝履,头上玳瑁光;腰若流纨素,耳著明月珰。指如削葱根,口如含朱丹。纤纤作细步,精妙世无双。

上堂拜阿母,阿母怒不止。"昔作女儿时,生小出野里;本自无教训,兼愧贵家子。受母钱帛多,不堪母驱使;今日还家去,念母劳家里。"却与小姑别,泪落连珠子。"新妇初来时,小姑始扶床;今日被驱遣,小姑如我长。勤心养公姥,好自相扶将。初七及下九,嬉戏莫相忘!"出门登车去,涕落百余行。

府吏马在前,新妇车在后。隐隐何甸甸,俱会大道口。下马入车中,低头共耳语:"誓不相隔卿,且暂还家去;吾今且赴府,不久当还归。誓天不相负。"

新妇谓府吏:"感君区区怀!君既若见录,不久望君来。君当作磐石,妾当作蒲苇,蒲苇纫如丝,磐石无转移。我有亲父兄,性行暴如雷,恐不任我意,逆以煎我怀。"

举手长劳劳,二情同依依。入门上家堂,进退无颜仪。阿母大拊掌:"不图子自归!十三教汝织,十四能裁衣,十五弹箜篌,十六知礼仪,十七遣汝嫁,谓言无誓违。汝今何罪过,不迎而自归?"兰芝惭阿母:"儿实无罪过。"阿母大悲摧。

"时时为安慰,久久莫相忘"两句,是写临别的前夜府吏劝慰新妇的情辞。说来说去,也不过还是"以此下心意,慎勿违吾语"一类引申的话儿,所以只简括地写了它两句。这些话又似乎是反复地说了个彻夜,所以下面紧接着"鸡鸣外欲曙,新妇起严妆"。她怀着满腔的委屈,两眼一阵阵地流着泪,却又显现着坚决的表情,紧闭着口;偶尔也许还露出鄙夷的神色,借着这表情运动来代替"勿复重纷纭"的辞意,像是彻夜也一言未发。直到"新妇谓府吏:'感君区区怀,君既若见录,不久望君来……'",于即将分襟的俄顷,挚爱的情绪终于压过了怨怼的怀愫,才吐出了心的深处的几句话。足见"时时为安慰,久久莫相忘。鸡鸣外欲曙,新妇起严妆"几句是一个段落内的,意义既连贯,韵脚也相叶。有些人把"时时""久久"两句划归上一段,和"于今无会因"句相连,并也括为新妇的言辞,似乎不太稳妥。"举手长劳劳,二情同依依",又简括地写二人分袂之际依恋不舍的情景,也应该和"入门上家堂,进退无颜仪"连读。两段的章法是一样的。

……还家十余日,县令遣媒来,云有第三郎,窈窕世无双,年始十八九,便言多令才。阿母谓阿女:"汝可去应之。"阿女含泪答:"兰芝初还时,府吏见丁宁,结誓不别离;今日违情义,恐此事非奇。自可断来信,徐徐更谓之。"阿母白媒人:"贫贱有此女,始适还家门;不堪吏人妇,岂合令郎君?幸可广问讯,不得便相许。"

　　媒人去数日，寻遣丞请还，说"有兰家女，承籍有宦官"。云有第五郎，娇逸未有婚。遣丞为媒人，主簿通语言，直说："太守家，有此令郎君；既欲结大义，故遣来贵门。"阿母谢媒人："女子先有誓，老姥岂敢言？"阿兄得闻之，怅然心中烦。举言谓阿妹："作计何不量！先嫁得府吏，后嫁得郎君；否泰如天地，足以荣汝身。不嫁义郎体，其往欲何云？"兰芝仰头答："理实如兄言！谢家事夫婿，中道还兄门；处分适兄意，那得自任专？虽与府吏要，渠会永无缘。登即相许和，便可作婚姻。"媒人下床去，诺诺复尔尔。还部白府君："下官奉使命，言谈大有缘。"府君得闻之，心中大欢喜。……

这一段里"媒人去数日"以下几句，旧说或者以为文义不属，疑有脱误；或者以为"说有兰家女，承籍有宦官"两句应该在下文"阿母谢媒人"句下，是谦逊推托之词。我有这样一种臆解，不知道可否姑备一格：第三郎是县令的公子，县令遣媒人去说亲，碰了个软钉子，他就遣县丞去请示太守，说这"兰家女，承籍有宦官"——虽说目前寒微，却也是宦门之后，探询太守有没有联姻的意思。太守说刚好有第五郎，娇生惯养到这么大了，还未曾替他寻一门亲事。马上就遣这县丞做媒，又让主簿也陪着他一道儿去。干脆就说明了太守家有这么一位贤郎君，想和贵府结亲眷，才派我们来的。阿母不管他是县是府，一例地辞谢。阿兄晓得太守的官比县令要大得多，性行本是暴如雷的，不由他不急。兰芝又秉性刚烈，所以"登即相许和"了。若问县令为什么求亲不果，又转介给太守？这问题是即使觍面去问县尊，他也要"顾左右而言他"的。我只好自承是"以小人之心,度君子之腹"了。我想多半因为兰芝的贤淑是人所共晓的,县令求为子媳而未得,自家已是没有希望了,便本着"有闻辄报"之旨,借此逢迎上司。一般做小官儿的人们,总不会是"贵贱情何薄"的吧? 至于县丞,既做了媒人,正如过去所说的"媒人的一张嘴是能把死人都说活了的",所以奉承那里是"令郎君",抬举这儿是"承籍有宦官",正是"门当户对"。说合之后,马上就是"诺诺复尔尔",因为这儿已经是太守的亲家了;还部白府君,又是一片胁肩谄笑,带演"丑表功"……哄得府君的"心中大欢喜":这猴儿崽子真会当差呀! 县丞如此,县令可以例推;自己的前程要紧,对于"第三郎"便不妨"徐徐更谓之"了。

"徐徐更谓之"句,过去我曾经听一位先生讲给我说它正和口语的"慢慢再说罢"吻合。这解释是极其新颖的。我又足上了一句是"慢慢再说正是高高搁起",十余年来便常是这样地讲给学生们听。可是仔细揣摩原句的意思,只是兰芝请她母亲婉辞谢绝媒人罢了。兰芝的语句是永远不含胡的! 若解释作"慢慢再说",尽管它的效果和"万万不可"是相同的,口气上终嫌它有些儿活动。这种解释虽说新巧,也只好割爱了。

下文"府吏还家去,上堂拜阿母:'今日大风寒,寒风摧树木,严霜结庭兰。儿今日冥冥,令母在后单。故作不良计,勿复怨鬼神。命如南山石,四体康且直。'阿母得闻之,零泪应声落:'汝是大家子,仕宦于台阁;慎勿为妇死,贵贱情何薄? 东家有贤女,窈窕艳城郭。阿母为汝求,便复在旦夕。'"一段内"慎勿为妇死,贵贱情何薄"两句,有人解作"贵谓大家子官台阁也,贱谓妇也。贵贱相悬,遣妇不为薄情。何薄,言何薄之有也"。这解释似乎有些曲。"贵贱"就是功名事业的意思。妈妈跟儿子说:"你生在名门大户的人家,又在衙门里做事,万不该为了一个老婆就去求死觅活的;奔前程的心就压根儿也没有了吗?而且……"要说的话还多得很,只是怕它"犹河汉而无极"〔1〕,姑且"带住"了这一段罢。

再讲杜甫的《春望》:

> 国破山河在,城春草木深。感时花溅泪,恨别鸟惊心。烽火连三月,家书抵万金。白头搔更短,浑欲不胜簪。

记不得是谁在这样地解释着这诗的第三四两句:"人在感慨着国破家亡的时际,花(带着露)也溅泪了;人在为离怀别苦所撩恼着的时候,鸟(乱啼着)也惊心了。这是物我同一的移情作用。"过去诗句的构造是极力地去求简练的,有时候便删去一些字,要读者凭着自己的想像去补充。这一联的意思是说"感时(见)花(而)溅泪,恨别(闻)鸟(而)惊心"。山河长在,大地回春,草木都欣欣向荣,本是一片生意;只为"国破"了,便使一切徒增感喟。花与鸟本是极其宜人的物事;只为"感时""恨别",也便散布了促人"溅泪惊心"的种子。因为"年年岁岁花相似,岁岁年年人不同"〔2〕,又遭逢了空前的国难,在春花树下只能溅泪了。"可堪孤馆闭春寒,杜鹃声里斜阳暮"〔3〕,身陷贼中,远抛家室,忽然听得啼鸟一声声地叫着"不如归去",能不惊心吗?若把这溅泪与惊心栽到花鸟的身上去,转过来再讲这正是在说明人的懊恼;深情的话语兜上两个人巧的圈子,反

---

〔1〕 语出《庄子·逍遥游》。
〔2〕 语出〔唐〕刘希夷《代悲白头翁》。
〔3〕 语出〔宋〕秦观《踏莎行·郴州旅舍》。

而显得不很醇厚了。

这两句的结构和李白的《送友人》不同。李诗：

> 青山横北郭，白水绕东城。此地一为别，孤蓬万里征。浮
> 云游子意，落日故人情。挥手自兹去，萧萧班马鸣。

浮云在天空飘荡着，没有定向，和天涯游子的情境有类似处；落日已
经下了西山，还留着余晖照映着人世，和惜别的故人的情意有类似
处。这里的游子和故人都是主格，杜诗的花与鸟却是宾格。李诗显
现出丰富的联想，杜诗却表襮着沉郁的感情。杜诗的结句还是直说
自家事，李诗的结句又借班分之马的萧萧鸣作衬。杜诗拙而意极真
挚，李诗巧而语涉酬应。原来李青莲和这位被送的友人间不过是泛
泛的交谊，而杜工部所兴感的却是切己的家国之恨啊！

让我来讲一首今昔以为难懂的诗作本文的结束罢。李商隐
《锦瑟》：

> 锦瑟无端五十弦，一弦一柱思华年。庄生晓梦迷蝴蝶，望
> 帝春心托杜鹃。沧海月明珠有泪，蓝田日暖玉生烟。此情可待
> 成追忆，只是当时已惘然。

过去有人讲这首诗只是咏瑟，颔颈两联是分说"适怨清和"[1]四字

---

[1] [宋]许顗《彦周诗话》引《古今乐志》云："锦瑟之为器也，其柱如其弦数，其声
有适怨清和。又云感怨清和。昔令狐楚侍人，能弹此四曲，诗中两联，状此四
曲也。"

的。这实在未必然！李义山不会只为使事而作诗。又有的人讲这是悼亡的诗，也是是欤非欤若即若离的。截至现在为止，讲得最精到的，就我所知要推朱光潜先生了。他在所著《文艺心理学·美感与联想》一章里说：

全诗以五六两句为最精妙，但与上下文的联络似不明显，尤其是第六句像是表现一种和暖愉悦的气象，与悼亡的主旨不合。向来注者不明白诗与联想的道理，往往强为之说，闹得一塌糊涂。他们说，"玉生烟，已葬也，犹言埋香瘗玉也"，"沧海蓝田言埋韫而不得自见"，"五六赋华年也"，"泪珠玉烟以自喻其文采"（见朱鹤龄《李义山诗集笺注》，萃文堂三色批本）。这些说法与上下文都讲不通。其实这首诗五六两句的功用和三四两句相同，都是表现对于死亡消逝之后，渺茫恍忽、不堪追索的情境所起的悲哀。情感的本来面目各人只可亲领身受而不可直接地描写，如须传达给别人知道，须用具体的间接的意象来比拟。例如秦少游要传出他心里一点凄清迟暮的情感，不直说而用"杜鹃声里斜阳暮"的景致来描绘。李商隐的《锦瑟》也是如此。庄生蝴蝶，固属迷梦；望帝杜鹃，亦仅传言。珠未尝有泪，玉更不能生烟。但沧海月明，珠光或似泪影；蓝田日暖，玉霞或似轻烟。此种情景可以想像揣拟，断不可拘泥地求于事实。它们都如死者消逝之后，一切都很渺茫恍忽，不堪追索；如勉强追索，亦只"不见长安见尘雾"，仍是迷离隐约，令人生哀而已。所以第七句说"此情可待成追忆"。四句诗的佳妙不仅在唤起渺茫恍忽、不堪追索的意象，尤在同时能以这些意象暗示悲哀，"望帝春心"和"月明珠泪"两句尤其显然。五六两句胜似三四两句,因为三四两句实言情感,犹着迹象;五六两句把想像活动区域推得更远,更渺茫,更精微。一首诗中的意象,好比图画的颜色阴影浓淡配合在一起,烘托一种有情致的风景出来。李商隐和许多晚唐诗人的作品在技巧上很类似西方的象征派,都是选择几个很精妙的意象出来,以唤起读者的多方面的联想。这种联想有时切题,也有时不切题。就切题的方面说,"沧海月明"两句表现消逝渺茫的悲哀,如上所述。但我们平时读这两句诗时常忽略这切题的一方面,珠泪玉烟两种意象本身已很美妙,我们的注意乃大半在这美妙的意象本身。从这个实例看,诗的意象有两重功用,一是象征一种情感,一是以本身的美妙打动心灵。这第二种功用虽是不切题的,却自有存在的价值。

这一段说得极透辟,我已不能够再赞一辞。不过我要提醒读者一件事,就是作品意象本身的美妙尽管可以打动我们的心灵,总难以震颤我们心弦的深处。而且这形式美的凝成,在作者也只是创造作品时行有余力的副作用;象征着自己的情感而表现出来,才是作者"在心为志,发言为诗"[1]的正题旨。李诗表现情感所采的形式很有些类似西方的象征派,但象征只是作者抒情的手段,不是表现的目的,诗里蕴藏着深挚的感情为它的生命,并不是"文胜质则史"[2]的作品。为此,我们也颇有给这首难解的诗找一件"本事"借以说明的必要。它未必便正确,但是不妨你据着你所认为可能有

---

〔1〕　语出《毛诗序》。
〔2〕　语出《论语·雍也》。

的背景来寻绎,我又据着我的,这样才不至于忽略了这篇诗原有的生命。不然,只是迷离恍惚地摸索、领略,所得到的这种无名的悲哀,终于是捕风系影的,不够深切。往往言之愈高,即之愈渺;既然把殊相看成了共相,便和"适怨清和"的诠解二而一了。

我疑心这一首《锦瑟》是李义山五十生辰述怀的诗。(自然是依照程梦星、朱鹤龄等人说他活到七十几岁的话,若按冯浩说他只活了四十六岁,再固执着我的假设,它便成了鬼诗了。)"五十之年,忽焉已至"[1],而这半生的经历更是"一寸相思一寸灰"[2]的。一眼看到了横在面前的锦瑟,恰恰是五十根弦,一弦便有一柱;一年也起码有一种断肠的往事。若不觑见这锦瑟,也许不再燃起这些伤心的死灰;那末这瑟的不多不少五十弦自是有些"无端"了。年华易逝,空余泪痕。你说它往事如梦罢,到底是"周之梦为胡蝶与,胡蝶之梦为周与"[3],还是千载莫断的公案;"春蚕到死丝方尽,蜡炬成灰泪始干"(《无题》),不管是梦是真,这凄苦的债却五十年也没有偿清,怕死后还要像蜀帝的魂魄化为杜鹃一般,啼了今年,又唤了明年。沧海中月明之夜,在人们做着甜酣美梦的时际,鲛人他又在哭泣了;你拾到手里看它是明珠,在他原来是痛泪啊!诗是穷愁才愈工的,叵耐这工丽的篇什究竟也不能带将愁去!"浮世本来多聚散,红蕖何事亦离披"(《七月二十九日崇让宅宴作》),这"珠有泪"的句子或是为悼亡而发的。蓝田有玉,玉已成烟;敢是玉谿生曾殇爱子?这半生遭际,隐痛无穷,"天荒地变心虽折,若比伤春意未

---

〔1〕 语出[东汉]孔融《论盛孝章书》。
〔2〕 语出[唐]李商隐《无题》。
〔3〕 语出《庄子·齐物论》。

多"(《曲江》)。当时已自惘然,今朝又从头忆起,"玉盘迸泪伤心数,锦瑟惊弦破梦频"(《回中牡丹为雨所败二首》),所感的恐怕不止悼亡一端而已。

元遗山《论诗绝句》云:"望帝春心托杜鹃,佳人锦瑟怨华年。诗家总爱西昆好,只恨无人作郑笺。"王渔洋也有"一篇《锦瑟》解人难"[1]之句。我在这儿絮絮叨叨解说了这许多,实在也未必有一句道着,但是既于心目中准备着这么个轮廓,在密咏恬吟的当儿,多少要有些帮助的。

《楚辞·惜誓》云:"黄鹄之一举兮,知山川之纡曲。再举兮,睹天地之圜方。"[2]对于诗的了解,也是进一境更有一境在前的。我自己知道自己的学养,非唯见不到天地的圜方,也无力俯瞰山川的纡曲;藩篱边的燕雀,偶尔也忍不住要唧哳几声。恐怕我还在自矜创获的,先达之士早已弃同弁髦的了。因此,我在希冀着有几位博雅君子能够集思广益地给一些比较难解的诗篇酌下了定诂,以贻后学。过去有许多注释的书,都是未曾搔到痒处的。

1946 年 2 月

---

〔1〕 语出《论诗绝句》,为戏仿元遗山之作。
〔2〕 为贾谊所作。

三　研究与创作

读过本刊(按指《国文月刊》。——编者)第39期所载丁易先生《论大学国文系》一文后,我一面因为所见略同,一面又觉得他似乎说得太"痛快"了一点,便想撰文补充几句;因为事情忙,没有动笔。近日又在第43、44期合刊上,读到李广田先生的《文学与文化》,把我想说的什九都写出了,又加上一些更切实的、更深刻的;但于同感之余,意见上仍然不免"稍稍有点出入"。跟着便把王了一先生的《大学中文系和新文艺创造》一篇一口气儿读完。自己盘算,以前所要补充丁易先生原论的意见,多半也未必能跳得出王先生所说的,亏得那时没有浪费笔墨。

王先生在"附记"里把一般人对于大学中文系的意见分为六派,就是(一)旧派,(二)悲观派,(三)纯文学派,(四)纯研究派,(五)研究与创作并重派和(六)研究与创作分立派。并说:"以后如果再有人参加这一个讨论,也许意见越来越复杂。本人以后却不想再参加讨论了。"

除非是"选学妖孽""桐城谬种"之流来参加讨论(他们自然又"不屑"),大家的意见恐怕不会怎样大相径庭。我虽然也还有几句话要讲,生怕前遭幸未"浪费"的,今番到底又来饶舌,便想咽住不说。但忽然又想起丁易先生说的"希望能够引起大家的注意,从而研究讨论，意见一多，自然可以归纳出一个更好的改革办法"。我的意见虽然不是"好的"，却因为王先生"归纳"六派以后给我一种方便，我可以折中一下，省得"意见越来越复杂"，不知能否收煞得住？

依照王先生所说的六派，我想我该是接近"研究与创作并重派"的。"并重"也许是"中庸不可能也"[1]，但却是十分"应该"的。我们自己所钻研的尽管是专门之学，可是要顾及教学原是以来学的人为主体。我们不但希望下一代中有人能够承前地去研究，也希望有人能够启后地去创造。尤其在这新旧文学交替的当儿，我们甚至怀着一种奢望，要下一代中有知能调达、贯通中外、伟大的文学天才者绍世而起，由他们奠定新文学的基础，建树起理论的体系。至少是希望他们能够写出若干可以不朽的名著，提供一些研究的资料，使做新文学研究的人们有地方去花费他们的功力。这样，新文学才算有了划时代的成功，今日的中文系才算完成了它的任务。

待到新文学创作在量的方面如云蒸潮涌，质的方面能精湛醇粹，便不愁没有研究的人；将来的中文系里，新的与旧的研究自然便可以平分秋色。李先生说："既然旧的应该研究，为什么新的就不应该研究，难道非等它变成了旧的，变成了老古董，变成了少数专家手里的宝贝时才回头来研究吗？"这几句话里有两三分愤慨的成分；事实上，研究自然要走在创作的后面，而深广的研究又是要凭依多量伟大的创作的。现在这些还没有，至少是还不够，我们便该设法使它有，使它够。所以今日的中文系，除了做被动的研究，还该做

---

〔1〕　语出《礼记·中庸》。

主动的倡导，这便需要"研究与创作并重"。若不并重而各凭主观，恐怕造就出来的下一代一定是"庭间之回骤"〔1〕，不容易便有"万里之逸步"〔2〕的。

若把养成伟大文学作家的任务交给社会去，尽管事实上可以如此，中文系里负着指导责任的人却不该视为当然。研究的工作是"马后课"，在一种风气已成之后，是应该也只好走这一条路的。在一种新兴文体刚刚萌动，还没有登峰造极的时候，我们对它毫不研究，毫不理会，毫不扶持，毫不希望，不来这"马前一课"，自然是一种疏漏。中文系固然不该——也不可能——完全以造就作家为目的的，却该希望有部分天才在这里接受一种熏陶，投得一条门径，遇到一番启发，学习一些技巧。在现时，我甚至希望前面说过的那绍世的天才将从中文系里培植出来。这并不是一种梦想，或维持中文系的面子，道理上是应该如此的。容我把理由说一说。

新文学之所以还没有走上成功之路，主要的症结在依傍他人，而忘记了自己，大家在那里想"抽刀断水"。王先生说："如果说新文学的人才可以养成的话，适宜于养成这类人才的应该是外国语文系，而不是中国文学系。"这是铁一般的事实；同时也是铁一般地铸成了大错。我们应该因错误而检讨，想一个补救的办法；不该因为看到"票友下海"的人把戏唱得差不多，便一口咬定说"科班"里反而不会造就出本行的人才来。"新文学的修养不能由旧文学中取得"，是不是一种脱节失败的现象？"中文系的学生多数视外国语

---

〔1〕　语出［南朝梁］刘勰《文心雕龙·通变》。
〔2〕　同上。

文为畏途",难道说是先天性的,不能纠正的吗?

我以为在古今中外一纵一横的交叉点上,才是新文学创作者的起脚点。中文系里应该给部分天才指出这么一个路标,而且供给他们以所需要的知识,自然便会培育起继往开来的芽甲;没有状元的师傅,却会有状元的徒弟的。现在走纵的一条路的人,到了这十字路口,他左顾右盼,因为没有横的凭借,便逡巡却步,又到故纸堆中去讨生活了;也有的坚忍不拔,走向前去,一路蹒跚着,很见得吃力。走横的一条路的人,到了这十字街头,他不能在"回头看"中觑见来路,他的创作不能"从旧文学中蜕变新生而出",只是依傍着欧西文学而想创造出"中国的"新文学。有时"创造"的意境都像是经过了一番"翻译"式的洗炼工夫,没有"化生成自己的"。这分明是在借车代步,也难有更大的成就。闻一多先生主张把中文系和外语系合并,再分出语文和文学两系,是一个很好的理想。在这理想尚不能实现之时,让中文系学生注意学习外国语文,再在系里开一些新文学研究与试作的课程,应该是绝对需要的。

退一步说,我们以为"一个作家的基本修养并不是只限于文字的技巧,而最根本的乃是实际的生活经验与人情世故的体察领会;无奈大学里的生活领域是相当狭隘的"(李先生语)。旷世的文学家未必能由中文系里养成,这也许是一件事实。但只是为了"眼到必须手到",对于新文学的研究与试作,也不该完全摒弃。抽冷子有这样伟大的作品出现了,许多人连研究它的能力都没有,那怎么成?所以学习中应该知能并重,又要新旧兼通。依据这原则,可以约略地衡定"六派"的短长了。

旧派的意见向来是诿诿拒人于千里之外的,我也只好还敬他一个"不屑"。悲观派的，想是在这过渡期间，看到旧的已经把路走到尽头，新的还没有投到适宜的门路，眼望着中文系日削月朘，才怀着杞忧。其实"眼愁手不愁"，我们是该在穷变通久上去下手找出路的。但这一派意见的出现，也在侧面说明着中文系因为缺乏"源头活水"，要干瘪了的可怕，是足资惊惕的。

纯研究派的意见一面是继承着考据教学的遗风，一面又看到时弊的蹈虚不学，而力求实际，铢积寸累。实学原是应该如此授受的。不过这主张若一走上极端，末流之渐便不免如"礼之失烦"〔1〕，又会使来学的人养成重知轻能的偏见；这弊害在近年间有部分人已经陷溺得很深了。纯文学派的意见和研究派是对立着的。有勇气，有前途，是这一派的本钱；但如走上另一个极端，便容易像"乐之失奢"〔2〕，把来学的引到识今昧古的路上去。这弊害在近年间也有许多陷溺其中的。因此我以为纯研究派和纯文学派都嫌主观的色彩太浓了些，"一夔已足"大概是不可能的事。

研究与创作分立派的意见着重点是和纯文学派差不多的。若照丁易先生的主张单设一个文学组，来"担任新文艺创造建设的工作"，恐怕无源的水流不长远。"创作实习是本组的主要精神所在，它的比重应占本组课程二分之一"，这么着是相当危险的。若是本组的学生马虎一点儿，终于也没有机会触发他们创作的灵感，很可能一眨眼间便度过四个年头"空空如也"。再谈到指导方面，"有价值的纯文学作品不是由传授得来的"还不算，"文学家如果充当教授"，若请他讲述他自己创作的经验，恐怕也和司马相如一般只能

---

〔1〕 语出《礼记·经解》。
〔2〕 同上。

说明"赋之迹","赋家之心"还是"不可得而传"〔1〕。所以不能完
全丢开研究工作而侈谈创作。我们又不该只教学生练习新文艺创
作,而把"古文诗赋词曲之类的习作"谥之为"抽烟喝茶似的作为消
遣"。不论新的旧的习作,都含有"每自属文,尤见其情"〔2〕——辨
析此中甘苦以帮助了解——的意味的。"知"与"能"不能截然分
开。我们都知道离开了"能"便不会有真切的"知",离开了"知"也
不容易有卓越的"能"。新的体面的创作既不能一蹴而就,旧的初
步的习作也不好一脚踢开;在大学短短的几年里,究竟都还不过是
"试"作罢了。利用这试作,可以借为了解古今名著的桥梁,部分的
也可以借此打定将来从事创作的基础,新与旧是不该偏废的。丁易
先生自己也说:"新文艺也绝不是凭空创出来的,它还有着它的历
史因素,所以不能忽略了中国文学遗产的接受。"既要接受这一笔
遗产,"古文诗赋词曲之类的习作",便不该"一律根本取消"。连一
首歪诗都哼不出的人,让他凭依什么去"接受"李、杜、苏、黄的诗
呢?至于"史"的研究,也不只是"整理清算",多少总该有些"彰往
察来"的目的。不在这方面下一番探讨工夫,而专专致力于创作,
不清楚本位文化的来路,就要迷失"自己的"作品的去向。"绝对没
有一种文学是从天而降的",它"不能完全不依傍西洋文学"(其实
创作的正轨不该是"依傍",应该是"吸收"),也不该"不受旧文学
的影响",正是要"融和中西文学而各有所扬弃"的。今日的一般文
学创作,已经有流连忘返的征象,再毅然地与旧文学分了家,结果便

〔1〕 语出[汉]刘歆《西京杂记》卷二:"合纂组以成文,列锦绣而为质,一经一纬,
　　一宫一商,比作赋之迹也。赋家之心,苞括宇宙,总览人物。斯乃得之于内,
　　不可得其传也。"
〔2〕 语出[晋]陆机《文赋》。

真的成了"无家别"了。创作的人不能和研究的人彼此合作,已经是一种憾事;走文学的路的人,创作和研究间本又没有不可跨越的"鸿沟",人们是不免要走过来走过去的,哪里有"分立"的可能呢?

说来说去,我便以"创作与研究并重派"为最合胃口的了;因为合胃口,主观上便也觉得它是比较客观的。所说"并重",并不一定希望任何一门课程都要新旧兼施,大家都有这么一个共同认识就够了。我说过教学原是以来学的人为主体的。"大学教授因为学问积累了数十年,在短短的四年内不愁没有知识传授给学生",各自尽各自的力,但谁也不要困住学生一定要在任何一个井筒里观天;学生可以各随其分地取得一些应有的知识,四面八方的。像是纯文学派与纯研究派本是对立的,然而大学里如果能树起教学自由的风尚,两派可以各行所是,左提右挈,像剪刀的两刃相切,学生仍然会得到帮助;若是偏骛偏废,就不免要跼蹐而行了。

譬如一架天平,这边放上一千克重的东西,那边便搁上一千克的砝码,自然就维持了平衡。譬如一架秤,重的让它靠支点近些,轻的让它离开支点远些,便也做到"公平交易"了。"不薄今人爱古人"〔1〕,摒绝偏见的讲授既能给学生以实惠,雍容的教学态度又会给学生以好的暗示,不致胸中未有实学而眼里预存偏见。教学能够"并重",学习的人就可以"兼资"。"别裁伪体亲风雅"〔2〕,便是他们自己的事,有没有成就,要看他们努力到如何的程度了。

创作的尝试和研究的充实本是相资相成的。致力于文学的人,不管走创作的路抑或研究的路,永远应该视两者如左右手;不过在

---

〔1〕 语出[唐]杜甫《戏为六绝句》。
〔2〕 同上。

运用时有先后重轻主辅之分罢了。尚在学习中的学生,正是培植根底的时候,最好平行发展,暂且忍耐些时,不要急切希望自己马上便成了什么作者、什么专家。把基础打得坚实些,一砖一石地堆积上去,像金字塔一般,到最后的尖端才是成就;基础铺得越广的,塔的尖端也会越高些。

1946 年 11 月

四　明诚与端志

（一）明诚

　　我第一次踏上中学的讲坛，是在二十二年（民国二十二年，即 1933 年——编者）的九月里。那时我只有二十四岁，正是年轻好胜的时候。"我是教学的先生了！"这念头时时在脑里回旋着。是先生就要有先生的仪容，所以把脸孔板得急绷绷，走路也几乎摆出八字步。是先生就要有先生的尊严，所以当回身在黑板上写字，听到有学生在低声唧语的时候，便料定他们必是在讥讪我初出茅庐，已经着实侵犯我的尊严了。虽然没有发作，却气冲冲地想："我年纪尽管轻，总是你们的老师；不比你们，有的也二十岁左右了，酒囊饭袋！"当学生提出问题时，便认定他是在故意问难。遇到自己能够解答的问题，就带着一种鄙薄的神气讲给他，意思是说高中学生连这一点常识都没有。遇到自己不十分清楚，本不能马上作答的问题呢，也不肯示弱说"等我去查一查"，就上下古今地胡诌一阵，强不知以为知地搪塞过去。为维护做先生的尊严计，错就错到底！

　　"这一班学生的程度太差！""气质也都不大好！""考试要严格，分数不会多！"这一串儿的"警句"都兜地上心来，自然也不免要带在脸上。学生们投射给我的也都是惊疑的眼光。

若干学校里，师生之间不但没有感情，反而彼此仇视着，病根大半就种在这里。

这样的教书生活，天天疑神疑鬼，时时短兵相接，又气恼，又紧张，我几乎不能再忍耐下去。亏得过了两三个月，渐渐地平静下来。我不再怀疑学生的发问，倒要设法鼓励他们多多提出些问题，而且应该是"问之弗知，弗措"〔1〕的。学生中偶尔有一两人在态度上显出松懈，或是交头接耳，我也不遽便认为是含着什么恶意。自己精神贯注地讲述功课时，他们便也聚精会神地不暇他顾了。

这教学态度的改变是有因的，主要的一点是我已不再时时地记起"我是教书的先生"了。已经消除这魔障，我看学生们便并不怎样调皮，学生们看我也并不怎样别扭了。我不自觉地收敛起那"急绷绷"，又自嫌自憎地丢开"八字步"，不再装腔作势，才又行若无事地依然故我。从这里我更亲切地体悟到庄子所说的"忘足，履之适也；忘腰，带之适也"〔2〕的真受用，曹丕慨叹着"动见瞻观，何时易乎"〔3〕正是他的不达处。

"我是中学生了！""我是大学生了！"……人们在历践着人生的每一阶段时，这念头是辄必应时涌现的。它有时给我们以鼓励，有时也使我们因不必要的矜持而矫揉造作。造作就是不诚，就是虚伪，就是丑！邯郸学步，就不免要失其故行；东施效颦，就

〔1〕　语出《中庸》。
〔2〕　语出《庄子·达生》。
〔3〕　语出《与吴质书》。

越发显现出她的丑陋：真是何苦来！王猛的扪虱而谈、王羲之的坦腹而卧，本不见得怎样漂亮，但为了他们出之以诚，就是洒落，就是美！

人类和禽兽不同的地方，就在前一代能把经验传授给后一代。教与学是多么伟大、神圣的事！这真善美的大门只有相接以诚，才能敲打得开。你下帷读书，要做到《荀子》所说的"致好"的地步，"目好之五色，耳好之五声，口好之五味，心利之有天下"〔1〕，不欺人，不自欺，掬出这一点诚心，方能有些成就，不负你十载寒窗地坐守。你设帐为师，要秉持《学记》上载着的"待问"的态度，"善待问者如撞钟，叩之以小者则小鸣，叩之以大者则大鸣。待其从容，然后尽其声"，不傲，不噜，本着这一点诚心，尽先知先觉的职责，才能辅成百年树人的大计。

学问是探求宇宙人生一切真理的，学问的本体就是诚，教的人与学的人目标都在此，所以《中庸》上说："诚者物之终始，不诚无物。"教与学是为探求真理才有的施设，学问的方法也不外一个诚字，所以《大学》上讲"正心诚意"的功夫。本体和方法又是二而一的，所以《中庸》上又说："自诚明，谓之性；自明诚，谓之教。诚则明矣，明则诚矣。"人类用他们的智慧去寻求真理，前一代至少有筚路蓝缕之功，后一代按理该奏发扬光大之效。师生之间能够推诚相与，衔接一气，竭尽才智去探讨发明，便算各自尽了本分。教的人能够循循善诱，把自己辛勤获到的心得指点给来学的人，一片至诚笼罩在他们的身上；所谓"精诚所至，金石为开"，自然再不消慨叹什么师不严，道不尊。学的人能够把自己所致力的学问，穷其原委，好

---

〔1〕 语出《荀子·劝学》。

而乐之,一片至诚放在学问上,功夫深,铁杵也磨成针。君子之学是"入乎耳,著乎心,布乎四体,形乎动静"[1]的,自然也不消担心什么学不成,名不就。可见明诚是教与学走上成功之路的不二法门,逡巡顾盼于这明诚门外的便是所谓门外汉,都应该尽早收其放心,踏进这门限去。

我是在"教然后知困"[2]的当儿才悟到这明诚的道理的。在学校里求学时,没有理会到这许多。为了先时没有明诚去读书,未曾立定稳固的基础,所以后来便有"时过然后学,则勤苦而难成"[3]的隐痛。《颜氏家训·勉学篇》中说:"人生小幼,精神专利;长成已后,思虑散逸。固须早教,勿失机也。吾七岁时,诵《灵光殿赋》,至于今日,十年一理,犹不遗忘。二十之外,所诵经书,一月废置,便至荒芜矣。然人有坎壈,失于盛年,犹当晚学,不可自弃。"我每逢读到这一段时,便不禁三复其言,悔恨不已。

我常常向学生们说:"'天生我材必有用',我原来也该是松柏之材,可以为栋为梁的。可惜自己把它斫损又斫损,后来只剩下二三尺长一根枝丫,只好用它做成一柄斧柯。在树林中徘徊眄睐,不时冲着森森乔木的曲枝错节砍去……"为了自己的蹉跎老大,越发巩固了我这教学以诚的信心。为己的时机已经错过,为人的打算不容再疏忽了。这不单是责任感,在感情上也是非如此不宁贴的。一走进教室里去,看见坐在面前一排排的学生,便像置身在森林之中了。一片葱茏的绿海,在严封密集中又别是露现出一番清旷的光

---

〔1〕 语出《荀子·劝学》。
〔2〕 语出《礼记·学记》。
〔3〕 同上。

景,使人默契了《孟子》所说教育英才的乐处。爱之深便也期之厚,触目又是败叶枯枝、栌空瘿赘,斧柯的挥动是欲罢不能的。

似这样的舌耕到处,一眨眼间便是十几个年头!一切都由诚字出发,所以一向没有隐讳过自己学识的浅薄,也没有姑息过学生的错误。知之为知之,不知为不知;该一就是一,该二就是二。简单省事,倒也坦荡荡的。《中庸》云:"诚者,天之道也;诚之者,人之道也。诚者,不勉而中,不思而得,从容中道,圣人也。诚之者,择善而固执之者也。"我认定"诚"便是教学之"善",所以十年如一日地固执着它,将来还要一直固执下去。

现在好多人把"固执"看成跟"顽固"是同意的语汇,一般人也缺乏固执的精神。春秋时,晏婴的拒盟于崔杼之坛、季札的挂剑于徐君之冢、曾子的易箦、子路的结缨,都见出他们的固执,也完成了他们的人格。现代人不要嗤笑他们太看重了一领席子或一顶帽子,那时的礼法如此,执礼之士自然要由衷地信守,死生不移的。孔子说:"君子无终食之间违仁,造次必于是,颠沛必于是。"〔1〕不违仁便是明诚以守礼,造次颠沛必于是便是择善而固执之。时迁事异,"所"执的有不同,而"所以"执的精神则是不可易的。谁把固执看成傻气,便是不可恕的自私和愚蠢,而且学问事业也都没有他的份儿!

教学以诚的人,偶尔也许会招惹一些烦恼。譬如说你不肯自家去表襮,那一般听惯了别个吹擂的学生,也许因此便低估了你,冷淡了你。譬如说你诲人谆谆,有些学生也许听之藐藐;你情诚意切至再至三地开导他,也许他反而厌苦说是老生常谈,或者说不过是几

---

〔1〕 语出《论语·里仁》。

30

句婆子舌头话。这些都无妨。稍假时日,他们会逐渐了解你的,况且说人不知而不愠的才是君子。我们本不是左手施舍出一些什么,马上又伸右手去讨还一些什么的人。章学诚说:"深识之士,黯然无言,自勒名山之业,将俟知者发之,岂与容悦之流较甘苦哉!"〔1〕黯然往往是诚的表现。为学也是如此。荀子云:"无冥冥之志者,无昭昭之明;无惛惛之事者,无赫赫之功。"〔2〕专默精诚是成功的酵母,酝酿的功夫是不可少的。所以归根结蒂还只是一句话:要固执不移地教以诚,学以诚。

(二)融情思

诚原是心之本仁,与生俱来的,赤子之心便无不诚。待到为物欲所蔽,这天性便渐被汩没了。一般庸俗的人就把虚伪当成涉世的锦囊妙计,突梯脂韦地过了一生,结果毫无所获与所就,食粟而已。一部分人经过了一度或几度人世的沧桑,时时观察与自省,忽然觉悟了。知道对人对事,离开了诚便无是处,才打点着又走回明诚的路,这合于孔子所说的"知者利仁"〔3〕。还有极少数的人,他们的生性格外醇厚,涅而不缁,磨而不磷,一生乐得为君子,便是"仁者安仁"〔4〕。安仁跟利仁的,都是不违仁的大人,在学问事业上才能

〔1〕　语出《文史通义·内篇四·俗嫌》。
〔2〕　语出《荀子·劝学》。
〔3〕　语出《论语·里仁》。
〔4〕　同上。

有所成就。轰轰烈烈立德、立功、立言三不朽的盛业，只是苗芽于这方寸间的一点赤诚。所以孟子说："大人者，不失其赤子之心者也。"〔1〕

人类凭着愿望与思考去观察宇宙，改善人生。感情是力的源泉，理智是能的武库。最高的智慧便是诚，无上的受用便是乐，诚与乐都起于情知的欣合。孔子说："知之者不如好之者，好之者不如乐之者。"〔2〕便是讲为学的光景的。只是理智上的"知"道应该为学，感情并不在此，就不免要"一心以为有鸿鹄将至"〔3〕；无源的水是流不长远的。所以他不如感情上的"好"喜为学，源泉混混，不舍昼夜。只是感情之好，理智不来辅界它，又容易流于散漫偏陂，不能抵于履中蹈和的境地，所以情知禽习的"乐"学之士才是此道中的上乘。诚明有自而情知调达的便是乐，乐此不疲而表里如一的便是诚。诚与乐互为因果，乐是至诚，诚也是至乐。所以能探得教与学的真乐的人，自然便会明诚；能明诚以教以学的人，自然便会感受此中的真乐。孔子说"自行束脩以上，吾未尝无诲焉"〔4〕，是教者的诚；孟子便又说得天下英才而教育之是君子的一乐。颜子终日不违如愚，是学者的诚；他也便能一箪食，一瓢饮，在陋巷，终于不改其乐。

情知的相融会当然不是一蹴可就的事，多少人都因为情知的矛盾而无所适从地迷惑着。所以博学、审问、慎思之后，要加上一番明辨的功夫，为学就要明辨为学的层次。《礼记》中的《大学》篇就是

----

〔1〕 语出《孟子·离娄下》。
〔2〕 语出《论语·雍也》。
〔3〕 语出《孟子·告子上》。
〔4〕 语出《论语·述而》。

论说这层次的:"知止而后有定,定而后能静,静而后能安,安而后能虑,虑而后能得。"人知道了自己生活的目的("知止"),就有致力的正鹄("有定")了。有了正鹄,虚灵的心得到着落,才能够渐渐地"静"下来,也就是"正心"。这只是理智上的认识要如此,还不十分可靠。待到感情也"安"于如此,才能坚守不移,也就是"诚意"。所以又说:"所谓诚其意者,毋自欺也,如恶恶臭,如好好色,此之谓自谦。故君子必慎其独也。"

教与学的人都应该似这般一步步地走上去。先生的职责是教,学生的本分是学。所教与所学是求真、求善、求美,已经"知止"了。"有定"了没有?能"静"而"安"了没有?能"虑"而"得"了没有?教与学的人可以自己去问自己。晓得了自己的造诣,就该"欲穷千里目,更上一层楼"。

王国维《人间词话》里有一段:"古今之成大事业大学问者,必经过三种之境界。'昨夜西风凋碧树,独上高楼,望尽天涯路。'此第一境也。'衣带渐宽终不悔,为伊消得人憔悴。'此第二境也。'众里寻他千百度,蓦然回首,那人却在灯火阑珊处。'此第三境也。"就是金针度人的说法。我试着把它跟《大学》配合起来,补充着讲几句。晏殊《蝶恋花》:"昨夜西风凋碧树,独上高楼,望尽天涯路。"是"知止"的境界。晏几道《点绛唇》:"长爱荷香,柳色殷桥路。留人住。淡烟微雨,好个双栖处。"是"有定"的境界。欧阳修《浪淘沙》:"把酒祝东风,且共从容。垂杨紫陌洛城东,总是当时携手处,游遍芳丛。"是"能静"的境界。在这时,固然已经能够矻矻终日,但还不是我行我素,有时怕要着些子"为人"的心。张先《系裙腰》:"东池始有荷新绿,尚小如钱。问何日藕,几时莲!"不免急切求成就,而那相"怜"之"藕"的来相成就倒是相当辽远的。柳永《凤栖栖》："衣带渐宽终不悔,为伊消得人憔悴。"才到了"能安"的境界,是"为己"而学,可以终身以之了。但若只是这样不怕憔悴地拼命学下去,岂不是为了性命之学反而自戕了性命? 这感情上的偏陂也要用理智来调节它。"故君子之于学也,藏焉修焉,息焉游焉。夫然故'安'其学而亲其师,'乐'其友而信其道,是以虽离师辅而不反。"(《礼记·学记》)藏与修是博闻强识的苦功夫,息与游是优游容与的乐天地。欧阳修《玉楼春》："离歌且莫翻新阕,一曲能教肠寸结。直须看尽洛城花,始共春风容易别。"便到了名心尽泯、从容乐道的境界。"云淡风轻近午天,傍花随柳过前川。时人不识余心乐,将谓偷闲学少年"(程颢《春日偶成》)一首诗,须从这里去领会它。这种境界是明诚乐道,情知既已欣合无间,可以左右逢源,扶扶摇而直上了。"虑"便如明镜照形,"得"便如铜盘承露。辛弃疾《青玉案》："众里寻他千百度,蓦然回首,那人却在灯火阑珊处。"便是虑而终得的境界。"半亩方塘一鉴开,天光云影共徘徊。问渠那得清如许,为有源头活水来"(朱熹《观书有感》)一首诗,须从这里去领会它。

我们不寻思一番情知的欣合,便无由理会明诚的着紧处;不见识一番为学的境界,就不会心仪乐道的卓绝处。一讲起道理,就更仆未可终;实践起来是不知觉间便有进益的。读到这里的青年,不要望洋兴叹,畏难缩手,说明诚难,乐学不易。时机正在你们的眼前! 你们溺于物欲还不深,你们的赤子之心也还通灵未昧,及时努力,是可以事半功倍的。孔子说:"生而知之者,上也;学而知之者,次也;困而学之,又其次也;困而不学,民斯为下矣。"[1]我们不敢想望自己是"生而知之"者,也未必甘心"困而不学"。你们正是在学

---

[1] 语出《论语·季氏》。

的青年,顺理成章地便有"学而知之"的份儿,在我已是"困而学之"。所以我已将是"不足畏也已"的无闻的人,而你们正是"后生可畏"。

"可畏"在你们年富力强,若能负重致远,将来的成就是不可限量的。倘若不能把握时机,蹉跎过去,待到"五十之年,忽焉已至",往时的骄傲便成了这时悔恨的种子。功夫没有枉费的,学问也不是能巧取的。"蓦然回首"是"众里寻他千百度"以后的成就,知他尾随着宝马雕车跑了多少冤枉路,为那"花模样"耗去了多少"玉精神"〔1〕,然后才谢天谢地"眸而见之"〔2〕。都道是"踏破铁鞋无觅处,得来全不费功夫";然而你不踏破了铁鞋,也不会有那么便宜的"得"。有的人便犯了乖巧的毛病,他们众里也不去寻,铁鞋也不上脚,却盼望着有一天交了好运,不费功夫地来一个蓦然回首。这是守株待兔的行径。杜甫自己讲作诗的经验说:"读书破万卷,下笔如有神。"〔3〕种了读万卷书的因,才得下笔有神的果,因果关系是"其为物不贰"〔4〕之诚。天心人事的消息也只有透过"诚"字方窥测得。

(三)端志向

定静安虑的功夫,都是从"知止"生出来的,可见人要成就一番事业或学问,立志是第一着棋。今日在学的青年,"述志"一类的题目眼睛里早已看烦了;"有志者事竟成"一类的话语耳朵里早已听腻了。自从"立志"二字公式化了以后,许多青年就和它绝了缘。"人是混水鱼,混到哪里是哪里"是他们的人生观。在学的时候如此,毕业之后便也听天摆布、听人摆布地鬼混着,盲人骑瞎马,在社会间熙来攘往,最后躺进棺材便是他们的"止"!

我常向学生们说:"孔子十有五而志于学,到了七十岁才从心所欲,不逾矩。孔子之学是'兴于诗,立于礼,成于乐'的,从心所欲不逾矩,才算学道的大成。我个人几乎到年三十才志于学,比孔子志学的年龄加了一倍,成就的日子该在一百四十岁时。我会有那么长的寿命吗?"怕也须待盖棺然后论"定"了。

朱熹《偶成》诗云:"少年易学老难成,一寸光阴不可轻。未觉池塘春草梦,阶前梧叶已秋声。"人不能够长生不死,便永远是时间的奴隶。人与人之间的竞争也只是争取这时间上一寸一分的先后。所以在求学期间首要的事便是发掘自己的天才,尽早地立志。

高中的三年里,受普通的教育,一切学科具备。应该有两层意义:一因这些都是基本知识,缺一不可;二要学生各就性之所近,选择专习的学科,作大学选系的准备。在高中肄业的学生,除了每科成绩都应该及格以外,至少须有一两门课程是自己更感到有研究的兴趣的。就这兴趣,发掘出自己天才的倾向,然后立了志愿,力行去求实现它,自然便会走向成功之路。

这里所说的"兴趣"是要自反以诚,不容羼杂纤毫外在的条件的。譬如说,看到银行界的人们生活较裕,便感到自己仿佛是原有研究经济的兴趣。或者由于自己的懒惰,数理一类的课程没有按部就班地学下来,便感到自己仿佛是原有研究文学的兴趣。这都是自欺,这类兴趣也不足做立志的参考。

就文学一科来说。感情是文学的主要因素。有真挚的情感、浓郁的同情心,豁达时便脱屣千乘,认真时便情移花鸟……你自揆着有似此的情性时,才可以打叠着走上文学的路。只是课余读上几本小说,拿起笔来春之神、夏之梦地写上几句新诗,似乎自己便已爱好文学了;其实是不甚可靠的。

我们从事国文教学的人,也应该做到两件事:一是帮助所有的学生都能用语文表达自己的情思,便是"辞达";二是帮助可能走上文学的路的青年发现他们自己的天才,便是"辨志"。学生希望做到辞达,已经需要对于国文发生些学习的兴趣,才能进求行文的技巧;做到辨志,兴趣便更加要浓许多,性之所近当然要声应气求的。教学的人必须设法引起大多数学生学习上的一般兴趣与少数的特殊兴趣,才算"循循善诱"。只照顾到平均发展而忽略了特殊的天才,不免是"记问"之师;只注意几个成绩好的学生而不理会全班的进度的,又不合"有教无类"之义。

提到兴趣问题,又触及我错误的往事的创疤。在我读书的时候,学校里流行着一句话,说什么"国文为百科之母";待到我教书的时候,国文却沦为百科之仆了。一般学校里都姑备一格似的开这一门功课,学生们也无边无际似的学习它。那时我想,读书本来是苦的行业,你要读书便该嚼得菜根香。所以上课便是章句训诂,什么《说文》《尔雅》的一大堆——这个便是学问!学生中有偷看小说或用笔乱涂、不专心听讲的,便严加管束,以为"木受绳则直,金就砺则利"[1]。

---

[1] 语出《荀子·劝学》。

这样过了一年,看学生的成绩,觉得他们毫无进步。学生们"目送归鸿,手挥五弦。俯仰自得,游心太玄"〔1〕,只是难得放在书本儿上。

我便又想,这是时运使然,学生的耳朵是被偏见的棉花堵塞住了的,还是设法提起学生学习国文的兴趣吧。以后我的教学态度便渐渐地改变了。在讲授时,偶尔加入些轻松幽默的说白,撩拨得哄堂大笑;偶尔讲些滑稽诗文跟文人轶事之类,使学生听得兴味盎然……这么一来,学生们上国文课时,便常是笑逐颜开,不像过去那样愁眉苦脸的了。有一两年我维持着这样的教法,欣幸着自己教学的成功。

后来又渐渐觉察到,学生所需要的并不是常开笑口,而且这样唤起的快感与学问上的兴趣是如风马牛之不相及的。检讨我的过去,有意地矜庄时,除了"诗云",便是"书云",学生吞咽不下,不免要"渐行渐远渐无书"〔2〕;有意地诙谐时,眼前"讲义",口头"演义",学生捧腹不迭,究竟又"乐事回头一笑空"〔3〕!总而言之,学生是得不到益处的。症结便在我的教学方法,因袭与杜撰,两无是处。不过有时褒衣大招,用圣经贤传来装幌子;有时青衣小帽,借插科打诨去讨生活罢了。从那时起,我便自憎须眉,唾弃着自己的过去,勉励自己走上务本明诚的路。

人固然不该有意地为恶,也不可有意求好。有意便多少带些造作,着些子为人的心,便是不诚。《世说新语》上载着"赵母嫁女,女临去,敕之曰:慎勿为好"便是此意。是好便好,诚于中的形于

〔1〕 语出[三国魏]嵇康《赠秀才入军》。
〔2〕 语出[宋]欧阳修《玉楼春·别后不知君远近》。
〔3〕 语出[宋]苏轼《采桑子·润州多景楼与孙巨源相遇》。

外,有意地去"为",结果一定不会好。

有子说:"君子务本,本立而道生。"[1]教学与求学,"学"便是本,一切教学与求学的方法(道)都从学的根本中来。所以孔子说:"学而时习之,不亦说乎?"[2]又说:"温故而知新,可以为师矣。"[3]方法是要贴切着学来运用的,所以孔子说:"吾党之小子狂简,斐然成章,不知所以裁之。"[4]"樊迟请学稼,子曰:吾不如老农。请学为圃,曰:吾不如老圃。"[5]教学方法像是海洋里的灯塔,不是商店前的霓虹灯。

文学的教材本然地便可以唤起人们的情趣,和专专诉诸理智的自然科学等不同。若能情知相辅,由了解进抵欣赏的境地,教与学在这上面的乐本是无涯涘的。不怕是寻常的教材,教学的人果然能够深浚它到八九分,自家凿破此片田地,不拾他人涕唾,讲述出来的自然会别有一番光景;学生也可以各随其分地领略到两三分或五六分。这样的教与学自然便乐在其中,学生向学的兴趣也会渐渐培养成功了。

兴趣要萌动于自己的心上,学问之道,贵能自得。俗语说的"师傅领进门,修行在个人",是颇有道理的。教学注重启发性的辅导,也是这个意思。孟子说:"君子深造之以道,欲其自得之也。自得之,则居之安;居之安,则资之深;资之深,则取之左右逢其原。故君子欲其自得之也。"[6]"自得"是学问的滥觞,也是学问的尾闾,

---

〔1〕　语出《论语·学而》。
〔2〕　同上。
〔3〕　语出《论语·为政》。
〔4〕　语出《论语·公冶长》。
〔5〕　语出《论语·子路》。
〔6〕　语出《孟子·离娄下》。

学问是终始于自得的。"居之安"是情知的欣合,立志由于它;以后每逢有新的认识而进造一境时,也由于它;到最高的成就,像孔子从心所欲不逾矩的光景时,仍然是由于它。它不断地新生、进步、发展,一直到真善美的极致,是最高的学问,也是无上的自在。

我懊悔我的"好为人师",十数年来,不知道耽误了多少青年,没有发掘出他自己文学的天才,而委屈地从事于其他违性的学问。我希望这一类青年能够于自修时在暗中摸索出一条门路,稍稍补偿这阙失。尽管有良师指导着的,许多处还需要你们有自我的觉醒、自发的精神,然后才能居之安。你们能从勉强走向自然,在苦中寻出乐来,立定了志向,便会有灿烂的前程。

1946 年 10 月

五　授受与一贯

"子曰：'参乎，吾道一以贯之。'曾子曰：'唯。'子出，门人问曰：'何谓也?'曾子曰：'夫子之道，忠恕而已矣。"（《论语·里仁》）孔子说的是一贯，为什么曾子标出忠恕两个字来呢？原来忠恕只当得一个仁字。"夫仁者，己欲立而立人，己欲达而达人。"（《论语·雍也》）己立己达便是忠，立人达人便是恕。忠恕的本体是仁，行仁的方法是诚，所以"吾道一以贯之"。这一贯的道理可以应用到教学上。教与学的宗旨是仁——真善美的极致，教与学的方法是诚——良知良能的自觉与发挥；己立己达便是学，立人达人便是教，教与学是一件事的两方面，应该是一以贯之的。

近来中学校里各科教学都多少有些脱节跟架空的现象，国文一科更甚。恐怕便是忽略了这教学一贯性的缘故。

多数教师不能明诚以教，学生不能明诚以学。初中的学生成绩达不到预期的标准，胡乱升入高中去；高中的学生成绩达不到预期的标准，胡乱升入大学去。学生时时在躐等，时时在跻高致蹶，当然发生脱节的现象。教育当局看到脱节，就想弥缝。所以初高中的课程与教学往往有叠床架屋的地方，大学的一部分时间，又要用来复习高中的课程。学生的课业像是已经煮得"夹生"了的饭黏，任凭你再加上去几道火力，它永远要停滞在那内生外熟的线上。结果是弥缝不起,反而把所脱的节拉得长了。

多数教师不问学生的志趣与程度如何,只是选一些艰深的教材,填鸭子似地塞进学生的肚皮去。学生不理会立志,也不知道自己所需要的是什么,能领略的教材反嫌它粗浅,不能理解的反充强胃口,生吞活咽下去。不能消化与吸收,当然发生架空的现象。教育当局制定的教材,更是宁失之深勿失之浅的,反而把所架的空抬得高了。

学生像是患了肠胃病的孩子,照料他的人偏又不分昼夜晚地给他不易消化的东西吃。渐渐这孩子看见食物就头痛。你把食物塞进他的嘴时,看他像是在咀嚼着;你一转身,他却偷偷地"吐哺"了。因此,中学生里面重视国文一科的寥若晨星。大学一年级的学生把国文看成无用而丑陋的尾巴。一些大学中文系学生真能志在学习文学的都是凤毛麟角,有的想着横竖各系都一样,有的是姑且"住"一年再说,有的是不得已而为之。这是脱节与架空必然的结果,人哪里会对他所不能了解的东西发生兴趣呢?

教学本是一件艰难的事,不是容易便做到好处的。《学记》上说:"今之教者,呻其占毕,多其讯言,及于数进而不顾其安;使人不由其诚,教人不尽其材。其施之也悖,其求之也佛。夫然故隐其学而疾其师,苦其难而不知其益也。虽终其业,其去之必速。教之不刑,其此之由乎!"所说教学失败的情形,跟现在也相仿佛,可见是"古已有之"的了。但这是说一些教书混饭吃的常师,授业解惑的能力都欠缺的。传道之师便不同了。孔子之于七十子不待说,汉以来儒者重视家法,绍述专门之学,都能一脉相承,薪传不息。郑玄质疑于马融,问毕辞归,马融便说:"吾道东矣!"杨时受学于程颐,学成归去,程颐便说:"吾道南矣!"这里都见出他们师生对于道术传授间的重视与默契,也说明了教学的人把平生的心得一股脑儿传授给下一代,尽了教学一贯的责任。

《文史通义·师说》云:"经师授受,章句训诂,史学渊源,笔削义例,皆为道体所该。古人'书不尽言,言不尽意',竹帛之外,别有心传。口耳转受,必明所自,不啻宗支谱系,不可乱也。此则必从其人而后受,苟非其人,即已无所受也,是不可易之师。学问专家,文章经世,其中疾徐甘苦,可以意喻,不可言传。此亦至道所寓,必从其人而后受;不从其人,即已无所受也,是不可易之师也。……至于讲习经传,旨无取于别裁;斧正文辞,义未见其独立。人所共知共能,彼偶得而教我。从甲不终,不妨去而就乙;甲不我告,乙亦可询。此则不究于道,即可易之师也。"把师分为可易的与不可易的两种。在过去负笈从师时的情形,原是有如此的分判的。

现在已是学校林立,教师按时授课,学生同堂听讲,从哪儿再去分辨这可易与不可易呢?仍然是有的。有些大学里的教授,在课堂上教他们人数众多的"官学生",课堂下却分别指导着三五个"亲学生"。官学生是纳费入学、凭证听讲的;亲学生是堂上听讲、堂下请益的。这些教授对官学生只负授业解惑的责任,对于亲学生有时才因人施教地传一星半点儿的道——专门学识的研究门径、参考范围、自己治学的系统与心得等——给他们。我们可以说这些教授是官学生的可易之师。亲学生看他们便该是不可易之师了。

中学里有一些教师也如此。某一科的老师对于性质接近某一科的学生是常常在课外个别指导、着意勖励的。几乎课堂上的工作是在一般探讨与兴趣的养成,课堂外做的是特殊研究兴趣的启发;学生们发见自己的天才,决定自己的志向,往往便在这课余之暇请益的当儿。

　　这种授受，还在有意无意地保持着过去师承家法的遗风。见解固然有些小家子气，但却借着这力量把师生牵合到一起，收了教学一贯的实效。只是能够如此做的终竟占少数，而且这风气又逐年地衰替下来。尤其是在抗战以后，教书的人有的看到政治社会上一切不良现象，甚至于对教育的力量也怀了疑，振作不起精神来；有的为维持数口之家的生活，不得不在各处兼授课业，师生间的相与只剩了每一节课五十分钟的时间，便什么也谈不上了。

　　我以为我们做教师的人现在对于家法师承有再认识的必要。现在不惮辞费地说几句。清代以前教经义八股的先生，只是传授那一套特种文体的技巧和准备的知识，学生志不在此，只是利用它为干禄之资，所以是可易之师。义理考据词章上的先生所指道的学问，在学生是认为道之所在、志之所安的，所以是不可易之师。那时一般的思想是隆古蔑今，制度是家天下，所以学问重因袭，授受讲家法。民国成立以后，人们已经认识了人文是日新月异地进步着的，视野又已由家扩展到社会，在今日学校的制度中，应该重视创造，不以因袭为既足，同时也不该再讲什么家法了。大学是造就专门人才的地方。教授不该各立门户，让某些学生的学与思不得超越自己的圈子；学生也不该故步自封，将某一位教授看成"本师"，在片面的小天地里回旋。教授应该一视同仁地施教，学生也该在课下普遍地向本系的各教授请益，因为所教所学都是研究这门学术的基本知识，不容偏重或畸轻。教授阐述他们各自所知的学术，学生兼收并蓄作为学的基础，然后加上自己的才智与功力，走上新的路途，便不是一味因袭，而能创造了。"官学生"与"亲学生"的看法是不该的，"亲"应该公开地、分沾地交织于本系所有师生之间，便不是家法，而是社会化了。

中学校里，最好是正课注重一般功课的平行进展，而在课外成立各科的学会，限定学生各就性之所近加入一个学会里去，由各科的先生分任导师，培育学生对某一科的特殊兴趣，学会里的同学也可以互相得到切磋之益。因为中学教育的目标固然注重训练具备普通知识的公民，也要做将来研究专门学识的准备。只靠课堂上的一般讲习是不够的。

这办法未必便合适。不过因为我看到一些国文教师，能够在课余负责指导的，不免有些讲家法师承割据教学的味道。不沾染这儒巾气的，又往往认为下了课便都是自己的时间。我们若能共同有大公无私分科辅导的义务感，总该比学生私有或是师生秦越要好得多。

国文一科，这几年来可以说是走了厄运。大学生多半去学经济、学工了，中文系的学生数目少得可怜。中学生大部分精力时间都用在数理跟英语上面，不但课余自修的手眼放不到国文上，连上国文正课时都"心不在焉"的了。

国文教师中弹老调子的，抱着一种"孺子不可教也"[1]的态度，在课堂上瞟也懒得瞟学生一眼，书像是讲给自己听的一般。有些倒是海人不倦的，又不大讲求方法，上课时讲得舌敝唇焦，学生却视若无睹，听若罔闻，书又像是讲给墙壁听的一般。不负责任的恐怕要占大多数，他们认为不必再给这些病入膏肓的孩子们苦药吃了，反正是不济事的；有的随缘随喜地讲授几篇烂熟的古文，有的节外生枝地敷衍一阵闲话，便算了事。少数要负起责任来的，又感到一曝十寒，费力不讨好。譬如要学生课前预习，课后复习。学生的

---

〔1〕 原为"孺子可教"，出自《史记·留侯世家》。

课余时间已经尽量用在数理等学科上，时间不敷分配；凭你这国文课也要这样煞有介事地起来，这官司打到教务处去，怕也要国文老师碰上几个软钉子败诉的。不能预习，课堂上便无由讨论起。学生是一向用惯了耳朵听讲的，没有用脑用口的习惯；而且本来是在受着脱节架空的教育，无言之学是藏拙的上策。教师鼓励他们讨论发问，碰到几个闷雷之后，便也心灰意懒，"委蛇委蛇"了。

总括起来说，一般国文教师因为丧失了教学的兴趣，也泯灭了责任心和义务感。生活的鞭策使他们拖着过重的车子，拿身子当田种，一寸光阴一寸铜。学生们若当真勤学起来，教师的时间又不敷分配了，最好是各不相扰，道一声"彼此彼此"省事波罗蜜！

因此便教者自教，学者自学，同床各梦，分道扬镳。这样便造成了近十年来国文教学每况愈下的局面。

其余的枝节问题还很多。我很少看见有哪一个中学三个年级分配着规定的教材，往往是人自为政，各不相谋。近年来的中学教师又多半跟学生一样的喜欢跳学校，学生得到的知识因此便是东一块、西一窝的，寻不出个端倪来。现在的文坛上又是新旧交替，十风五雨。上一期的老师骂语体文是引车卖浆之徒所操之语，这一期的老师又说线装书该放进垃圾箱里去。学生有的就东一头西一头地跟着冲撞，有的以不变应万变，一概闻雷掩耳。……这样写下去，将是一本没收煞的流水簿。只好在这里"带住"，一言以蔽之，曰：教无方。

治病的消极方法是针对致病的原因，反其道以行；积极的方法是讲求摄生之道，恢复患者的健康。现在国文教学太散漫了，反其道以行，便是该求教学的一贯。大家太看轻了国文的课程，学的人不用说，教的人也因为不重视它，才这么敷敷衍衍；所以恢复健康的维生素,只有一个明诚。

譬如我在前面提到的那要负起责任而终于心灰意懒的教师,便是不能择善而固执,也便是没有教学一贯的真认识、明诚以教的真精神,所以碰鼻头便转弯了。"我不下地狱,谁下地狱?"舌耕的人实现了自己的认识,便是收获。

1946 年 10 月

六　学思与兼通

（一）学思并重

要达到教学一贯的目的，就必须讲求教学方法。"我以为要谈教学方法的改进，必须先废除现在通行的逐句讲解的办法。这是私塾时代的遗传；大家以为现在教国文和从前私塾里教书是一回事儿，就承袭了成规。这办法的最大毛病，在乎学生太少有运用心力的机会。一篇文字、一本书，学生本来不甚了解的，坐在教室里听教师逐句讲解之后，就大概了解了（听了一回两回讲解，实际上决不会彻底了解，只能说"大概"）；这期间需要运用心力的，只有跟着教师的语言来记忆，来理会，此外没有别的。天天如此，年年如此，很够养成习惯了，可惜那习惯是要不得的。凡是文字书本，必须待教师讲解之后才大概了解，即使能够一辈子跟着教师过活，也还有脱不了依傍的弊病；何况学生决不能够一辈子跟着教师过活！""要使一般中学生能够了解普通的古文和古书，以及白话文学作品，现在的国文训练，特别是中学时代的，实在嫌不充分。多讲闲话少讲课文的教师，固然不称职；就是孜孜兀兀地预备课文、详详细细地演释课文的，也还不算好教师。中学生需要充分的练习。练习包括预

48

习、讨论、复习三步。每一步还有许多节目，这里不必列举。这些细目在各种国文教学法书中，都曾或多或少地加以讨论。但我们现在所需要的，是切实的、有恒的施行；理论无论如何好，不施行总还是个白费！练习的主旨无非是让学生自己发见困难，寻求解决；到了解决不了时，自然便知道需要教师。这时候教师的帮忙，效用定会比一味演释大得多。这是让学生用理解力。解决的过程和结果，还得让学生常有复习的机会，才不至于全然忘却。这是让学生用记忆力。"（见《国文教学》）"工欲善其事，必先利其器"，教学方法便是教师的利器。只惜一些教学的人徇俗的惰性不容易便扳转来，他们迷执着"君子不器"！

教师不讲方法，吃亏的是学生。学生不预习，便没有翻检字典辞书的习惯；不讨论，便没有怀疑发问的兴会；不复习，便没有了解欣赏的因缘。听讲时是学而不思，作文时是思而不学。进步迟缓，跟不上学校所要求的进度，便渐渐感到国文课是不可捉摸的鬼东西，学习它是无聊的勾当，索性既不思，又不学了。

很多学生对文字的形、音、义，词汇的组成跟正确的含义，都弄不清楚；有些甚至于连字典、辞书的部首都不晓得是怎么回事。他们的作品里别字连篇，词汇舛错，都与不和工具书打交道有直接的关系。他们感到发问质疑比考试时受别人的考问还要困难许多。只理会得用耳朵听，听，听，不会用脑子想一想；天大的问题放在眼前都不会引起他们的怀疑。他们的手眼放在国文课本或讲义上，只有教室里"随喜观佛殿"跟考试前"临时抱佛脚"极短的时间。听过一篇文章，只在心上留下一个模糊的印象，像是李密《陈情表》是请求送他祖母的终，王守仁《瘗旅文》是埋葬了三个"路倒"之类；另外便无所知了。学，还要学什么？思，让我往哪儿去想呢?

过去我也在逐句讲授的时候,看学生不大进步,知道他们不喜欢发问是一个原因,便讲些"问学""审问"的道理,鼓励他们常提出问题。学生中依然有死也不肯开口的;有些倒是发问了,又使我失望。他们提出的问题,什九是课文里没有听清楚的地方,很少能超越听讲的范围想出有关涉的问题的。我丝毫也找不到他们曾经自己运用一番心思不能解决,然后才提出问题的迹象。考试时我常常在题目后面附加上"并申己意"一类的话,我以为至少为分数的关系他们也该发掘心中之宝藏了。待到看他们的试卷却只能记诵、解答,尊重师说,写到自己的意见时笔墨就窘涩了。我常常怀疑着,也暗恨着这些学生不理会用自己的脑子思想。后来我用自己的脑子想一想,才觉察了原来是我在禁锢着他们,他们不得已地才亦步亦趋地跟在我后面走。

每逢我讲授一篇文章,总以为自己所讲到的已是尽美尽善。高兴时也许由一个普通问题讲上专门之学去,忘记了它并不是学生所能理解的;不高兴时——有时是疏忽了——也许把该讲的话没有提起,事后也不想再去找补了。遇到学生发问,问到那十万八千里外的"专门之学",一定还眉飞色舞地重述给他听;问到那些疏漏了的,便认为这类问题无关宏旨,而且学生早就该知道它,讲释时就不免露出不耐烦的神色。渐渐地学生只好"满脸跑眉毛",拣我讲过的发问了。

考试的题目上,明写着让学生申明己意,不是奖励着他们学而思吗?可是看到学生当真在试卷上申己意时,便感觉他们所写的太空泛,毫无心得;不如老老实实地照着我讲授过的意旨作答,终竟要顺溜些。渐渐地学生为多得分数,便在答题时表示"再没有比先生的见解更圣明的了,小子不敢赞一辞";学生是有这样的机灵的。

是我给学生以"金人缄口"的暗示,转过来又嗔他们喑默无言,这是一种矛盾的现象,我不能不承认我的过失。

不让学生预习,学生不曾经过"学然后知不足"的阶段,便无由接触到问题;不准备讨论,自然又无取乎去寻求问题。出耳朵听讲,就是他们的一切了。教师不设法修筑堰堤,导引水源,而妄冀着学生们自己有悟入处,水到渠成;未免把学生期许得过高,而自己也太不负责任了。教师不实际去指挥讨论,只是昨天准备功课今天教,不曾经过"教然后知困"的阶段,就不会清楚学生的程度如何,他们需要的是什么,自己所欠缺的是什么;谈不上"教学相长"〔1〕。讲明白了文章,就是教师的一切了。先生讲,学生听,学生不发问是必然的,他们的课业不进步也是必然的。

我们一定要鼓励学生一面能注意学习,一面能用心思想,学与思应该得到平行发展的机会。像我们这样注入式的教学,学生多半容易学而不思;少数厌苦这种口耳之学的,又会激成他们的思而不学。我们不必责备学生的偏骛与偏废,只消我们能采用适当的教学法,这偏陂是有矫正的可能的。

《日知录》论南北学者之病说:"'饱食终日,无所用心,难矣哉!'今日北方之学者是也;'群居终日,言不及义,好行小慧,难矣哉!'今日南方之学者是也。"无所用心的是学而不思,好行小慧的是思而不学。过去交通不便,长江大河,限绝南北,环境影响人的生活,学分南北是讲得通的。现代梯航大通,五方杂处,就不可一概而量了。我们可以说,不拘生长在南方或北方,生性聪敏些的容易犯

---

〔1〕　此段引用皆出自《礼记·学记》。

思而不学的毛病,质实些的容易犯学而不思的毛病。"学而不思则罔,思而不学则殆"[1],同样不会有成就。指导学生时,似乎该各就他们的个性而因势利导。

教与学只靠在教室里每周几小时的时光,当然不会有多大成效。我们讲教学方法,让学生学思并重,经济合理地去支配教学时间,都不外要使学生尽可能地多得到一些。"子谓子贡曰:'女与回也孰愈?'对曰:'赐也何敢望回?回也闻一以知十,赐也闻一以知二。'"(《论语·公冶长》)学问之道,原该是"告诸往而知来者"[2]的。所以孔子说:"不愤不启,不悱不发;举一隅不以三隅反,则不复也。"(《论语·述而》)现在的学生好的是闻一知一,等而下之的闻一知半,或竟闻十百才知其一。不是他们的才智太差,要怪我们这些做教师的画地为牢,把学生的智慧给局限住了。他们的教学方式是要求学生一切思想活动都待我们的耳提面命,不准稍自主张。我们偏要摆一张扇面式的桌子在学生面前,告诉他们说这一隅是方的,那一隅也许是圆的。经我们把学生捉弄得迷惑了,再忍心地斥责他们不能隅反吗!

(二)新旧兼通

提起把学生捉弄得迷惑,我想到在过去我有一个阶段,真像在

---

[1] 语出《论语·为政》。
[2] 语出《论语·学而》。

跟学生捉迷藏一般。我和学生一同站在个小圈子里,自己睁着眼,
却把学生的两只眼睛用手帕蒙起。我向东拍手走向西边,向西拍手
走向东边。急得学生东扑空,西扑空,真是"瞻之在前,忽焉在
后……如有所立卓尔,虽欲从之,末由也已"〔1〕的光景。后来他索
性不管我拍手的方向,在暗中摸索,步步紧逼过来。我这时却有些
手忙脚乱了,顾不得拍手,沉重的脚步声又泄露了自己的"所诣",
终于被学生捉个正着! 扯下手帕,相视一笑。这时的学生已由大学
毕了业,也有资格去蒙起别个的眼睛,自己拍手跳跶了。

从文学革命以来,除了极少数抱残守缺的老教师外,大家已经
一致认识到文言是快死去的形式了。可是国文教学却什九采用文
言的教材,"语体的你们自己看一看就够了",他们说。这不是"向
东拍手走向西边"吗?

学生在教室里听文言的课文,他们多半只是懂得了经教师翻译
过来的白话。这白话与文言原句的关涉,他们没有能力亲切地牵合
到一起。所以大多数学生对国文不感兴趣,他们认为学校里有这么
一门功课,只是逼迫着我们呆坐在那里听一听古人的语言而已——
他们以为清代以前的人就是那么之乎者也出口成章的。少数因为
偶然的机会,在课外读一些文学作品的,渐渐对文学发生一点兴趣,
也只是读白话的作品,教室里的文言课仍然是不相干。要他们去读
古书,他们也不耐烦。教师所指导的,他们不想去接受;只有课外的
涉猎给他们一些助益。这不是"不管拍手的方向,暗中摸索"吗?

教室里的"如对古人"是劳而无功,课外的"暗中摸索"是事倍
功半。所以一般中学毕业生文言弄不通,白话文也写不到好处。但

---

〔1〕 语出《论语·子罕》。

他们却自以为了解与表现的能力早已"够了"。

现在的中学国文教材,是文言语体混合编列的。由初中一年级到高中三年级,文言教材递增,最后增到百分之九十;语体教材递减,最后减到十分之一。这编制已经使学生发生一种错觉,以为语体是初步的东西,文言才够深奥。教师又多半讲文言,以为语体不值得一讲,更加把学生导入歧途。他们以为文言是不可跻之天,学不通,就放弃了它;语体文自己看一看就成,自然很容易便"够了"。

浦江清先生《论中学国文》一文中说:"大家的意见是语体文浅近,初中学生已全能了解,到了高中应全读古文了。其实论文字是古文深奥,语体文浅近,论内容就不见得。学术和文艺,从古代到现代都是从单纯到复杂的。现代人的感情和思想,实在比古人复杂,所以中国现代的语体文中所表达的内容,有许多是超出于初中学生的智力和体会力的。学生如不读那些东西,语体文教育就不会完成。而且他们的习作也只停留在幼稚的阶段里。所以高中课本里不再选有语体文,当然是一个缺憾。"(原载《国文月刊》第三期,亦见《国文教学》附录)学生的年级一年年地"高升",程度却始终"停留"在似通不通的线上。——"低落"的病象就在这里露现出来了。

就一般中学生说,不管将来要学什么,语体文非学通写通不可。是中国人就要借中国的语言文字为情思的媒介——了解别人的与表达自己的,是现代人就要用现代文为工具,都是毫无问题的。至于文言的呢?朱自清先生说:"文言的教材,目的不外两个:一是给学生做写作的榜样或范本,二是使学生了解本国固有文化。这后一种也可以叫作古典的训练。我主张现在中等学校里已经无须教学生练习文言的习作,但古典的训练却是必要的。""我主张中学生应该诵读相当分量的文言文,特别是所谓古文,乃至古书,这是古典的训练、文化的教育。一个受教育的中国人,至少必得经过这种古典的训练,才成其为一个受教育的中国人。"〔1〕浦江清先生说:"我的意见作文可以注意语体文,但文言文功课也须有习作。……不废文言习作的一点,或者有人反对,所以特为补说一点理由。第一,教育的目的要顾到社会上的应用。……第二,普通中学的毕业生有一部分要进大学的文法科。第三,裴根〔2〕说'写作使人正确',我们说'眼到必须手到'。无论读哪一种文字,都要做造句、翻译、作文的练习,否则所记得的、知道的,不会正确。"

我的意思是一般中学生"古典的训练"是应该接受的,文言的习作似乎不必;勉强着他们,终于也写不通。为社会上应用计,"若有些人向这方面努力,试造种种应用程式,让大家试用,逐渐修正,白话不久便可整个儿取文言而代之,文言便真死了。……文言的死亡,和白话的普遍应用,是事所必至,是计日可待的"(朱先生语)。我们实不必再给社会上将死的形式去注射葡萄糖,延续它的生命了。这是就一般中学生说。志趣在文学上的学生,就"眼到必须手到"。因此我希望中学生能尽早"辨志"。在清末民初,五六岁才识字的孩子,到十岁左右,资质不太差的,就可以写文言短篇,大致通顺,文言文的文法、气势、格调、体裁是有轨路可循的,得其门而入,并不是骇人的难事。志趣在学文学的高中学生,写通顺的文言,本不该是"难于上青天"的。志趣在此,便该眼到、口到、心到、手到。

不过试作时要记着这是为了帮助了解的缘故,并不是生在现代还需要袭取前人的调子。"现在有许多学者还用文言著书",多半

---

〔1〕　语出《论教本与写作》。
〔2〕　现译作"培根"。

因为是整理本国的文化，征引古书里的材料太多，也用文言组织起来，较为方便一些。而且这类书籍是写给要了解我国文化的人们去研读的，编著者所用的文言不会比所征引的古书更艰深，所以不妨用文言写。其他方面的著述，便没有用文言的必要了。我也试想，尽管是整理国故的文章，也可以用白话行文，再把征引的东西也翻译成语体，标明它的出处可以覆按就是了。总之，大家应该向前找生路，不该回头走死路。现在还有些人，试作古文与诗词，便想把今日的文风挽回到唐宋时代去。傻气些的还自诩着自己的作品有什么"唐味""宋精神"；诡谲些的也许借着知能并重的口号，还希冀着在枯骨上生出新鲜的血肉来，主张"旧瓶装新酒"，迷恋着昔日的残骸。为预防这思古病的病菌侵入一般学生的血液里去，这学文的分际是该交代清楚的。

在今时新旧交替的过渡期间，便不免有些趑趄不前、忘记了去处的人，又有些捷足先登、忘记了来路的人。前者泥古非今，是沉淀的渣滓；后者识今昧古，是漂浮的泡沫。严格地说，都是不足为人师的。我们要求于一般中学生的，还要他们渐渐做到新旧兼通；做教师的起码条件，当然是须并具指导新旧文学的能力。再说文学革命已经有近三十年的历史了，现在四十岁以内的人所受的教育已是新旧参半；四十岁以上的人多半也跟着时代走，很少有落伍的。年纪较轻的人也并不是没有受过旧的文学的陶冶。所以希望当代国文教师新旧兼通，并不是苛刻的要求。浦先生说："我有一个意见，主张把中国文从混合的课程变成分析的课程；把现代语教育和古文学教育分开来，成为两种课程，由两类教师分头担任。"我认为分成两种课程是一个好办法；由两类教师分头担任，流弊怕要很多。第一是新旧两方面更容易明张旗鼓地树起壁垒来，文言白话之争又要重演一回,而且纠缠下去;青年学生无所适从,大家耳根也不清净。第二是古董得了护身符,就要平添一批古色古香的新古董;新出品得了专卖权,就要招惹一批鱼目混珠的冒牌货。我这比拟也许有些不伦,总之我的意思是课程可以折中,师资不好将就;糠秕沙砾,只有簸扬淘汰了它们。

文化的进展是后浪推前浪地起伏着的,又像是螺旋形上升着的。每个时代都有正有反,都要蜕旧生新。指导的人跟学习的人,也只有这时代的左脚迈向前一步,那时代的右脚迈向前一步地前进着,永远也不该跂踔而行。我们要知道,左脚迈向前时,右脚便做了支点:现在的白话文便是左脚,文言就是右脚。教师已经训练好了自己,才能做成这种姿势指导学生跨出这一步去。两个教师,一个用左脚跳,一个用右脚跳,学生哪里能学会走路呢?

《文史通义》上说:"天下有可为其半,而不可为其全者;偏枯之药,可以治偏枯,倍其偏枯之药,不可以起死人也。天下有可为其全,而不可为其半者;樵夫担薪两钧,捷步以趋,去其半而不能行:非力不足,势不便也。风尚所趋,必有其弊。君子立言以救弊,归之中正而已矣。惧其不足夺时趋也,而矫之或过,则是倍用偏枯之药,而思起死人也。仅取救弊,而不推明斯道之全量,则是担薪去半,而欲恤樵夫之力也。"〔1〕我以为一般中学生,志趣并不在学文的,应该注重语体,文言能够讲得通,看得懂,对我国固有文化直接间接地见识一番也就罢了。习作可以完全用语体,不必试作文言;一定要兼顾,文言既写不通,把练习语体的时间又占去了,语体也难有进步。这是"可为其半,而不可为其全"的。志愿在学文学的学生,就

---

〔1〕 语出《文史通义·内篇四·说林》。

要"为其全,而不可为其半"。现在国文教师中,已经多半各有所偏;或者随俗浮沉,没有准稿子。大学里中文系的学生,有的只尝试新的创作,忽视旧文学的研究;有的还在作诗填词,不理会新文学的发展。前者想抽刀断水,后者又食古不化,同样是"担薪去半",吃力地、跄踉地走着。将来的成就,恐怕都很渺茫。谈到补救的方法,就要对症下药。先要把学生的志趣分辨清楚,然后再斟酌损益。总是这般不辨淄渑地一例看待,是不稳妥的。因为新旧兼施,加给一般中学生身上的便未免是"倍其偏枯之药";若是专重语体或文言,有志于学文的学生渐渐又会感到"去其半而不能行"的苦楚。教师若能设法导引着学生尽早发现他们自己的天才,再分别按照学生的志趣,供给他们以适当的教材,自然便可以"着手成春"了。

1946 年 10 月

七 咬文与嚼字

陶渊明作《五柳先生传》以自况,文中说:"好读书,不求甚解;每有会意,便欣然忘食。"现在的学生大多数便持不求甚解的态度去读书。我常看到学生在书的封面上写着"×年×月×日购于××",书的底页又会发见"×月×日读毕"。购书跟读毕的日子多半只隔三两天,很少有超过一个星期的。这么"目下十行"地读过之后,就束之高阁。这不但是不求甚解,简直是甚不求解了。陶渊明他明明说"好"读书,"每有会意"便是了解,"欣然忘食"便是欣赏;既能了解,又能欣赏,他才"好"这营生的。他的《移居》诗中有句云:"奇文共欣赏,疑义相与析。"真是个乐学的人。我们草三潦四地读书,说是学渊明的不求甚解,那是连《五柳先生传》也不甚解了。

学生不求甚解的病症是怎样染成的呢?积极的原因是从初识字起,就没有受过切实明确的训练;消极的原因是由于教师指导过求甚解,所激起的反动力。前者不待解说,后者可以略为一谈。现在一般中学校里国文课程多半选教文言的教材,教学的方式多半是把文言译成白话。口授之外,要写笔记。笔记便是文章体制、作者传略、声韵训诂、校勘考证，"五雅"〔1〕、"九通"〔2〕都一起搬进教室去。写得愈多愈杂，显得教师愈渊愈博。学生录在手头，吞进肚里，却是愈生愈硬，愈涩愈苦。这些才是"甚解"，渊明所"不求"的，却落在现今学生的头上了。这些并不是不该讲，而是不该像现在这样过量地灌输。太多了便撑得学生的肚皮发胀，消化不了。他们"一朝被蛇咬，三年见个绳头儿也怕"，除非你"右手刀剑，左手经典"，否则他们再也不甘心去下水磨工夫的。

"青年们不看重讲读，还有一个缘故，他们觉得讲读总不免咬文嚼字费工夫，而实际的阅读只消了解大意就够；他们课外阅读，只求了解大意，快当得多，他们觉得只有这种广泛的阅读才能促进写作能力的发展；讲读在一年里只寥寥三四十篇，好像简直没有益处似的。但是没有受过相当的咬文嚼字的训练或是没有下过相当的咬文嚼字的功夫的人，是不能了解大意的，至少了解不够正确。学生们课外阅读，能够了解大意，还是靠多年的讲读教育——虽然这种讲读教育没有很大的效率——或是自修的功夫。不过阅读有时候不止于要了解大意，还要领会那话中的话、字里行间的话——也便是言外之意。这就不能太快，得仔细吟味；这就更需要咬文嚼字的功夫。再说课外阅读可以帮助增进写作的能力，固然是事实，但一目数行地囫囵吞枣地读下去，至多只能增进一些知识和经验，并

---

〔1〕 "五雅"为五种以《尔雅》之体例编纂的训诂学著作。一说指《尔雅》、[汉]刘熙《释名》、[魏]张揖《广雅》、[宋]陆佃《埤雅》、[宋]罗愿《尔雅翼》。一说指《尔雅》、《小尔雅》、《逸雅》（即《释名》）、《广雅》、《埤雅》。

〔2〕 "九通"为九部政书的总称。清乾隆年间，以官修的《续通典》、《清通典》、《续通志》《清通志》、《续文献通考》、《清文献通考》六书与之前的"三通"（[唐]杜佑《通典》、[宋]郑樵《通志》、[元]马端临《文献通考》）合称"九通"。

不能领会写作的技术。要在写作上得益处,非慢慢咬嚼不可。一般人的阅读大概都是只观大意,并且往往随读随忘;虽然快得惊人,却是毫无用处。随读随忘,不但不能帮助写作,恐怕连增进知识和经验的效果也不会有。所以课外阅读决不能无条件地重视,而讲读还是基本。不过讲读不该逐句讲解,更不该信口开河,得切实计划,细心启发,让学生们多讨论,多练习,才能有合乎课程标准的效率。"(朱自清《国文教学》序)现在的国文教学,偏多逐句讲解,但又不见得做到了"相当的"咬文嚼字。只是"×者×也"地写上一黑板,仅仅算"说文解字",够不上说是"咬文嚼字"。而且烦琐得使学生们感到头痛,几乎要窒息;待到他们自己在课外阅读时,自然便以囫囵吞枣为快意了。既已习与性成,再劝他们慢慢咬嚼,他们一定不耐,何况也不常遇到能指导他们细嚼烂咽的人。他们没有下过这番咬文嚼字的基本功夫,了解自然不会怎样深刻,写作也不能怎样成熟。一切都从他们的眼前、口头、心上、手下滑了过去,随带着他们的时光!

在这里,我想举几个咬文嚼字的例子,也只能约略地说一说。还希望青年读者耐心地看一看,细心地想一想。倘若觉得有点儿意思,那么以后不拘读到什么文章时,就不要把那些由作者心血炼成的一字一句轻轻放过。渐渐地你们会有眼泪流下双颊,或是浮现出愉快的笑靥,和那些苦心的作者心印神交。

文章里描写的词句,都需要作者能设身处地,"入乎其内,故能写之"(王国维《人间词话》)。读者也需要能体贴入微,声应气求,才有所悟。《史记·刺客列传》:

……荆轲既至燕,爱燕之狗屠及善击筑者高渐离。荆轲嗜酒,日与狗屠及高渐离饮于燕市。酒酣以往,高渐离击筑,荆轲和而歌于市中,相乐也;已而相泣,旁若无人者。……

写几个不为世所知的豪侠之士的行径,"旁若无人者",何等气魄!鲁迅《孤独者》:

　　……大殓便在这惊异不满的空气里面完毕。大家怏怏的,似乎想走散,但连殳却还坐在草荐上沉思。忽然,他流下泪来了,接着就失声,立刻又变成长嗥。像一匹受伤的狼,当深夜在旷野中嗥叫,惨伤里夹杂着愤怒和悲哀。这模样,是老例上所没有的,先前也未曾预防到,大家都手足无措了。迟疑了一会,就有几个人上前去劝止他,愈去愈多,终于挤成一大堆。但他却只是兀坐着号咷,铁塔似的动也不动。……

写一个不为世所容的独行之士的行径,"铁塔似的动也不动",何等坚毅!再读《刺客列传》:

　　……高渐离变名姓,为人庸保,匿作于宋子。久之,作苦。闻其家堂上客击筑,彷徨不能去。……

写一个爱好艺术的人的赏音与技痒的样子,"彷徨不能去",何等依恋,多么肫挚!陆游《宴西楼》诗:"万里因循成久客,一年容易又秋风。""因循""容易"所含蓄的意境,和这里的"彷徨"相仿佛,都需要我们低徊要眇地去吟味它。再读鲁迅《伤逝》:

> ……深夜中独自躺在床上，就如我未曾和子君同居以前一般。过去一年中的时光，全被消减，全未有过。我并没有曾经从这破屋子搬出，在吉兆胡同创立了满怀希望的小小的家庭。……

写一个醉心于理想而失败了的人的迷离与憧憬的臆念，"小小的家庭"多么令人悠然神往？李商隐《无题》诗："重帏深下莫愁堂，卧后清宵细细长。""细细"和这里的"小小"韵味相当，不过一个表现惆怅之思，一个却是表现欣羡之情的。你在读到这些字句时，若不能掩卷以思，就不会亲切地领略到那滋味。一盏名贵的茶，要你慢慢地去品它；一口气儿地灌下去，你反而会觉得它并不怎样解渴的。

文章里摹写人的动作，要适合当时的情境；句法的繁简能和动态相合，富于暗示性，就更好。《刺客列传》：

> ……田光曰："敬诺。"即起，趋出。太子送至门，戒曰："丹所报，先生所言者，国之大事也，顾先生勿泄也。"田光俛而笑曰："诺。"……

《淮阴侯列传》：

> ……陈豨拜为钜鹿守，辞于淮阴侯。淮阴侯挈其手，辟左右，与之步于庭。仰天叹曰："子可与言乎？欲与子有言也。"……

前段里的"俛而笑"三字，把壮士暮年的田光见疑于人时的情景活

63

画出来。后段里的"仰天叹"三字,把居常鞅鞅的韩信失势受屈时的心境也写得活现。鲁迅《肥皂》:

> "我刚在练八卦拳……"他立即转身向了四铭,笔挺的站着,看着他,意思是问他什么事。
>
> ……
>
> 招儿带翻了饭碗了,菜汤流得小半桌。四铭尽量的睁大了细眼睛瞪着看得她要哭,这才收回眼光,伸筷自去夹那早先看中了的一个菜心去……

这些把过去旧家庭里亲子之间的怪象也全盘托出了。再看《刺客列传》:

> ……秦王谓轲曰:"取舞阳所持地图。"轲既取图,奏之。秦王发图,图穷而匕首见。因左手把秦王之袖,而右手持匕首揕之。未至身,秦王惊,自引而起,袖绝。拔剑,剑长。操其室。时惶急,剑坚,故不可立拔。荆轲逐秦王,秦王环柱而走。……左右乃曰:'王负剑!'负剑,遂拔以击荆轲,断其左股。荆轲废,乃引其匕首以擿秦王,不中,中铜柱。秦王复击轲,轲被八创。轲自知事不就,倚柱而笑,箕踞以骂曰:"事所以不成者,以欲生劫之,必得约契以报太子也。"……

专用确实、简短的字句,记叙惊险匆遽的事变,是很得体的。我们读到这一段时,不自禁地呼吸和脉搏都要迫促起来。《肥皂》里"只见四铭就在她面前耸肩曲背的狠命掏着布马褂底下的袍子的大襟后面的口袋"一句,用极其冗累的句子,写装模作样、心口不如一的伪君子的做作,也是很得体的。我们读到这一句时,"观人于其微",就可以觇及四铭的虚伪,连一个小行动都讨人厌。——这正是作者所要表现的。

文章里的虚字是表达语气的,语气是传达情感的。所以以前学文的人,很注重"求神气而得之于音节,求音节而得之于字句"(刘大櫆《论文偶记》中语)的读诵揣摩的功夫。现在也有些读者渐渐注意到这里,主张新文艺也该提倡朗读。近年来大多数人只用眼睛看书,不用口去读书,所以领悟得不够亲切;自己写作时,气势不能连贯,辞句又是板直的、冷漠的,不但写不出惊心动魄的文字,连引人入胜都不能够。我们来读《孟子》三宿出昼的一段:

> ……予三宿而出昼,于予心犹以为速。王庶几改之。王如改诸,则必反予;夫出昼而王不予追也,予然后浩然有归志。予虽然,岂舍王哉?王由足用为善,王如用予,则岂徒齐民安,天下之民举安;王庶几改之,予日望之。予岂若是小丈夫然哉!谏于其君而不受,则怒,悻悻然见于其面,去则穷日之力而后宿哉!……〔1〕

他的慕君爱民的感情,都辗转往复地由一些虚字中表现出来了。《刺客列传》:

> ……荆轲虽游于酒人乎,然其为人,沈深好书。其所游诸

---

〔1〕 语出《孟子·公孙丑下》。

侯，尽与其贤豪长者相结。其之燕，燕之处士田光先生亦善待之，知其非庸人也。……

一个"乎"字，便表达出司马迁对荆轲的一种钦迟之情；而且也有感慨愤激的因素，才慨当以慷地写出这样的叹词，不是随便写上去的。《肥皂》里的一段：

> "这真叫作不成样子，"过了一会，四铭又慷慨的说，"现在的学生是。其实，在光绪年间，我就是最提倡开学堂的，可万料不到学堂的流弊竟至于如此之大：什么解放咧，自由咧，没有实学，只会胡闹。学程呢，为他化了的钱也不少了，都白化。好容易给他进了中西折中的学堂，英文又专是'口耳并重'的，你以为应该好了罢，哼！可是读了一年，连'恶毒妇'也不懂，大约仍然是念死书。吓，什么学堂，造就了些什么？我简直说，应该统统关掉！"

这段里的词气，表现四铭的有所为而发的牢骚，不待细说。

> "我么？——没有。一两个钱，是不好意思拿出去的。她不是平常的讨饭，总得……"
> "嗡。"她不等说完话，便慢慢的站起来，走到厨下去。昏黄只显得浓密，已经是晚饭时候了。

一个"了"字，也写出四铭太太心中的无限怅惘，和说不出的倦意。然而晚饭总得去做，肥皂的泡沫也总得高高地堆在两个耳朵后，这便又引起作者无限的怅惘;可见那"了"字也不是随便写上去的。

这些说法,只要你肯细心咀嚼,便俯拾即是,要写也写它不尽的。而且各人所体悟到的不必尽同,随顺着自己的意思,把它尽量写出;想去规范陷锢别人的想像,就要堕入金圣叹批才子书的魔道。章学诚说:"文字之佳胜,正贵读者之自得。如饭食甘旨,衣服轻暖,衣且食者之领受,各自知之,而难以告人。如欲告人衣食之道,常指脍炙而令其自尝,可得旨甘;指狐貉而令其自被,可得轻暖,则有是道矣。必吐己之所尝而哺人,以授之甘;搂人之身而置怀,以授之暖,则无是理也。"〔1〕话虽然说得稍偏一点儿,终竟是有道理的。可是现在一般学生,在国文学习上未曾受过妥当的训练,像是因为衣食不节,已经害了流行性感冒。尽管狐貉被体,他们也不感觉轻暖;脍炙在前,他们也嗅不到,尝不出那旨而甘。所以"举隅反三,称情比类"〔2〕,还是需要的。

1946 年 10 月

---

〔1〕 语出《文史通义·内篇三·文理》。
〔2〕 同上。

八　缘情与度理

　　学生如果能做充分的预习，咬文嚼字的习惯很快就可以养成了。过了这"细"的阶段，就要进到"透"的尝试。由了解进而为欣赏——欣赏也可以说是透彻的了解。

　　许多作品，都由作者悲天悯人伟大的同情心凝聚而成。杜甫因此便有"朱门酒肉臭，路有冻死骨"〔1〕一类写民间疾苦的诗歌，鲁迅因此便有"他大约只是觉得苦，却又形容不出"〔2〕一类替哑子"呐喊"的创作。表现人生，是作者的愿望；批评人生，是作者的理想。作者以理来的，读者要以知往；以感授的，要以情接。情知相辅地去缘情度理，才会有所得。不然，便只能接触到所描述的故事的外形，受不到情趣的感召、思想的陶镕，读了也等于没有读。

　　所以读一篇文章，要把那写在平面上的文字，看成立体的东西：有高低，有远近，有隐显，有明暗。要抓到一篇中的警策，或是故事开展的最高峰；要从情景融会的字句中，找出它们的联系；要知人论世，辨明不得已而用的曲笔；要体味字里行间的话，听出弦外之音。然后才算把这篇文字读"透"了。

---

〔1〕　语出《自京赴奉先县咏怀五百字》。
〔2〕　语出《故乡》，收录于短篇小说集《呐喊》。

李密的《陈情表》是修辞立诚的文字。尤其足以表现他的诚款的,是下面的一段:

> ……臣无祖母,无以至今日;祖母无臣,无以终余年。母孙二人,更相为命,是以区区不能废远。臣密今年四十有四,祖母刘今年九十有六,是臣尽节于陛下之日长,报养刘之日短也。乌鸟私情,愿乞终养。……

这便是一篇中的警策,真情流露,血泪斑斑。前文许多申述的话,都成了这几句的注脚了。"臣无祖母,无以至今日;祖母无臣,无以终余年",词重意复——也唯有这重复,才更显现出情诚志切。"四十有四,九十有六",多么鲜明的对比!他平素"一则以喜,一则以惧"〔1〕的孝思,我们也可以就而觇知了。鲁迅《明天》里的一段:

> 她现在知道她的宝儿确乎死了;不愿意见这屋子,吹熄了灯,躺着。她一面哭,一面想:想那时候,自己纺着棉纱,宝儿坐在身边吃茴香豆,瞪着一双小黑眼睛想了一刻,便说,"妈!爹卖馄饨,我大了也卖馄饨,卖许多许多钱,——我都给你。"那时候,真是连纺出的棉纱,也仿佛寸寸都有意思,寸寸都活着。……

这是这篇故事的最高峰,写到母爱的深挚处。宝儿活着时,话说得

---

〔1〕 语出《论语·里仁》:"子曰:'父母之年,不可不知也,一则以喜,一则以惧。'"

有意思,"连纺出的棉纱,也仿佛寸寸都有意思,寸寸都活着";现在"她的宝儿确乎死了",自然一切也都跟着死去。所以"苦苦的呼吸通过了静和大和空虚,自己听得明白"。

陶渊明《归去来兮辞》里的"云无心以出岫,鸟倦飞而知还",是说眼前的云和鸟,同时也在象征着自己的心事:过去的"聊欲弦歌,以为三径之资"〔1〕,是无心而出;今日的"不为五斗米折腰"〔2〕,是倦飞而还。鲁迅《故乡》里的"我们的船向前走,两岸的青山在黄昏中,都装成了深黛颜色,连着退向船后梢去",是写眼前的景物,同时也含蕴着人生的感慨;"我只觉得我四面有看不见的高墙,将我隔成孤身,使我非常气闷;那西瓜地上的银项圈的小英雄的影像,我本来十分清楚,现在却忽地模糊了,又使我非常悲哀。"创作的人,不是经意地要写云、写鸟、写青山,再来暗示我们追悟他们的衷隐;原来他们在见云、见鸟、见青山时,已经发生了移情作用,他们的想像就是这么开展着的,便忠实地写出。这种情景相生的境界,我们若不能透过外在的景色,体会到他们内在情感发展的痕迹,就不会觑得和作者相同的意象,一切便都索然了。

作者也有时不得已而用曲笔。鲁迅已经自己说过了:"既然是呐喊,则当然须听将令的了,所以我往往不恤用了曲笔,在《药》的瑜儿的坟上平空添上一个花环,在《明天》里也不叙单四嫂子竟没有做到看见儿子的梦,因为那时的主将是不主张消极的。"〔3〕《陈

---

〔1〕 语出《晋书·隐逸传·陶潜传》。
〔2〕 来源于《晋书·隐逸传·陶潜传》:"吾不能为五斗米折腰,拳拳事乡里小人邪。"
〔3〕 语出《呐喊自序》。

情表》里的"舅夺母志",怕也是子为母隐的曲笔。我们只能说这是李密孝子之心的淳至处,不该当真就慨叹"亦有兄弟,不可以据"[1]。

为了作者有不能自已之情,所写出来的文字往往也意在言外。《史记·项羽本纪赞》:

> 吾闻之周生曰:"舜目盖重瞳子",又闻项羽亦重瞳子;羽岂其苗裔邪?何兴之暴也!……自矜功伐,奋其私智,而不师古。谓霸王之业,欲以力征,经营天下,五年卒亡其国,身死东城。尚不觉寤,而不自责,过矣。乃引"天亡我,非用兵之罪也",岂不谬哉?

口口声声是责难之辞,字里行间却埋蕴着惋惜不平的意气。《淮阴侯列传赞》:

> ……假令韩信学道谦让,不伐己功,不矜其能,则庶几哉,于汉家勋,可以比周、召、太公之徒,后世血食矣。不务出此,而天下已集,乃谋畔逆,夷灭宗族,不亦宜乎!

天下"已"集,"乃"谋畔逆;当日蒯生劝你"三分天下,鼎足而居"的时会,你干什么来!

为的是要引起读者的注意力,或者要写得含蓄些,作者也有时故意不说得太明显,或是借他事来做衬托。鲁迅《一件小事》:

---

〔1〕 语出《诗经·邶风·柏舟》。

　　我这时突然感到一种异样的感觉,觉得他满身灰尘的后影,刹时高大了,而且愈走愈大,须仰视才见。而且他对于我,渐渐的又几乎变成一种威压,甚而至于要榨出皮袍下面藏着的"小"来。

这是说,车夫的满身灰尘不妨害其为伟大;自己身上穿着的绅士式的皮袍,对于人格的渺小仍然是没有帮助的。鲁迅《肥皂》:

　　……经过许多时,堂屋里的灯移到卧室里去了。他看见一地月光,仿佛铺满了无缝的白纱,玉盘似的月亮现在白云间,看不出一点缺。

这红尘里的伪君子却遮掩不了言行上的"缝"隙,怕在心灵上也难免有些"缺"陷吧? 所以"他很有些悲伤,这一夜睡得非常晚";小人长戚戚,是咎由自取的。

　　这些都有弦外之音,需要揣摩一番,才能透入。凡是流传着的作品,都必有它的可传之实。你该一面读,一面想;多读几过,多想几转。透过泥沙,才能淘出真金;透过海水,才能采得珊瑚。浅率地掠取一些,几团泥沙,连一块砖都烧不起,几勺海水,连一撮盐也煮不成;时间精力,不是都掷于虚牝了吗?

1946 年 10 月

九　深入与旁通

（一）　深入浅出

如果能在教室里多多讨论，缘情度理地尝试，随时都可以有所触发。过了"透"的一关，就该往"深"字上打主意了。作者凭依着他造诣高深的学养，运用娴熟的文字，在有意无意之间所表现于作品中的，总是些深曲高卓的情理、超凡入圣的手法。你不像剥笋子一般一层层地剥到里面去，便不会寻到鲜美的滋味，所接触的不过是作者的弃箨罢了。

先就形式方面——行文的技巧上——举例说一说。白居易《长恨歌》：

> ……临邛道士鸿都客，能以精诚致魂魄。为感君王辗转思，遂教方士殷勤觅。排云驭气奔如电，升天入地求之遍。上穷碧落下黄泉，两处茫茫皆不见。忽闻海上有仙山，山在虚无缥渺间。楼阁玲珑五云起，其中绰约多仙子。中有一人字太真，雪肤花貌参差是。……

《琵琶行》：

> 浔阳江头夜送客，枫叶荻花秋瑟瑟。主人下马客在船，举
> 酒欲饮无管弦。醉不成欢惨将别，别时茫茫江浸月。忽闻水上
> 琵琶声，主人忘归客不发。寻声暗问弹者谁？琵琶声停欲语
> 迟。移船相近邀相见，添酒回灯重开宴。千呼万唤始出来，犹
> 抱琵琶半遮面。……

这两段里的两个"忽"字，都用得很恰当。"忽"是表示迅急出乎意外的副词，在"山重水复疑无路，柳暗花明又一村"的突兀转变时，用它才合宜。这两段都是由无希望中，蓦然透出希望来，所以"忽"字下得有力；也可以说为了要在这里下一个"忽"字，才着意地把以前的句子写到尽处、绝处。究竟孰为因，孰为果，不必苦诛求；大家成就一番表现上的完美就是了。假如去掉"上穷碧落下黄泉，两处茫茫皆不见"，"醉不成欢惨将别，别时茫茫江浸月"几句，也未始不可；但转来再读到"忽"字时，就显得疲惫无力，而且夹杂在里面，又像是很不调匀的了。

一篇文章里的每一句每一字，每有前后连贯、左右提挈、彼此呼应、互相帮衬的作用。因为牵涉太广，条件太多，某一种场合便只有某一个字才是适当的。行文时绮交脉注，每一句一字都选用了那适当的，通篇便显得很和谐；有一句一字不大顺溜，便很觉得刺眼，或是碍口。欧阳修《泷冈阡表》里有"回顾乳者剑汝而立于旁"一句。"本篇各本有异文若干处，这个'剑'字，一本作'抱'字。有人说，作'剑'字表示'乳者'把作者夹在胁下，看主人在灯下办公事，情态很生动；若作'抱'字，就觉得直致了。但这'剑'字是个僻字，就本篇全体看，

使用僻字的就只有这一处,未免见得不调和。并且,用'剑'字就生动,用'抱'字就直致,也只是从爱好僻字而来的主观看法。所以,作者当时用的如果真是'剑'字,在全篇用字须求调和这一点上是可议的。"(见叶圣陶、朱自清先生著《精读指导举隅》)便是很好的例证了。

再就内容方面——文章的情思上——举例说一说。再来看《泷冈阡表》:

> ……吾之始归也,汝父免于母丧方逾年。岁时祭祀,则必涕泣,曰:"祭而丰,不如养之薄也!"间御酒食,则又涕泣,曰:"昔常不足而今有余,其何及也!"吾始一二见之,以为新免于丧适然耳;既而其后常然,至其终身,未尝不然。
>
> ……汝父为吏,尝夜烛治官书,屡废而叹。吾问之,则曰:"此死狱也,我求其生不得尔。"吾曰:"生可求乎?"曰:"求其生而不得,则死者与我皆无恨也;矧求而有得邪,以其有得,则知不求而死者有恨也。夫常求其生,犹失之死,而世常求其死也。"……

欧阳修要表彰他的父亲是仁而孝的人,——还不够,是大仁大孝的人,孝子的心上才得宁贴。这两段叙述,便果然得心应手了。假如略去"终身未尝不然"和"世常求其死"两层意思,崇公便不过是一位老成人而已,算不了什么大仁大孝。"新免于丧适然"的是常人,"既而其后常然"的是孝子;"至其终身,未尝不然"便是"大孝终身慕父母"[1]了。做法官而"常求其死"的是酷吏,"常求其生"的是

---

[1] 语出《孟子·万章上》。

仁人;自己既能想尽方法去开释无辜,而想到一般法官滥施重典,又能发出由衷的慨叹,"俨有释迦、基督担荷人类罪恶之意"[1],才够得上说是大仁。大仁大孝,崇公的道德才高不可攀,才"足以表见于后世而庇赖其子孙矣"。

欧阳修并不是为了要表彰自己的父亲,便尽拣好的说,极力夸耀着写他父亲的大仁大孝;他原是"修辞立其诚"[2]的。他父亲在他四岁上就故去了,那时他还是个不懂事的小孩子。若是生在平常的人家,长大起来,他对死去的父亲也许毫无印象。但其母是画荻教子的贤母,她能把崇公的善念善行作为慈训,常常灌输给她的爱子。父亲的德业,在儿子的心目中早已是完美无缺的典型了。秉着这孺慕之私,才能千诚百恳地写出这一篇墓表,没有半点含糊,没有丝毫欺世盗名的意思。唯至诚能感人,所以这一篇文章也叨光而永垂不朽。社会上一些"谀墓"的文字,没有真情感,只是拣好听的说,所以没有什么价值。

情真作品也便真,真情流露的作品自能感人。不但主观的作品如此,客观的描写,为其能"入乎其内"[3],也同样的是出于真情。《长恨歌》写唐明皇的别恨,不就是很亲切的吗?这要作者设身处地地体会所要描写的人物的生活,才能表现到好处。偶一疏忽,就要失败的。《岁寒堂诗话》[4]里说:"'夕殿萤飞思悄然,孤灯挑尽

---

〔1〕 语出王国维《人间词话》对李煜作品的评价。
〔2〕 语出《周易·乾·文言》。
〔3〕 语出王国维《人间词话》:"诗人对宇宙人生,须入乎其内,又须出乎其外。入乎其内,故能写之;出乎其外,故能观之。入乎其内,故有生气;出乎其外,故有高致。"
〔4〕 此书为南宋张戒所著。

未成眠',此尤可笑,南内虽凄凉,何至挑孤灯耶?"这里确是用寒士的经验,去写天子的生活了;不能不说是《长恨歌》里的小疵儿。

求深入的了解,要提防三件事:一不要走向孤峭之路,二不要强人就我,三不要深文罗织。能在教室里做充分讨论,便不会犯这些毛病了。再借剥笋子为例说,学生能自己剥一层的,教师最好帮助他剥到第二层,然后再教他试着去剥第三层……做结论时,教师才说出自己的最后意见。学生渐渐深入,教师却永远在"一层"的前面导引着,对于学生说,这样才叫作"浅出"。"三尺之岸,而虚车不能登也;百仞之山,任负车登焉。何则? 陵迟故也。"(《荀子·宥坐篇》)由渐而入,学习的人才会感到从容些。现在的国文教学,几乎是"断岸千尺",教师"履巉岩……攀栖鹘之危巢",学生是"不能从焉"的。〔1〕

(二)　触类旁通

凿得"深"以后,又要拓得"广"。学问之道,本是着重在能"引而伸之,触类而长之"〔2〕的。我们读过《泷冈阡表》,认识了它是情真之作。有没有别的文章可以跟它相比的呢? 我们也许就想到归有光的《先妣事略》:

……正德八年五月二十三日,孺人卒。诸儿见家人泣,则

---

〔1〕　以上均引自苏轼《后赤壁赋》。
〔2〕　语出《周易·系辞上》。

随之泣,然犹以为母寝也。伤哉!……有光七岁,与从兄有嘉入学。每阴风细雨,从兄辄留;有光意恋恋,不得留也。孺人中夜觉寝,促有光暗诵《孝经》;即熟读,无一字龃龉,乃喜。……孺人死十一年,大姊归王三接,孺人所许聘者也。十二年,有光补学官弟子。十六年,而有妇,孺人所聘者也。期而抱女,抚爱之,益念孺人,中夜与其妇泣。追惟一二,仿佛如昨,余则茫然矣。世乃有无母之人,天乎?痛哉!

"……'世乃有无母之人,天乎?痛哉!'要与上面的话联带体会,才知是表达孺慕之情的至性语。上面说母亲死后十二年,他补了学官弟子;这是一件重要事儿,必须告知母亲的。母亲当年责他勤学,教他背书,无非盼望他能得上进;然而母亲没有了,怎么能告知她呢?又说母亲死后十六年,他结了婚,妻子是母亲所聘定的。过一年生了个女儿;这又是一件重要事儿,必须告知母亲的。母亲当年给他聘定妻子,就只盼望他们夫妇和好,生男育女;然而母亲没有了,怎么能告知她呢?因为要告知而无从告知,加深了对于母亲的怀念。可是怀念的结果,对于母亲的生平,只有一二成'仿佛如昨',还记得起,其余的却茫然了;这似乎连记忆之中的母亲也差不多要没有了。于是说'世乃有无母之人,天乎?痛哉!'好像世间不应当有'无母之人'似的。由于怀念得深,哀痛得切,故而这样痴绝的话、不同平常的话,正是流露真性情的话。……"(见《国文教学》)为了"真",他才能写出"诸儿见家人泣,则随之泣,然犹以为母寝"的真情景。这真情景中,藏蓄着人生的至痛,所以跟着写出"伤哉"二字。为了"真"他才能写出"每阴风细雨,从兄辄留;有光意恋恋",他不想自诩,说自己是个勤学的学生。为了"真",他才能写出"追惟一二,仿佛如昨,余则茫然",他不隐讳母亲的生平在他记忆中的模糊,他不想借"不可胜数"一类的辞令,轻轻掩饰过自己印象的浅弱。他对母亲的孺慕之私,是逐年在增长着的:母亲刚死时,不过是随家人泣;补了学官弟子,才想到过去风雨入学,夜诵《孝经》,自己的成就由于母氏的劬劳;结婚后生了个女儿,"养儿方知父母恩",才"益念孺人,中夜与其妇泣"。儿时不晓事,母亲的生平行事,印在自己心版上的太少;待到体会得《蓼莪》的诗意时,母亲的墓木已拱。母亲至少也该多活二十年,亲眼看到这些儿婚女嫁,又得含饴弄孙,天心人事才算对得起她的忧勤。何竟在"儿女大者攀衣,小者乳抱"〔1〕时,彼苍就遽夺其年。儿女还都在"以为母寝",慈母的牵肠挂肚不言可知……"世乃有无母之人,天乎?痛哉!"写到这里,一定要涕泗滂沱,一个字也写不下去了。

欧阳修是在父亲"足以表见"的际会,才动手写墓表。已经"显荣褒大"〔2〕,孝思虽说无已,总算已经"待"出一些头脑儿来了。归有光是在念母之情有增无已的时候,来写这一篇事略。虽然孺人所许所聘的都已有了着落,"然而母亲没有了,怎么能告知她呢"?这种"昊天罔极"〔3〕的哀痛,又没有"赐爵受封"可借以暂时欺骗自己,便只剩有这一篇文字,用来发泄自己的感情。辞出以诚,是必然的。所以《泷冈阡表》跟《先妣事略》比较起来说,两文都是情真之作,而心境又不同。前者"于是小子修泣而言曰",是有得说;后者"世乃有无母之人,天乎?痛哉!"只是人穷而呼天,没得说。

---

〔1〕 语出《先妣事略》。
〔2〕 语出《泷冈阡表》。
〔3〕 语出《诗经·小雅·蓼莪》。

我们能不能再找到相反的例子——情感不够真挚的——来比较参看呢？也许就想到袁枚的《陇上作》：

> 忆昔童孙小，曾蒙大母怜。胜衣先取抱，弱冠尚同眠。……玉陛胪传夕，秋风榜发天。望儿终有日，道我见无年。渺渺言犹在，悠悠岁几迁，果然宫锦服，来拜墓门烟。反哺心虽急，含饴梦已捐。恩难酬白骨，泪可到黄泉。……

欧阳修在《泷冈阡表》里叙列自己很多的官职，他相信这是祖考的功德泽及子孙的，丝毫也没有自夸的痕迹；我们读着时，也觉得他应该那么写。袁枚的诗中"宫锦"两个字，便把"夸官"的心迹暴露无遗；"白骨"两个字，便自己画了凉薄不孝的招状了。这边是祖母的一摊"白骨"，对面是孙儿的满身"宫锦"；若是一幅画，我们会看出它在寓有一种讽刺。

这种"广"的尝试——比较的研究，在预习、讨论、复习时，都有尽可能使其扩展的必要，原则是有线索可寻，不想入非非就是了。学生书读得少，未必每一篇每一句每一字都有连类并及的能力，教师该酌量提示一些，让学生自己去隅反，这叫作"能博喻，然后能为师"[1]。也要因人施教。在学生眼前一两步远的，最好教学生自己走向前去，教师在三四步上接引着；一步自然又迈不了八丈远，也不该教学生时时地企而立，跨而行。

1946 年 10 月

---

〔1〕 语出《礼记·学记》。

一〇　分析与综合

"细""透""深""广"的尝试都是分析的工作,最后还要根据这些尝试所得,做一番综合功夫。读一篇议论文,要捉到它的要领;读一篇说明文,要清晰它的统系;读一篇记叙文,就要如亲历其境;读一篇抒情文,就要能沁入心脾。不能分析,而想综合,就不免"白骨疑象,碔砆类玉,此皆似之而非"[1];只知分析,不能综合,便如同"七宝楼台,眩人眼目,拆碎下来,不成片段"[2]。现在一般国文教学,多半还采用逐句讲授的方式,在分析上也许多少有些效果;综合的训练,恐怕是最欠缺的。因此,学生所接受的完全是零星的、不相联属的,甚至是互相矛盾的知识;自己写作,也多半没有系统,理路不清,只是许多字句堆垛起来,不成一篇完整的文章。

比如说,你已经读过了《泷冈阡表》,除了已经明了"皇考""卜吉""熙宁""食邑"等词汇的意义,知道崇公"岁时祭祠""夜治官书"、太夫人的"守节自誓""言笑自若"等生活的记叙,跟欧阳修的许多官衔以外,你可曾在这篇文章的通幅上措意了没有?想到全篇,你是不是只能说:这是一篇墓表,是碑志类的文字,是欧阳修表

---

〔1〕　语出《战国策·魏策一》。
〔2〕　[宋]张炎《词源》贬吴文英词之语。

彰他父亲的一类常识的说法；或是写得文辞匀称、感情真挚一类抽象的批评呢？

这是不够的。"这篇文字，通体只有一条线索，就是一个'待'字。为什么直到父亲葬了六十年，才给他作墓表呢？因为有所等待。为什么要等待？因为作者的母亲说过'有待于汝'的话。母亲的'有待于汝'不是漫无凭依的空希望，她根据着父亲的孝行与仁心，知道这样的人该会有好儿子，能够具有同样的孝行与仁心，并且能够显荣他的父母祖先——就是所谓'有后'。在父亲下葬的那年，作者才只有五岁，当然不能作墓表。后来长大起来，而且'食禄'了，'列官于朝'了，他还是不作，因为母亲所等待的还没有确切的着落；直到'天子推恩褒其三世'，三代都受了皇帝的封赠，作者觉得'是足以表见于后世而庇赖其子孙矣'，换一句说，母亲所等待的有了确切的着落了，他才动手作墓表。他以为'天子推恩褒其三世'是自己'幸全大节'的凭证，而自己所以能够'幸全大节'由于不负母亲的等待，也就是不背父亲的遗训，总之是所谓'不辱其先'，真成了个好儿子。这并不是夸张自己，只是见得父亲具有孝行与仁心而果真'有后'，果真有好儿子，乃是'为善无不报'的'理之常'。要表扬父亲，还有比这个更值得叙述的吗？所以必须等待到这时候才来作墓表。——作者的意念是依着这样一条线索发展的。"（见《精读指导举隅》）你能似这般地把一篇文字的无形线索绅绎出来，知道作者意念发展的路线，凭依着它，你才可以跟作者的心曲交通；在你自己写作时，就理会怎样去先拟定一个纲领，再组织篇章了。

再比如说，你已经读过鲁迅的《伤逝》，你知道这篇小说是涓生的忏悔录，写着他和子君同居前后的一段故事。除开这些，你也同情于子君的遭遇吗？为什么同情呢？你可曾觉察到作者在怜悯那些盲目相爱的青年男女吗？你也曾领会到作者写这篇小说，有消极的和积极的两个愿望：消极地希望人们在没有弄清楚一件什么道理之前，不要贸然地做时代陷阱的牺牲者；积极地希望人们能更伟大些，挺起胸膛，担当起自己的过失，不要害别人做乞狗吗？你读到"待到孤身枯坐，回忆从前，这才觉得大半年来，只为了爱——盲目的爱——而将别的人生的要义全盘疏忽了。第一便是生活。人必生活着，爱才有所附丽"，"我没有负着虚伪的重担的勇气，却将真实的重担卸给她了。她爱我之后，就要负了这重担，在严威和冷眼中走着所谓人生的路"这两段时，你可曾假定这便是作者透露出来的主旨吗？鲁迅写这一篇《伤逝》，为什么借着"涓生的手记"用第一人称去写呢？假如改为客观的描写，会不会同样成功？……

你能似这样地总括全文，寻求它的大旨；揣摩题材的主客隐显是怎样配备着的，怎样照应着的；怎样一种内容跟怎样一种形式合拍……然后你对于作者情思的卓绝、形式的完美，才会有亲切的领会。自己写作时，也有下手处。各体的文章你能多读一些，都审慎地做过一番分析综合的探讨，渐渐地你会体悟出行文的矩矱，伸楮落墨时，便可以左右逢源了。

写一篇文章要"外文绮交，内义脉注"[1]；读一篇文章要品藻玄黄，观其会通，都不外是分析与综合。能在学校学文时养成这习惯，一生受用无穷。读书求速是现代青年的通病。我所处的这"细透深广合"的药方，"各包"却是"一剂"，要文火煎，温服，切忌生冷。

1946 年 10 月

---

〔1〕 语出刘勰《文心雕龙·章句》。

一一 情辞与本色

　　文学创作离却了诚便一无是处，"修辞立其诚"遂为亘古不移的铁律。"精诚所至，金石为开"，是至诚的作品便自然有一种动人的力量，震撼人们的心魄。反之，艺术的手腕尽管高，话说得尽管堂皇，若是透着一星儿的"反诸身不诚"[1]，结果便是"人之视己，如见其肺肝然，则何益矣"[2]。顾亭林说："末世人情弥巧，文而不惭。固有朝赋《采薇》之篇，而夕有捧檄之喜者。苟以其言取之，则车载鲁连，斗量王蠋矣。曰：是不然。世有知言者出焉，则其人之真伪，即以其言辨之，而卒莫能逃也。《黍离》之大夫，始而'摇摇'，中而'如醉'，既而'如噎'，无可奈何，而付之苍天者，真也。汨罗之宗臣，言之重，辞之复，心烦意乱，而其词不能以次者，真也。栗里之征士，淡然若忘于世，而感愤之怀有时不能自止，而微见其情者，真也。其汲汲于自表襮而为言者，伪也。"[3]诚的表现连啰嗦都算好，伪的表襮愈"汲汲"偏愈糟，诚之不可掩如此夫！

　　文学艺术的意境原是情思灵性迸射出的电光石火，把这意境表

---

〔1〕　语出《礼记·中庸》。
〔2〕　语出《礼记·大学》。
〔3〕　语出《日知录·文辞欺人》。

现出来,便如适逢其会地拍下一帧照片;倘若是未曾感光的底片,会印晒出什么画面呢? 这叫作"不诚无物"〔1〕。作者真挚的情感映现于作品中,那作品才是有了生命的、着了色的,是桃花自然它便红,是梨花自然它便白,各有各的情趣,各有各的本色。

唐顺之给茅坤的信上说:

> 今有两人,其一人心地超然,所谓具千古只眼人也,即使未尝操纸笔呻吟学为文章,但直抒胸臆,信手写出,如写家书,虽或疏卤,然绝无烟火酸馅习气,便是宇宙间一样绝好文字。其一人犹然尘中人也,虽其专专学为文章,其于所谓绳墨布置则尽是矣,然翻来覆去,不过是几句婆子舌头语,索其所谓真精神与千古不可磨灭之见,绝无有也,则文虽工而不免为下格。此文章本色也。即如以诗为喻,陶彭泽未尝较声律,雕句文,但信手写出,便是宇宙间第一等好诗。何则? 其本色高也。自有诗以来,其较声律、雕句文,用心最苦而立说最严者,无如沈约,苦却一生精力,使人读其诗,只见其捆缚龌龊,满卷累牍,竟不曾道出一两句好话。何则? 其本色卑也。本色卑,文不能工也;而况非其本色者哉?〔2〕

他虽只是重视文学内容而轻视其形式的说法,立论稍嫌偏陂,但是提到本色的高卑,是颇有道理的。我们可以这样说:文学的内容形式原是不可强分的,由情思灵性凝聚而成的本色却是不可强同的。

---

〔1〕 语出《礼记·中庸》。
〔2〕 引自《答茅鹿门知县书》。

文学创作各有本色，也有高卑的不同。本色高是情知欣合无间、真善美浑同如一的境界；本色卑是自觉或不自觉的尘俗迂陋，或是低级趣味的。我们也试把陶、沈二人的诗比较着看，不必管它们形式上的自然或琢饰，只就内容着眼，已可见出情思上的超凡或尘俗了。

陶潜《饮酒》诗之一：

> 结庐在人境，而无车马喧。问君何能尔？心远地自偏。采菊东篱下，悠然见南山。山气日夕佳，飞鸟相与还。此中有真意，欲辨已忘言。

"采菊东篱下，悠然见南山"，何等恬适自然！"结庐在人境，而无车马喧。问君何能尔？心远地自偏"，真是出淤泥而不染，是何等的胸襟！明道的人还用什么矜持与造作，只是坦荡荡地有什么便说什么；由于人格的醇美，诗的格调自然便高了。

试再读沈约的《直学省愁卧》：

> 秋风吹广陌，萧瑟入南闱。愁人掩轩卧，高窗时动扉。虚馆清阴满，神宇暧微微。网虫垂户织，夕鸟傍檐飞。缨佩空为忝，江海事多违。山中有桂树，岁暮可言归。

"虚馆清阴满，神宇暧微微。网虫垂户织，夕鸟傍檐飞"，作者在孤寂的环境中，非但领略不了"虚室绝尘想"[1]的物我两忘恬适之情，反而觉得当直无事的百无聊赖。"愁人掩轩卧"，正是一片热中

---

〔1〕 语出［晋］陶潜《归园田居·其二》。

没个安排处;"缨佩空为忝,江海事多违。山中有桂树,岁暮可言归",自然是自欺欺人的口头禅了。他也许有"归欤"的臆念,而激成这臆念的却不过是嫌官小而已;满肚皮的青紫,诗的本色哪得不卑?

我并不是说隐逸的诗本色便高,廊庙的文学本色便卑。前者若是欺世盗名的,便永也难脱俗浊;后者果有"人饥己饥,人溺己溺"之志的,也必不失为高格。试看杜甫的《北征》:

> ……挥涕恋行在,道途犹恍惚。乾坤含疮痍,忧虞何时毕?靡靡逾阡陌,人烟眇萧瑟。所遇多被伤,呻吟更流血。回首凤翔县,旌旗晚明灭。……凄凉大同殿,寂寞白兽闼。都人望翠华,佳气向金阙。园陵固有神,扫洒数不缺。煌煌太宗业,树立甚宏达。

这不忘君国的诗情,读起来令人生敬;充沛着伟大的同情,自别有一番光景。再看王维的《竹里馆》:

> 独坐幽篁里,弹琴复长啸。深林人不知,明月来相照。

独坐时心还不曾闲,伪装着似有不求人知的豁达,其实是"空山不见人,但闻人语响"[1],到底又不甘寂寞,终于借明月相照来"慰情良胜无"[2]。说了"幽篁",又道了"深林",掩藏得唯恐不密,究竟

---

〔1〕 语出〔唐〕王维《鹿柴》。
〔2〕 语出陶潜《和刘柴桑》。

那一片忮求的心未曾打叠得起，只想用文辞欺人罢了。

　　文学的风格即人格，本色高卑的等次是可以画一百种分数的。沉者自沉，浮者自浮，在不知不觉中它便流露出来，唯其不可掩才名之曰本色。"唯大英雄能本色"[1]，在文学作品中修辞立诚以表现自己的本色，正需要有大的勇气；很多人只能吞吞吐吐地、遮遮掩掩地写出些连本色都表显不出的模糊朦胧的文字。有的敢于大胆来表现，为了情才学识不足以称之，又要暴露出本色的粗俗。所以仅有表现的勇气还不够，"是真名士自风流"，风流的情趣才是构成美的诗格的因子。这流风美韵唯一的条件是真，名士的派头是不好冒牌子假充的。自家逞强去效法英雄，难免要沦于粗犷；顶名冒替去做名士，往往只能招供出自己的浮滑。英雄本色与名士风流倚于天赋的才情者居多，不可强几；人们可以下一番功力的，便只有勉为积学的君子了。

　　这些空洞的、原则上的话愈说愈不分明，还是举实例来讲罢。杜牧有一首《题桃花夫人庙》诗：

　　　　细腰官里露桃新，脉脉无言几度春。至竟息亡缘底事？可怜金谷坠楼人。

称许绿珠的坠楼殉主，以责让息姬的不能舍生取义，话说得还俏皮，"脉脉无言度几春"，对这遭人蹂躏无可如何的息夫人也寄以偌大的同情了。所以这首诗的格调，可以说是漂亮而不嫌刻薄。他的《金谷园》：

――――――――――

〔1〕　语出［明］洪应明《菜根谭》："唯大英雄能本色，是真名士自风流。"

　　繁华事散逐香尘,流水无情草自春。日暮东风怨啼鸟,落花犹似坠楼人。

情辞的飘逸潇洒,就更骎骎乎而向上了。这些都是杜郎名士风流性格的涌现,须学不得。然而竟有诗里的野狐禅袁枚他偏要推衍这种诗情写一首"咏绿珠":

　　人生一死谈何易,看得分明胜丈夫。犹记息姬归楚日,下楼还要侍儿扶。

既浅俗,又儇薄,这自逞才子气的袁子才,诗的本色自来就是如此这般卑不足道的;他的"性灵"完全是低级趣味!牧之的"十年一觉扬州梦,赢得青楼薄幸名"〔1〕是多么倜傥不群的名士风流,子才的"若道风情老无分,夕阳不合照桃花"〔2〕是何等憨皮涎脸的倚老卖老!他俩都曾尽情地露现着本色,一经露现,便也泾渭分明。

《唐诗纪事》上载有一段:

　　牧为御史,分务洛阳。时李司徒愿罢镇闲居,声妓豪侈,洛中名士咸谒之。李高会朝客,以杜持宪,不敢邀致。杜遣座客达意,愿预斯会。李不得已邀之。杜独坐南行,睥目注视,引满三卮。问李云:"闻有紫云者,孰是?"李指示之。杜凝睇良久,曰:"名不虚得,宜以见惠。"李俯而笑,诸妓亦回首破颜。杜又

---

〔1〕　语出[唐]杜牧《遣怀》。
〔2〕　语出[清]袁枚《白头》。

自饮三爵,朗吟而起,曰:"华堂今日绮筵开,谁唤分司御史来?忽发狂言惊满座,两行红粉一时回。"气意闲逸,傍若无人。

《随园诗话》上载有一段:

> 乾隆戊辰,李君宗典权知甘泉,书来,道女子王姓者,有事在官,可作小星之赠。予买舟扬州,见此女于观音庵;与阿母同居,年十九,风致嫣然。任予平视,挽衣掠鬓,了无忤意。欲娶之,而以肤色稍次,故中止。及解缆,到苏州,重遣人相访,则已为江东小吏所得。余为作《满江红》一阕云:"我负卿卿,撑船去,晓风残雪。曾记得,庵门初启,婵娟方出。玉手自翻红翠袖,粉香听摸风前颊。问姮娥何事不娇羞?情难说。既已别,还相忆;重访旧,杳无迹。说庐江小吏,公然折得。珠落掌中偏不取,花看人采方知惜。笑平生双眼太孤高,嗟何益!"

看一看他俩的生活,一个是放浪形骸之外,不拘行检,大踏步地走去走来,"濯清涟而不妖"[1],抓得起,放得下;一个是狂狂汲汲,却却前前,一会儿装聋卖傻,一会儿又抓耳挠腮。再比较着读他们的诗词,一个是兴到之作,吟过便了;一个像煞有介事,伪冒多情。本色的高卑,真有云泥之判。

王昶《湖海诗传》里说:"子才来往江湖,太丘道广,不论贵郎蠢夫,互相酬和。又取英俊少年,著录为弟子,授以《才调》等集,挟之以游东诸侯。更招士女之能诗画者十三人,绘为投诗之图,燕钗蝉

---

[1] 语出[宋]周敦颐《爱莲说》。

鬓,傍柳随花,问业请前。而子才白须红舄,流盼旁观,悠然自得。亦以此索当途之题句,于是人争爱之,所至延为上客。"由"杜郎俊赏"[1]学到他这样的颜厚不自忸怩,不怪章实斋要骂他"小慧佻薄"了。可见文学固然要能表现出作者的本色来,要紧的还是如何使这本色往高处走。大英雄真名士既然是不可强相跻攀的,人们就该积学储宝,培育淳至的感情,收其放心,走上君子的途路;袁枚却是步入魔道了。

我们试再读邓汉仪的《题息夫人庙》诗:

> 楚宫慵扫眉黛新,只自无言对暮春。千古艰难惟一死,伤心岂独息夫人。

一片醇挚的同情心,充分地表现出恕的品德,它的本色如温润含蓄的玉石一般,便是诗中的君子;小杜的"细腰宫里"可以比作晶莹透彻的冰与水精,透露着英气,不消说是名士风流的本色;袁枚的《息夫人》却是诗国里的小人。

《随园诗话》还有一节说:"写怀假托闺情,最蕴藉。仲烛亭在杭州,余屡为荐馆。最后将荐往芜湖,札问需修金若干。仲不答,但寄古乐府云:'托买吴绫束,何须问短长?妾身君惯抱,尺寸细思量。'"这家伙也是个浊物,正和袁枚声应气求。他们都是"肉麻当有趣"的,所以一个才能把如此"言之丑也"的歪诗寄以代书,一个便居然也激赏它的"蕴藉";可谓难兄难弟了。还是一读朱庆余《近试上张水部》诗来廓清这魔障罢:

---

〔1〕 语出[宋]姜夔《扬州慢·淮左名都》。

> 洞房昨夜停红烛,待晓堂前拜舅姑。妆罢低声问夫婿,画眉深浅入时无?

这才当得起"蕴藉"二字。区区烛亭胸中有什么丘壑,强自效颦罢了。朱诗里的"停"字、"待"字、"低"字,都具有贞静的品格,自是读书人的本色语。前面那首歪诗里的"惯"字、"抱"字、"细"字,都反映着俗恶不堪的心曲,自又是市侩的本色语。试把他们比拟的意旨抛开,只就两诗的正面描写说,贞淫雅郑,已自不同。

贞静的品格,须是从学问中来。虽未必如名士风流得着不得丝毫的勉强,而一分一寸的尺度却也紧跟着人们的工力走。这里所说的工力,并不是指着艺术的技巧、描写的手腕。技巧的娴熟只能帮助本色的表现,于本色的卑俗是无补的。刘熙载《词概》上说:"周美成词,或称其无美不备。余谓论词莫先于品,美成词信富艳精工,只是当不得个'贞'字,是以士大夫不肯学之;学之则不知终日意萦何处矣。"王静安《人间词话》上说:"词之雅郑,在神不在貌。永叔、少游虽作艳语,终有品格;方之美成,便有淑女与娼伎之别。"可见艺术上的技巧只能在表现上奏技,本色的高卑却系于作者的情思之本。我们且来看欧阳修的《临江仙》:

> 柳外轻雷池上雨,雨声滴碎荷声。小楼西角断虹明。阑干倚处,待得月华生。 燕子飞来窥画栋,玉钩垂下帘旌。凉波不动簟纹平。水精双枕,傍有堕钗横。

她在迟伫着"真个怜惜"的心上的人儿! 一阵雷雨交加,怕阻遏了良人的步履,荷声碎,人心也碎了。好容易盼到傍晚,天才开霁,她便倚定阑干等候着，一直到月上东窗，还兀自在那里痴望。燕子飞来，在画栋上俯瞰着月光下屋内的几宗物事，都是反光较强的：玉钩低垂着，双枕虚设着，月光洒在平净的簟席之上，空无所有，只有一支不知什么时候从她发际堕下的金钗横放在那儿。这"堕钗"含蓄着主人家重重的心事，昨夜的"辗转反侧"也是由它向我们交代清了的。透过这经济的描写手腕，把含蓄的情思、贞静的品格，都表现在这里了。这一阕词就是意境上见功夫，趣味中出心性的绝好例证，我们分明见出作者的学识素养能够激荡心源，创作趣味乃能似此的皎洁，一尘不染。再参校着读周美成的《南柯子·咏梳儿》：

> 桂魄分余晕，檀槽破紫心。晓妆初试鬓云侵，每被兰膏香染，色深沉。　　指印纤纤粉，钗横隐隐金。有时云雨凤帏深，长是枕前不见，赚人寻。

从一柄梳子勾引起如许多的无题事，联想愈转愈深邃，情趣越来越下流。"淑女与娼伎之别"，只在这"堕钗"与"堕梳"上。美成平生过着"疏隽少检"[1]的生活，这些"纤纤""隐隐""枕前不见"，正是他诗材的武库，低级趣味便也形成他词风的当行本色了。我们如果相信欧阳永叔有诗人的生活，那么，周美成的生活就该是艺人的。

　　文学是人生的表现。希望文学的本色高，先须有严肃而洒脱的生活；归根结蒂，又落在一个"诚"字上。

1946 年 8 月

---

〔1〕　语出《宋史·文苑传》。

一二　风格与人格

　　一个人的生活，"端而言,蠕而动"[1]，都是他的人格的表现；文学作品的风格也渊源于作者的人格。他有怎么样的一种人格,他的情思就驱使想像走向怎么样的一条路途,熔铸为自我创造的意象,表现于具有特殊风格的作品。你要创造一首诗,先要你过着诗人的生活——你的生活本身就应该是没有写出的诗。你希望你的作品不朽,便该培育你的人格,让它先具不朽之实。种子的胚珠已经藏蕴着根茎叶,受到阳光的温煦、雨露的滋润,当然可以开放出绚烂的花朵。

　　红花也好,黄花也好,妙手天成而不矫揉造作,便是真的艺术。文学是情思的映现,所要求的只是一个真字。章实斋说：

　　……易曰："一阴一阳之谓道",阳变阴合,循环而不穷者,天地之气化也。人秉中和之气以生,则为聪明睿智;毗阴毗阳,是宜刚克柔克,所以贵学问也。骄阳渗阴,中于气质,学者不能自克,而以似是之非为学问,则不如其不学也。孔子曰："不得中行而与之,必也狂狷乎! 狂者进取,狷者有所不为。"庄周、

　　———————
　　〔1〕　语出《荀子·劝学》。

94

屈原,其著述之狂狷乎! 屈原不能以身之察察,受物之汶汶,不屑不洁之狷也。庄周独与天地精神相往来,而不傲倪于万物,进取之狂也。昔人谓庄屈之书,哀乐过人。盖言性不可见,而情之奇至如庄屈,狂狷之所以不朽也。乡愿者流,托中行而言性天,剿伪易见,不足道也。于学见其人,而以情著于文,庶几狂狷可与乎! 然而命骚者鄙,命庄者妄;狂狷不可见,而鄙且妄者纷纷自命也。夫情本于性也,才率于气也。累于阴阳之间者,不能无盈虚消息之机。才情不离乎血气,无学以持之,不能不受阴阳之移也。……若夫毗于阴者,妄自期许,感慨横生,贼夫骚者也。毗于阳者,狷狂无主,动称自然,贼夫庄者也。……(《文史通义·质性篇》)

狂与狷之所以能不朽,因为他真;托中行的乡愿之所以不足道,因为他伪。"妄自期许,感慨横生",由于自私的感情,所以鄙;"狷狂无主,动称自然",成于剿窃的思想,所以妄。剿窃思想的自是在作伪,自私的感情虽有等于无。因为"人之所以异于木石者,情也;情之所以可贵者,相悦以解也"[1]。靠着有同情,情才存在,唤不起他人同情的自私之情,实是无情。

因此,"嗟穷叹老"的作品是文学中的下乘。有些借题发挥的引起我们同情的部分,往往还是他所借的"题",而不是他所发挥的旨。我们读白居易《琵琶行》"今年欢笑复明年,秋月春风等闲度。弟走从军阿姨死,暮去朝来颜色故。门前冷落鞍马稀,老大嫁作商人妇。商人重利轻别离,前月浮梁买茶去。去来江口守空船,绕船明

---

[1]　语出[清]章学诚《文史通义·内篇四·知难》。

月江水寒。夜深忽梦少年事,梦啼妆泪红阑干"一段,对这弹琵琶的商人妇,会寄予偌大的同情。待读到下面"我从去年辞帝京,谪居卧病浔阳城。浔阳地僻无音乐,终岁不闻丝竹声。……凄凄不似向前声,满座重闻皆掩泣。座中泣下谁最多,江州司马青衫湿"一段时,对这青衫湿的白司马,却不免觉得他有些"不得于君则热中"〔1〕了。

乐天《与元九书》云:

> ……自登朝来,年齿渐长,阅事渐多。每与人言,多询时务;每读书史,多求理道。始知文章合为时而著,歌诗合为事而作。是时皇帝初即位,宰府有正人,屡降玺书,访人急病。仆当此日,擢在翰林,身是谏官,手请谏纸,启奏之外,有可以救济人病,裨补时阙,而难于指言者,辄咏歌之,欲稍稍递进闻于上。上以广宸听,副忧勤;次以酬恩奖,塞言责;下以复吾平生之志。岂图志未就而悔已生,言未闻而谤已成矣。又请为左右终言之。凡闻仆《贺雨》诗,而众口籍籍,已谓非宜矣;闻仆《哭孔戡》诗,众面脉脉,尽不悦矣;闻《秦中吟》,则权豪贵近者,相目而变色矣。……

"时"与"事"原都是文学所能够——也应该——表现的,但不可太有意地去"为"它,"为"就近于人为之"伪"。要你有深厚的同情心,"禹思天下有溺者,由己溺之也;稷思天下有饥者,由己饥之也"〔2〕。然后你的同情的眼泪才能凝聚成淳至的作品。"作者之诚"只在你这方寸中。

---

〔1〕 语出《孟子·万章上》。
〔2〕 语出《孟子·离娄下》。

白氏一生的述造,出发点多半是理智上的当然,少许是感情上的本然;所以不免有宣传的口吻、沽名的成分。《与元九书》中又提到:

> ……日者又闻亲友间说,礼吏部举选人,多以仆私试赋判传为准的;其余诗句,亦往往在人口中。仆恧然自愧,不之信也。及再来长安,又闻有军使高霞寓者,欲聘倡妓,妓大夸曰:"我诵得白学士《长恨歌》,岂同他妓哉?"由是增价。又足下书云:"到通州日,见江馆柱间,有题仆诗者。"复何人哉?又昨过汉南日,适遇主人集众乐,娱他宾。诸妓见仆来,指而相顾曰:"此是《秦中吟》《长恨歌》主耳。"自长安抵江西,三四千里,凡乡校、佛寺、逆旅、行舟之中,往往有题仆诗者;士庶、僧徒、孀妇、处女之口,每每有咏仆诗者。此诚雕虫之戏,不足为多,然今时俗所重,正在此耳。虽前贤如渊、云者,前辈如李、杜者,亦未能忘情于其间!古人云,名者公器,不可以多取。仆是何者,窃时之名已多;既窃时名,又欲窃之富贵,使己为造物者,肯兼与之乎?今之屯穷,理固然也。……

可见白氏的名心很重。他说李杜"亦未能忘情于其间",恐怕未必然。

"问余何事栖碧山,笑而不答心自闲。桃花流水窅然去,别有天地非人间。"[1]李太白是何等的胸襟!他原是和庄周一流的"独与天地精神往来,而不敖倪于万物"[2]的"进取之狂"。"杜陵有布

---

〔1〕 此诗为[唐]李白《山中问答》。
〔2〕 语出《庄子·天下》。

衣,老大意转拙。许身一何愚,窃比稷与契。……以兹悟生理,独耻事干谒。兀兀遂至今,忍为尘埃没。"〔1〕杜子美是何等的抱负!他原是和屈原一流的"不能以身之察察,受物之汶汶"的"不屑不洁之狷"。李杜二人,诗名盖世,而当时偏没有丝毫求名的心,"玉山自倒非人推"〔2〕,要名做什么?"未有涓埃答圣朝"〔3〕,要名做什么?

太白的诗,走的是"吾亦洗心者,忘机从尔游"〔4〕的路,和乐天的诗格迥不同工,没有方法放在一道儿相比。我们试把乐天的诗跟工部的比并着读下去,浅深纯驳已经有很大的差别了。

白氏自己举出的"言未闻而谤已成"的几首诗,可以取作例证。《贺雨》诗在篇末因袭着"靡不有初,鲜克有终"〔5〕的意思,还绕一个大圈子才说出:"小臣诚愚陋,职忝金銮宫。稽首再三拜,一言献天聪。君以明为圣,臣以直为忠。敢贺有其始,亦愿有其终。"充其量也不过是"塞言责"而已。我们看杜甫的《北征》:"拜辞诣阙下,怵惕久未出。虽乏谏诤姿,恐君有遗失。君诚中兴主,经纬固密勿。东胡反未已,臣甫愤所切。挥涕恋行在,道途犹恍惚。乾坤含疮痍,忧虞何时毕?靡靡逾阡陌,人烟眇萧瑟。所遇多被伤,呻吟更流血。回首凤翔县,旌旗晚明灭。"他的视民如伤、依恋君国的感情是何等的真挚!

《哭孔戡》诗,开头说:"洛阳谁不死,戡死闻长安。我是知戡者,闻之涕泫然。"笔意实在嫌它不够深刻。篇末说些"谓天不爱

〔1〕 语出杜甫《自京赴奉先县咏怀五百字》。
〔2〕 语出李白《襄阳歌》。
〔3〕 语出杜甫《野望》。
〔4〕 语出李白《古风·其四十二》。
〔5〕 语出《诗经·大雅·荡》。

人,胡为生其贤? 谓天果爱民,胡为夺其年? 茫茫元化中,谁执如此权"之类怨天尤人的话,别人听得,自然还他一个"不悦"。我们再看工部《梦李白》诗两首,开头是:"死别已吞声,生别常恻恻。江南瘴疠地,逐客无消息。""浮云终日行,游子久不至。三夜频梦君,情亲见君意。"何等的关切! 收束的句子是:"落月满屋梁,犹疑照颜色。水深波浪阔,无使蛟龙得!""孰云网恢恢,将老身反累。千秋万岁名,寂寞身后事。"多么含蓄而沉痛! 杜老对于人伦间的情分,都极其敦笃,这人格便也表现于诗的风格中。

《秦中吟》里的警策,像是:"夺我身上暖,买尔眼前恩。进入琼林库,岁久化为尘。""主人此中坐,十载为大官。厨有臭败肉,库有贯朽钱。""食饱心自若,酒酣气益振。是岁江南旱,衢州人食人。""日中为一乐,夜半不能休。岂知阌乡狱,中有冻死囚。""低头独长叹,此叹无人喻:一丛深色花,十户中人赋。"都不过是杜诗"朱门酒肉臭,路有冻死骨"两句的幻影化身。我们趁此便来读老杜的《自京赴奉先县咏怀五百字》诗中的一段:

> ……君臣留欢娱,乐动殷胶葛。赐浴皆长缨,与宴非短褐。彤庭所分帛,本自寒女出。鞭挞其夫家,聚敛贡城阙。圣人筐篚恩,实欲邦国活。臣如忽至理,君岂弃此物? 多士盈朝廷,仁者宜战栗。况闻内金盘,尽在卫霍室。中堂舞神仙,烟雾散玉质。暖客貂鼠裘,悲管逐清瑟。劝客驼蹄羹,霜橙压香橘。朱门酒肉臭,路有冻死骨。荣枯咫尺异,惆怅难再述。……

悲天悯人、先天下忧的心曲,沉重而鲜明地映现于字里行间。杜甫之所以能创造出伟大的作品,由于他对于有苦无处诉的百姓具有伟大的同情心，不畏强御地要替他们倾吐，这里就已经可以使我们认识他伟大的人格了。同情的火焰在他的灵府中燃烧，喷射出火山般的熔岩，才得凝结成瑰玮璀璨的作品。

他的诗都是因为在内有不能自已之情，才表现出来的，从不曾着得半点为人的心。笔下描述些民间的疾苦、战争中的琐尾流离，"有诗而后有题"，为人的多而自为的少。只缘他的情思原本是如此的深挚广大，形于文学作品的便自然而然的沉郁苍凉。白居易还未能闳其中，便光想肆于外，所以在创作的意境上都显现出一些作态，在情辞的安排上也招邀出一些勉强。他着意地为"时"为"事"，就未免要"为人"。下笔之先，要筹划些"话须向谁说，如何说"等等的问题，"有题而后有诗"。他创作时居于超然的地位，真的情感和所要表现的题材便不能十分翕合了。

杜甫的生活是很坎坷的，怀才莫展，半生在乱离飘荡中过活，终于客死在他乡。他如果写几首诗"嗟穷叹老"，我们也会原谅他的斯文落魄，原也该发几句牢骚了。可是为了他有仁者安仁的至性、忧国忧民的学养，把己身遭遇到的厄运，都借着豁达的谐趣，一笑了之，却把偌大的同情心寄托于天下所有在水深火热中挣扎着的百姓身上。他的诗歌往往由"嗟穷叹老"的题材，归结到同登衽席的企望；又不是故意地寻些冠冕堂皇的话来装门面，都由于情思的固然。读他《咏怀》诗的另一段，就可以觇及一斑：

> ……老妻寄异县，十口隔风雪。谁能久不顾，庶往共饥渴。入门闻号咷，幼子饥已卒。吾宁舍一哀，里巷亦呜咽。所愧为人父，无食致夭折。岂知秋禾登，贫窭有仓卒。生常免租税，名不隶征伐。抚迹犹酸辛，平人固骚屑。默思失业徒，因念远戍

卒。忧端齐终南，澒洞不可掇。

自己的儿子已经饿死了，还在忧念比自己更骚屑艰难的平民戍卒，仁者无私的品格使我们虔服。再如《茅屋为秋风所破歌》的后幅：

　　……床头屋漏无干处，雨脚如麻未断绝。自经丧乱少睡眠，长夜沾湿何由彻？安得广厦千万间，大庇天下寒士俱欢颜，风雨不动安如山。呜呼！何时眼前突兀见此屋，吾庐独破受冻死亦足。

这不会是矫情的话。有像杜甫这样的性格与胸襟的人，果真能看见天下寒士的"欢颜"，他真的冻死也能瞑目。天下寒士得到这么几句同情的声援，心上也该感到一些温暖的。

白居易的《新制布裘》诗，也有和此诗类似的意境：

　　桂布白似雪，吴绵软于云。布重绵且厚，为裘有余温。朝拥坐至暮，夜覆眠达晨。谁知严冬月，支体暖如春。中夕忽有念，抚裘起逡巡。丈夫贵兼济，岂独善一身？安得万里裘，盖裹周四垠。稳暖皆如我，天下无寒人。

话虽如此，总还带一些"饱汉不知饿汉饥"的情调。恐怕在风雪中瑟缩着的寒士，读到他这首诗，不免要飞出一口唾沫："这虚夸无情诡说'兼济'的牙疼调儿！"

无情而偏要摆出悲天悯人的面孔，便是乡愿，"剿伪易见，不足道也"。白乐天对于这道理本是很清楚的，所以他说："诗者，根情，苗言，华声，实义。"〔1〕只是当他自己伸楮落墨时，汲汲于表襮"义"的果实，反而把"情"的根株忽略了。"途之人可以为禹"〔2〕，君子是可以学而能的。珍护你的感情，放开你的视野，让它生发、拓展，你的文学作品的风格可以随着你的人格日新又新。"学"，要从根本处着手。

另外又有些先天的成分居多，后天的学习无能为力的。"唯大英雄能本色，是真名士自风流。"这本色与风流，便是不可学的。英雄与名士，都有天赋的几分才气——在我们一般非英雄名士的人们看来，便是几分狂气。这类的人格，不可强学。这类的文章风格，也同样的不可强学。

他们也需要后天的学养与文学技术的训练，这样才可以帮助他们展布天才，好比锦上添花。他们的文学风格，常常是秋水文章，一尘不染，野云孤飞，来去无迹。没有那分天才，而只凭功力去学，便像是没有作素底的纨锦，着不上花朵去的一般，扭扭捏捏地不免要露出东施捧心的怪里怪气的样子。这里我们再来看李白的诗罢："明月出天山，苍茫云海间。长风几万里，吹度玉门关。"〔3〕这种洒家大踏步的气魄，如何学？"玉阶生白露，夜久侵罗袜。却下水晶帘，玲珑望秋月。"〔4〕这种一泓秋水照人寒的诗格，如何学？后世学杜甫的诗人很多，而李白的诗竟成了绝响，这里总也算说明它的原因之一了。

休再讲这谪仙人李青莲，就是晚唐的杜牧之，清灵中还多少沾

---

〔1〕 语出《与元九书》。
〔2〕 语出《荀子·性恶》。
〔3〕 语出《关山月》。
〔4〕 此诗为李白《玉阶怨》。

染些浊气的人,在我们这一般沾泥絮看起来,也已经便是不可跻之天了。像是:

> 青山隐隐水迢迢,秋尽江南草未凋。二十四桥明月夜,玉人何处教吹箫?〔1〕
>
> 落魄江湖载酒行,楚腰纤细掌中轻。十年一觉扬州梦,赢得青楼薄幸名。〔2〕

风姿的潇洒漂亮,隐孕着小杜做人的风格。齷齪小生只好望而却步,浪荡的人儿怕又鱼目比不得真珠。强学他,就要栽斤斗。《唐诗纪事》下载有一段故事:

> 牧为御史,分务洛阳。时李司徒愿罢镇闲居,声妓豪侈,洛中名士咸谒之。李高会朝客,以杜持宪,不敢邀致。杜遣座客达意,愿预斯会。李不得已邀之。杜独坐南行,瞪目注视,引满三卮。问李云:"闻有紫云者,孰是?"李指示之。杜凝睇良久,曰:"名不虚得,宜以见惠。"李俯而笑,诸妓亦回首破颜。杜又自饮三爵,朗吟而起,曰:"华堂今日绮筵开,谁唤分司御史来?忽发狂言惊满座,两行红粉一时回。"气意闲逸,傍若无人。

这正是"由由然与之偕而不自失"〔3〕的行径,须学不得。没有他那

---

〔1〕 此诗为杜牧《寄扬州韩绰判官》。
〔2〕 此诗为杜牧《遣怀》。
〔3〕 语出《孟子·公孙丑上》。

么一股子天生的逸气，偏要邯郸学步，就一定使人肉麻齿冷，暴露出自家是无赖汉。所以我还要叮咛一句：我们一般人，只可以亦步亦趋地去学君子，那些英雄与名士只有得天独厚的人才有份儿，我们须学不得！一定要学，就不免堕入魔道。把浮夸粗犷当成"本色"，把低级趣味认作"风流"，那些人品与文格便不堪问了。

现世纪我们步入了大时代，一切都有了新的评价。关于文学的，我们一面注意"个性"的表现，一面又重视"群"与"大我"。李白的视天下如敝屣、杜甫的每饭不忘君国，在目前看来，虽然仍不失其为高尚的人格，但已稍稍感到太白像是玉卮无当，子美有些伧父面目了。因此，我们的时代可能培育出更伟大的人格、更伟大的文学家，黑暗是黎明的前奏，我相信今日当已有在下着"冥冥惛惛"的工夫的人，在不久的将来，当能表现出"昭昭赫赫"〔1〕的作品，让我们认识他这"独领风骚"的面目。

衡量文学的标准，虽然在作分析的研究时，要分别去探讨它：感情的真伪、思想的奇正、想像的丰吝与形式的美窳；而实际上，它的情知（言志与载道）表里（形式与内容）只是浑同一气的一个有机体，拆碎下来，便不成片段。偏长专擅的必不是上乘的作品，以羡补不足便没有到炉火纯青的造境。几乎可以说，愈容易作分析研究的作品，它的艺术价值也愈低，"浅深莫臻其分，清浊未议其方"〔2〕的才到了"道周性全"的地步。文格与人格不可分，诗人就要有诗一般的生活，文章的圣手应该就是人伦的圣人，无行的文人也不能创

---

〔1〕 出自《荀子·劝学》："是故无冥冥之志者，无昭昭之明；无惛惛之事者，无赫赫之功。"

〔2〕 语出《后汉书·周燮黄宪传》。

造出上乘的文学。

　　做人的最高境界应该是"中行"的,非狂非狷,真善美浑同如一,从心所欲不逾矩,时时乐享着情知的欣合无间。文学的最高境界也应该是"中行"的,感情真,思想善,形式美,三者浑同如一,"如万斛泉源,不择地皆可出"〔1〕,自然蔚为情辞并茂的创作。这虽说恐怕只是可望而不可即的理想,然而"心向往之"是文学家应持的态度。人,若果已得了道,并对宇宙人生有独到自足的认识,然后借着他的一支笔来表现人生、批评人生。庄子说"道无所不在",何况文学?人,若果已走上文学之路,珍惜自己的感情,让它生发、广被,伟大的同情能像天之无所不覆,地之无所不载。佛说"微尘中可见大千",何况文学?路是四通八达的康庄,南去北来,任凭尊便。"养其根而俟其实,加其膏而希其光;根之茂者其实遂,膏之沃者其光晔。"〔2〕能够有自得之赏的,便自然会左右逢源了。

1946 年 9 月

〔1〕　语出苏轼《文说》。
〔2〕　语出［唐］韩愈《答李翊书》。

一三　格调与趣味

这里所要谈的文学趣味是广义的。它是文学创作者由灵府心田觑见一种意象时的拈花微笑,是文学欣赏者由字里行间领会一种情境时的一瓣心香。它是情思凝成的甘露,是灵性交感的津梁。有些人为了要表现它而创作,有些人为要寻求它而欣赏;同样的是乐在其中,这人生世相间的最高受用啊!

曾国藩曾说:"有气则有势,有识则有度,有情则有韵,有趣则有味;古人绝好文字,大约于此四者之中,必有一长。"〔1〕便是在说狭义的趣味。其实势度韵味有时是不可强分的。他又曾说:"凡诗文趣味,约有二种:一曰诙谐之趣,一曰闲适之趣。"〔2〕诙谐之趣自然便带些情韵,闲适之趣本来又有关识度,古文家所体会到的气势又只是音节问题;如此解释便把曾氏所说的趣味扩而充之,和这里所谈的同样是广义的了。

就创作上说,文学趣味是文学风格的胚珠,情思才识都奔凑在那里。《雅》《郑》淳漓,那笔尖儿都跟定了心尖儿走,着不得丝毫的勉强。就读者说呢,也是"水流湿,火就燥。云从龙,风从

---

〔1〕　语出[清]曾国藩家书之《同治四年六月初一日谕纪泽纪鸿》。
〔2〕　语出曾国藩家书之《同治六年三月二十二日谕纪泽》。

虎"〔1〕。兰茝荪蕙之芳,众人所好;海畔也有逐臭之夫。这恐怕是不容易甲说服了乙,丙强同了丁的;但我们可以肯定地说,谁也该疏导自己的情思趣味向高处、广处、深处走。

大抵第一流的作家都是情深思卓,有极其广大的同情心,如天之无所不覆,地之无所不载,达到所谓与天地参的境界。他对于宇宙人生有独诣的认识与超凡的看法,一旦有动于中,要表现之于文字,正如油然作云,沛然下雨,不必面面去想个周到,结果却是面面俱到。情思趣味,乍看去似乎是无所在,细参寻时却又无乎不在;光景有如"英华曜树,浅而炜烨"〔2〕。不够这般火候的,便如花园里喷水的清池,飞花溅沫,也还清澈晶莹,却有不能泯绝的排迮吃力相;尽管能"声画昭精,墨采腾奋"〔3〕,而在情趣上所能表出的,终嫌浅些,弱些。等而下之的,便是风乍起吹皱一池"浊"水,低级趣味,肉麻当有趣:这是一条魔道,陷溺于其间的人也偏多些。

人生有坦途,文学的情趣也自有坦途。陶渊明正是最理会在坦途上归去来的人。钟嵘说:"(陶潜)笃意真古,辞兴婉惬。每观其文,想其人德。世叹其质直;至如'欢言酌春酒''日暮天无云',风华清靡,岂直为田家语耶?古今隐逸诗人之宗也。"〔4〕且只就隐逸这一点来窥测靖节罢。古今来多少隐逸之士,能不使"芳杜厚颜,薜荔蒙耻"〔5〕的究有几人?只有陶潜真

〔1〕 语出《周易·乾·文言》。
〔2〕 语出刘勰《文心雕龙·隐秀》。
〔3〕 语出刘勰《文心雕龙·练字》。
〔4〕 语出《诗品·宋征士陶潜》。
〔5〕 语出[南朝齐]孔稚珪《北山移文》。

的能任真自得，一旦心血来潮，聊欲弦歌为三径之资，便去做一任彭泽令；忽然又不高兴为五斗米向乡里小儿折腰，就即日解绶去职，如此来去了无挂碍，才是识人生真趣的人，便也是真隐逸；那些"朝赋《采薇》之篇，而夕有捧檄之喜"〔1〕的，两足原自深陷在泥淖中。

真隐逸，所以能欣赏田园的真趣，"暧暧远人村，依依墟里烟。狗吠深巷中，鸡鸣桑树颠"〔2〕，耳目所闻见，触处都是赏心自得的，他迈向了情知欣合的境界，文学趣味之高，便迥非一般人所可跻攀的了。试读他《饮酒》诗中的一首：

> 结庐在人境，而无车马喧。问君何能尔？心远地自偏。采菊东篱下，悠然见南山。山气日夕佳，飞鸟相与还。此中有真意，欲辨已忘言。

这诗的情趣，真是旷世莫及。"结庐在人境，而无车马喧。问君何能尔？心远地自偏"，瞧这"出淤泥而不染，濯清涟而不妖"的情操！慢说凿坯而遁的显得有些小家子气，连颍滨洗耳的都有些庸人自扰；那些入山唯恐不深，去人唯恐不远的家伙，再也休提！"即事如已高，何必升华嵩？"〔3〕真隐士是连神仙也不羡的。"采菊东篱下，悠然见南山"，苏东坡说："采菊之次，偶然见山，初不用意，而境与意会，故可喜也。"〔4〕即是激赏陶诗趣味之高，所以他极

---

〔1〕 语出〔明〕顾炎武《日知录·文辞欺人》。
〔2〕 语出陶潜《归园田居·其一》。
〔3〕 语出陶潜《五月旦作和戴主簿》。
〔4〕 语出《书诸集改字》。

力抨击"望"南山之失。韦应物的"采菊露未晞,举头见秋山"〔1〕,已不及陶诗的"悠然"之趣;白居易的"时倾一樽酒,坐望东南山"〔2〕,分明是一心尘杂,忙里偷闲,于陶诗的神韵更加"望"尘莫及。"此中有真意,欲辨已忘言",这叫作"为道日损",渊明的生活情趣都从这根本中来,吟诗时便也自然流露。试再读李白的《山中答俗人》:

> 问余何意栖碧山,笑而不答心自闲。桃花流水窅然去,别有天地非人间。

也只是说欲辨忘言而已,却费了如许的气力。而且直斥来问话的为"俗人",怕青莲自己终又有些"未能免俗"罢?

"诗中有画,画中有诗"〔3〕的王维写了许多以大自然景物为题材的诗,风格有略似陶诗之处,但他的真趣味似又不在此。试读他的《渭川田家》:

> 斜阳照墟落,穷巷牛羊归。野老念牧童,倚杖候荆扉。雉雊麦苗秀,蚕眠桑叶稀。田夫荷锄至,相见语依依。即此羡闲逸,怅然吟《式微》。

道是"羡闲逸",想只是刹那间的感触,若真个要他去"晨兴理荒秽,

〔1〕 语出《答长安丞裴说》。
〔2〕 语山《效陶潜体诗十六首》。
〔3〕 出自苏轼《东坡题跋·书摩诘〈蓝田烟雨图〉》:"味摩诘之诗,诗中有画;观摩诘之画,画中有诗。"

戴月荷锄归"〔1〕,怕又难于安顿他的"一片冰心在玉壶"〔2〕了。所以也只能怅惘地吟哦着"式微,式微! 胡不归"〔3〕,到底不能如陶潜真个便"归去来"。"复值接舆醉,狂歌五柳前"〔4〕,居然以陶自况,真好意思! 他有两首诗和前举的陶潜饮酒诗类似,但若略加剖析,就可见出是混珠的鱼目。一首是《酬张少府》:

> 晚年唯好静,万事不关心。自顾无长策,空知返旧林。松风吹解带,山月照弹琴。君问穷通理,渔歌入浦深。

"好静不关心",提到口头就未必果在心头,在修辞立诚上大概有些欠缺。陶潜在这一类关节上,只理会得朴实地说:"人生归有道,衣食固其端。孰是都不营,而以求自安?"〔5〕未尝有不关心的意旨。"松风吹解带,山月照弹琴",事事都是他动的,自家做不得主人,比起"采菊东篱下,悠然见南山"来,真该自惭形秽。"君问穷通理,渔歌入浦深",也是欲辨忘言之意,却又说得吞吞吐吐,躲躲闪闪。另一首是《青溪》:

> 言入黄花川,每逐清溪水。随山将万转,趣途无百里。声喧乱石中,色静深松里。漾漾泛菱荇,澄澄映葭苇。我心素已闲,清川澹如此。请留磐石上,垂钓将已矣。

〔1〕 语出陶潜《归园田居·其三》。
〔2〕 语出[唐]王昌龄《芙蓉楼送辛渐》。
〔3〕 语出《诗经·邶风·式微》。
〔4〕 语出王维《辋川闲居赠裴秀才迪》。
〔5〕 语出陶潜《庚戌岁九月中于西田获早稻》。

清川倒是亘古至于今澹如此的,摩诘的心却未必是素已闲。磐石垂钓,说说罢了;连严子陵在钓泽中都要故意惹人注目地披上一身老羊裘,还说什么! 身远是易事,"心远"便难如上青天。顾炎武举王维在凝碧池作诗事,责他以文辞欺人,实则他这些闲逸诗也统是欺人的篇什,他没有这般清明的趣味!

　　人生有坎坷,文学的情趣也自有坎坷的一种,但这坎坷不该只是"嗟穷叹老"的。章实斋说得好:"若夫托于《骚》以自命者,求其所以牢骚之故而茫然也。嗟穷叹老,人富贵而己贫贱也,人高第而己摈落也,投权要而遭按剑也,争势利而被倾轧也。为是不得志,而思托文章于《骚》《雅》,以谓古人之志也;不知中人而下,所谓'齐心同所愿,含意而未伸'者也。夫科举擢百十高第,必有数千贾谊,痛哭以吊湘江,江不闻矣。吏部叙千百有位,必有盈万屈原,搔首以赋《天问》,天厌之矣。孟子曰:'有伊尹之志则可,无伊尹之志则篡也。'吾谓牢骚者,有屈贾之志则可,无屈贾之志则鄙也。然而自命为骚者,且纷纷矣。"[1]文学创作固然是表达情感的,但唯有自私之情不可以走这条路。苏辙曾说:"唐人工于为诗,而陋于闻道。孟郊尝有诗曰:'食荠肠亦苦,强歌声无欢。出门即有碍,谁谓天地宽?'郊耿介之士,虽天地之大,无以安其身,起居饮食,有戚戚之忧,是以卒穷以死。"[2]这便是心地太褊狭了,就文学的趣味说,只能博得个"郊寒岛瘦"[3]的评语,姑备一格,不能列入上品,他原是自己要钻那牛角尖儿的。

---

〔1〕　语出《文史通义·内篇四·质性》。
〔2〕　语出《诗病五事》。
〔3〕　语出苏轼《祭柳子玉文》:"元轻白俗,郊寒岛瘦。"

伟大的作品出于广大的同情,杜甫正是能在坎坷的人生路途上替大众呐喊的人。试读他的《茅屋为秋风所破歌》:

> 八月秋高风怒号,卷我屋上三重茅。……床头屋漏无干处,雨脚如麻未断绝。自经丧乱少睡眠,长夜沾湿何由彻! 安得广厦千万间,大庇天下寒士俱欢颜,风雨不动安如山。呜呼! 何时眼前突兀见此屋,吾庐独破受冻死亦足。

他这一首诗若只写到"长夜沾湿何由彻"就收束了,便是"嗟穷叹老",但他是极富于同情心的人,做人的态度是先天下忧,后天下乐,因此便能自然地转到天下寒士的身上。"呜呼! 何时眼前突兀见此屋,吾庐独破受冻死亦足。"我相信杜子美他能够。

再读他的《自京赴奉先县咏怀五百字》:

> ……彤庭所分帛,本自寒女出。鞭挞其夫家,聚敛贡城阙。圣人筐篚恩,实欲邦国活。臣如忽至理,君岂弃此物? 多士盈朝廷,仁者宜战栗。况闻内金盘,尽在卫霍室。中堂舞神仙,烟雾散玉质。暖客貂鼠裘,悲管逐清瑟。劝客驼蹄羹,霜橙压香橘。朱门酒肉臭,路有冻死骨。荣枯咫尺异,惆怅难再述。……老妻寄异县,十口隔风雪。谁能久不顾,庶往共饥渴。入门闻号咷,幼子饥已卒。吾宁舍一哀,里巷亦呜咽。所愧为人父,无食致夭折。岂知秋禾登,贫窭有仓卒。生常免租税,名不隶征伐。抚迹犹酸辛,平人固骚屑。默思失业徒,因念远戍卒。忧端齐终南,澒洞不可掇。

自己的家里不能免于饔飧,甚至于小孩子都已罹饿死的惨境,还口口声声缕缕述着劳苦大众的疾患,幼吾幼以及人之幼,他可算把恕字做到了家。倘不是内蓄着深广的同情心,怎能激起这番情趣?"彤庭所分帛,本自寒女出",着一个"本"字、一个"寒"字,透出肺腑中对于一般寒贱之家几多的同情! 已经尽够了。这里可以与白居易《新乐府·缭绫》一首比看:

> ……昭阳舞人恩正深,春衣一对值千金。汗沾粉污不再着,曳土踏泥无惜心。缭绫织成费功绩,莫比寻常缯与帛。丝细缫多女手疼,扎扎千声不盈尺。昭阳殿里歌舞人,若见织时应也惜。

话说了许多,竟脱不却强行系援的痕迹。"昭阳殿里歌舞人,若见织时应也惜",是凭空想出的进一步的描写,想把它写得更深刻些,但这事到底又是莫须有的。抒情的句子却用"想当然耳"的跳在圈子外头的态度去写,己身的同情感早已显得不够切实,感人的力量自然要比杜诗逊一筹。"荣枯咫尺异,惆怅难再述",才是诗人由衷的叹息。我们且看"朱门酒肉臭,路有冻死骨",多么切实而具体,多么鲜明的对比! 再看乐天的《骊宫高》:

> ……一人出兮不容易,六宫从兮百司备。八十一车千万骑,朝有宴饫暮有赐。中人之产数百家,未足充君一日费。吾君修己人不知,不自逸兮不自嬉。吾君爱人人不识,不伤财兮不伤力。骊宫高兮高入云,君之来兮为一身,君之不来兮为万人。

只是堆垛些数目字，凑成夸饰之辞罢了。可见杜诗是出于情思的本然，水到渠成，闳于中而肆于外。白诗便只是为了理智上所认为的当然，强拉上情感去凑趣，不免要露出矫揉扭捏、煞有介事的样子。他主张"文章合为时而著，歌诗合为事而作"[1]，原是两句好话，只误在这一个"为"字上。有意地去"为"，便是人为之伪，跟文学的要求已在背道而驰。因此，他的诗虽也着重在摹绘民间疾苦，比起杜诗来，就未免是小巫见大巫了。

文学的趣味不能由无中迸出一个有来，要作者的情思上真有那么一档子事；他一面咀嚼着时，一面在嘴角间也溢出了那醇至的芳馨。若是自家原没有那般感受，只为了些"念女工之劳也"[2]、"美天子重惜人之财力也"[3]等等题目，而强探那不干己的趣味，自己已是味同嚼蜡，还凭借什么来换取读者的同情？

陶潜是陶然自乐，杜甫是一往情深，他们秉持着独特的风标，形成各自的文学趣味，发为篇章，自然便能够不朽。王维悟道的因缘还不及，白居易的同情心也还不足臻于伟大的条件，他们都还是热中的人，他们的文学趣味也该不离乎此。所以王维的《西施咏》"邀人傅香粉，不自著罗衣。君宠益骄态，君怜无是非"，露出对于邀宠得志的憧憬；白氏的《新乐府·母别子》"新人新人听我语，洛阳无限红楼女。但愿将军重立功，更有新人胜于汝"，写出一种嫉深怨毒的情愫，转能给我们留下些较深刻的印象。唯有这些才适合他们的情志，这里才孕有他们的真趣味啊！

---

〔1〕 语出《与元九书》。
〔2〕 此为《缭绫》之题序。
〔3〕 此为《骊宫高》之题序。

不必要的矜持害了他们。文学既要求真挚的表现,缘顺着自己感受到的趣味,就该放大了胆去创作;英雄本色,名士风流,文学上也需要这些的。苏、辛即是词坛的英雄,杜牧可称诗国的名士。"君看今古悠悠,浮宦人间世;这些百岁光阴几日,三万六千而已。醉乡路稳不妨行,但人生要适情耳!"(苏轼《哨遍·春词》)"落日楼头,断鸿声里,江南游子。把吴钩看了,栏杆拍遍;无人会,登临意。"(辛弃疾《水龙吟·登建康赏心亭》)都是何等的气魄!"十载飘然绳检外,樽前自献自为酬。秋山春雨闲吟处,倚遍江南寺寺楼。"(杜牧《念昔游》)又是何等的洒脱!他们的文学趣味所走的途径虽说迥不相同,却都是绝尘拔俗,颖脱不群,他们正是所谓能自树立的豪杰之士。这些都倚于天赋才性的居多,自己揣度着没有那一派雄情逸气的,就不必去强学,像陶、杜的诗,欧、秦的词,便是此道中的君子,我们可以积学储宝,纯化美化我们的情思趣味,打点着走向这一条路。

王国维说:"词之雅郑,在神不在貌。永叔、少游虽作艳语,终有品格;方之美成,便有淑女与娼伎之别。"试读秦观的《鹊桥仙》:

纤云弄巧,飞星传恨,银汉迢迢暗度。金风玉露一相逢,便胜却人间无数。 柔情似水,佳期如梦,忍顾鹊桥归路?两情若是久长时,又岂在朝朝暮暮?

双星天上,一年只有一度相逢,我们这些饕餮的俗人儿,谁不在替他们叫屈?但少游却说"金风玉露一相逢,便胜却人间无数",这般澄明飞越的趣味,使我们低了头。然而惜别之情,怕是天上人间原应无两;"柔情似水,佳期如梦,忍顾鹊桥归路",谁说不是,我们都哭个痛快罢！谁料接下去却转出"两情若是久长时，又岂在朝朝暮暮"，这般高洁旷远的情愫，我们叹观止了；唯一的希望只有蕲求着于领悟他这番情趣后，能够汲引着自己的趣味跟着升高一步而已。转来再读周邦彦《尉迟杯·离恨》的后阕：

> 因思旧客京华，长偎傍疏林，小槛欢聚。冶叶倡条俱相识，仍惯见、珠歌翠舞。如今向、渔村水驿，夜如岁、焚香独自语。有何人、念我无聊，梦魂凝想鸳侣。

"冶叶倡条俱相识"，正是那不值半文的"人间无数"；"梦魂凝想鸳侣"，也只不过是神驰于那"朝朝暮暮"的歪缠。刘熙载说："周美成词，或称其无美不备。余谓论词莫先于品，美成词信富艳精工，只是当不得个贞字，是以士大夫不肯学之；学之则不知终日意萦何处矣。"[1] 是的，我们只有蕲求着不被他这种低级趣味拖下水去而已。

过去的文人，似这等肉麻当有趣的偏又多得很。且举刘过的两首《沁园春》来结束本文罢。一首是咏"美人足"的：

> ……衬玉罗悭，销金样窄，载不起、盈盈一段春。嬉游倦，笑教人款捻，微褪些跟。……[2]

一首又是咏"美人指甲"的：

---

〔1〕 语出《词概》。
〔2〕 出自《六州歌头·美人足》。

>……算恩情相著,搔便玉体;归期暗诉,画遍阑干。每到相思,沉吟静处,斜倚朱唇皓齿间。风流甚,把仙郎暗掐,莫放春闲。[1]

真是"言之丑也"[2],读下去不禁令人身上起粟,亏他偏能摩筋揣骨地描绘得津津有味,岂不是颜厚不知忸怩? 可是陶九成又在捧场了,他说:"刘改之先生过,词赡逸有思致;赋《沁园春》二首以咏美人之指甲与足者,尤纤丽可爱。"[3]噫吁戏! 容我把周敦颐的《爱莲说》抄一段在这儿罢:

>……予谓菊,花之隐逸者也;牡丹,花之富贵者也;莲,花之君子者也。噫! 菊之爱,陶后鲜有闻;莲之爱,同予者何人? 牡丹之爱,宜乎众矣。

"早知不入时人眼,多买胭脂画牡丹"[4],我可是真的要"予欲无言"了。

1948 年 9 月

---

〔1〕 出自《沁园春·美人指甲》。
〔2〕 语出《诗经·鄘风·墙有茨》:"墙有茨,不可扫也。中冓之言,不可道也。所可道也,言之丑也。"
〔3〕 语出[元]陶宗仪《南村辍耕录》。
〔4〕 语出[宋]李唐《题画》。

一四　情景与意境

古人说:"在心为志,发言为诗。"(《毛诗序》)就是用诗的语言表达出诗人内在的思想感情。思想感情一定要通过想像,通过形象的思维,把内心和外物揉到一起,构成一个意境,然后才借语言文字表达出来。《文心雕龙·物色篇》云:"写气图貌,既随物以宛转;属采附声,亦与心而徘徊。"正说的是内情与外景融成的意境。

诗人为了要借语言文字反映出生活现实,一定要根据此一时此一地的思想活动,先有意境,后写意境。欣赏诗词的人就要走一个迎头路,先从被写出的意境入手;然后设身处地地分享到诗人原来所觑见的意境,发生共鸣;最后再去体味它所反映的生活现实,知人论世。因此几乎可以说,意境是诗词创作的门户,也是诗词赏鉴的窗牖。不论创作或赏鉴,都必须通过对意境的咀嚼,才能够心有所会。

人们的思想感情是复杂的,外界的物象又是无比的纷多,再加上诗人丰富的想像,结果所构成的意境是不是会如"神光离合,乍阴乍阳"[1],令人捉摸不定呢? 一般地说,是不会的。古典现实主义的诗篇,都一定是合情入理,所创造的意境都会给人一种真实感,

---

〔1〕 语出[三国魏]曹植《洛神赋》。

自不消说。哪怕是浪漫主义的诗篇,有时候它的表面现象似乎是合于情而不入于理,但它的意境仍然是虽超乎象外,而在人意中的。倘若令人有不知所云之感,还算什么诗歌创作呢?原因是任何诗词意境的形成,必然有一根线索,不管怎样地起伏变化,纵收曲折,终归要有它的突出之点和集中之点,万变不离其宗;我们还是可以按图索骥的。

杜甫《石壕吏》云:"……听妇前致词,三男邺城戍。……"其实这一首诗全篇的意境,就生展在这一个"听"字上。我们跟踪着这一个"听"字作线索,就可以很亲切地领会全篇了。李白《蜀道难》云:"……其险也如此,嗟尔远道之人胡为乎来哉?……"这一首诗全篇的意境,也只生展在这一个"险"字上。诗人表达的是什么"意",取的是什么"境",怎样撷取的,怎样剪裁的,如何突出的,如何丰富的……我们可以从各方面去揣摩。揣摩愈多,收获也愈多。

意境的构成,首先要求意与境的统一。昔人常把诗人内在的思想感情统称之为"意",把外在的题材统称之为"象"。明人何景明曾说:"意象应曰合,意象乖曰离。"[1](见王世贞《艺苑卮言》)当然他是认为"合"才好,"离"是不妥的。

好的作品都是意与象合的。如杜甫《咏怀古迹五首》之三的颔联云:

　　　　一去紫台连朔漠,独留青冢向黄昏。

不唯概括了王昭君一生的经过、历史记载和民间传说,也倾吐出昭

────────────

〔1〕 语出《与李空同论诗书》。

君生前和死后眷念祖国的衷情与哀怨;不但表达出诗人深厚的同情,也寄托了诗人自己怀才不遇的同感。这样遂能够用很少的几个字表现出特别复杂特别丰富的意境,也就是"意与象合"了。

这十四个字所表达出的意境是十分妥贴的、吻合的。"独留青冢"的"独"字,不用说只有它才能够体现出青冢的怆凉,没有更适当的字可以替代它。"一去紫台"的"一"字,也是特别准确的字,这是昭君一生遭遇的转折点,也是悲剧性的饱和点;一去就再也没有返还故国的希望了!另换一个别的字,感情就不会有这么深厚与沉痛。"连朔漠"的"连"字,不但写出在一望无边的沙漠里行程的"远",也写出那个去国离乡的昭君心里的"苦"。"向黄昏"的"向"字,具体生动地描绘出异域孤魂的凄凉形象,更是我国古典诗歌"炼字"的最好范例。

皮日休曾云:"百炼成字,千炼成句。"〔1〕炼字炼句,就为的是要把字、句锻炼到能够将诗人在心里已经创造成的意境准确而又生动地表达出来。诗人在创造意境时,要达到意与象合,就是所谓"炼意";在表现之于文字时,又要做到辞与意合,舍炼字炼句不为功。

炼字炼句,不能走形式主义者的道路。南宋吴梦窗的词是一向被公认为晦涩、"质实"的形式主义作品的。他有一阕调寄《唐多令》的词,还比较流丽些。不过此词的起句"何处合成愁,离人心上秋"〔2〕,意境是双关的,用的是拆字格。这样构成的意境只暴露出作者的小家子气来,是很难表述出真挚的感情的。我觉得这是创造

---

〔1〕 语出《皮子文薮》。
〔2〕 语出吴文英《唐多令·惜别》。

意境时的一种油滑的类型。鲁迅先生说过："油滑是创作的大敌。"
(《故事新编》序言)循沿着油腔滑调的道路是创造不出深沉动人的
意境的。这并不是意与象乖，却是意境与创作相乖离了。

下面举一段故事，权作意与象乖的一例。《全唐诗话》云：

> 闽有一士人，以(周)朴僻于诗句，欲戏之。一日，跨驴于
> 路，遇朴在旁。士人乃敧帽掩头，吟朴诗云："禹力不到处，河
> 声流向东。"朴闻之怒，遂随其后；且行，士但促驴而去，略不回
> 首。行数里，追及，朴告之曰："仆诗'河声流向西'，何得言'流
> 向东'？"士人颔之而已。闽中传以为笑。

古时传说和历史的记载都说夏禹治水，凿龙门，疏济漯，九州的水都
向东流。所以周朴的诗说："禹力不到处，河声流向西。"[1]若说成
"流向东"，就是意与象相乖离了。

陆机《文赋》有云："恒患意不称物，文不逮意。""意不称物"就
是"意与象乖"，创造不出好的意境来；"文不逮意"就是辞不达意，
炼字炼句的功夫不够，也写不出好的作品。

唐释皎然《诗式》论"取境"时，引用了班超的话："不入虎穴，焉
得虎子？"又云："取境之时，须至难至险，始见奇句。成篇之后，观
其气貌，有似等闲，不思而得，此高手也。"他这一段话虽说有些偏
颇，却也很有值得参考的价值。创造意境，起码是要下一番苦功夫
的；锻炼字句，也起码要有纯熟的基本功。我们提倡"拳不离手，曲
不离口"，就为的是要把基本功练到纯熟。

---

〔1〕 语出《董岭水》。

　　创造意境是文艺创作实践中很重要的一个环节,必须作者的思想感情深入于生活现实,由生活实践转化为艺术实践,才可能创造出完美饱满的意境。赏鉴文艺的人,也必须设身处地地深入到作者所创造的意境中,才可能心领神会。这都不是轻而易举的事,最珍贵的珊瑚往往也生长在最远最深僻的海洋里。

　　王国维《人间词话》标举出"境界"二字,原意是想把诗词的风格、气象和创作方法等都概括在这两个字的下面,但他所提出的这个"境界"的组成因素基本上仍然不过是"意境"罢了。他说:"词以境界为最上。有境界则自成高格,自有名句。"又说:"沧浪所谓'兴趣',阮亭所谓'神韵',犹不过道其面目,不若鄙人拈出'境界'二字,为探其本也。"又说:"言气质,言格律,言神韵,不如言境界。境界本也,气质、格律、神韵末也,有境界而三者随之矣。"他说过去一切论诗词的说法,如严羽(沧浪)所说的"兴趣"、王士禛(渔洋)所说的"神韵"等都是舍本逐末,都是第二性的、被决定的客体。"境界"才是最根本的、第一性的、决定诗的创作的。实际上他特别标举的"境界",不过就是在创作过程里特别重视创造"意境"这一个阶段罢了。

　　他和我们的不同之点,在于我们是文学反映论者,他是文学天才论者;我们认为意境是反映生活现实的,他却认为境界是诗人天才的创造。正因为如此,他就把境界看成最基本的东西,是诗的气质、神韵等等的决定因素,同时它的本身又是空诸依傍,凌虚而至的;这就是唯心论者的口吻了。丢开了生活现实而去探讨诗歌创作的大本大源,是一定要走进死胡同里去的。他把创作的本源都落在他所标举的"境界"身上,又想赋予"境界"以一个无所不包的最广义的范畴,结果就把道理越说越空虚玄秘,不切实际。所以不管他把"境界"谈得多么博大,多么精微,多么玄妙,我们只把它视同"意境"的同义语,还可以说明一部分道理。他所过分强调的地方,正是错误的地方。过了,就是错了。

王国维说:"境界有大小,不以是而分优劣。"[1]他这个境界若只指意境而言,还勉强可以说得通;若照他自己所说的那个无所不包的境界,那么,小境界之于大境界,就好比是小巫见大巫,还有什么条件可以相比呢? 道理很简单,难道我们能说,任何一篇渺小的诗词都可以跟伟大的作品相比吗?

只从意境说,当然不能片面地只就意境大小去区别优劣。因为诗人在生活里所遭遇到的事态有大有小,诗词所要反映的现实也有大有小,当然不能要求诗人只写大的意境,不写小的;也不该说只有大的才好,小的就一定不好。意境表现得好或是不好,只在于是否形象,是否完整,是否丰满,是否匀称。前人说诗词要写得"情景交融",意即在此。假如情大景小,意境就会受到束缚,施展不开;倘若景大情小,意境就将显露出稀薄,或是虚夸不实了。

试读杜甫的《登岳阳楼》:

> 昔闻洞庭水,今上岳阳楼。吴楚东南坼,乾坤日夜浮。亲朋无一字,老病有孤舟。戎马关山北,凭轩涕泗流。

这首诗的意境是十分宽阔宏伟的。颔联只用十个字就把洞庭湖水势浩瀚、无边无岸的巨大形象特别逼真地描画出来了。这十个字,

---

[1] 语出《人间词话》。

大约就是范仲淹一篇《岳阳楼记》的蓝本。

杜甫到了晚年，"漂泊西南天地间"〔1〕，后来已经"以舟为家"，所以下边接着写："亲朋无一字，老病有孤舟。"从这里才可以返转去体会它的起联的意境。从表面上看来，此诗起句的意境是很简单的，所以仇兆鳌注就说："'昔闻''今上'，喜初登也。"〔2〕这样，就把杜诗原来的意境领会得太浅了。它的意境若果似这般的简单，则在这首诗里竟如可有可无的剩语；只有八句的律诗，岂容有两句不关痛痒的浮词？从立意说，它更不是写登临的喜悦，而是在这平平的叙述中寄寓着漂泊天涯、怀才不遇、桑田沧海、壮气蒿莱等许许多多的感触，才写出这么感慨系之的两句：过去只是耳朵里听到有这么一片洞庭水，哪里想到迟暮之年真个就上了这岳阳楼？本来是沉郁之感，不该是喜悦之情；若是"喜初登"，就和结句的"涕泗流"不相匀称了。我们知道，杜甫当日的政治生活是坎坷的，可是他一生一世也没有忘怀了祖国和人民，一生一世也没有丢开他伟大的抱负："致君尧舜上，再使风俗淳。"〔3〕哪里料到残年漂泊，一事无成，昔日的抱负今朝都成了泡影！这诗里的"今""昔"二字有深深的含义在。因此结句才写出"戎马关山北，凭轩涕泗流"，眼望着万里关山，天下到处还动荡在兵荒马乱里，诗人倚定了栏杆，北望长安，不禁涕泗滂沱，声泪俱下了。

是伟大的抱负，充实着宏丽的意境；这意境是从诗人的抱负中来，是从诗人的生活思想中来，也有时代背景的作用氤氲于其间。

---

〔1〕 语出杜甫《咏怀古迹五首·其一》。
〔2〕 语出《杜诗详注》。
〔3〕 语出杜甫《奉赠韦左丞丈二十二韵》。

黄生云：“前半写景，如此阔大；五六自叙，如此落寞，诗境阔狭顿异。结句凑泊极难，转出‘戎马关山北’五字。胸襟气象，一等相称，宜使后人搁笔也。”[1]他这一段话是从诗法去论杜诗的，把此诗的意境说成是诗笔一纵一收的产物，说意境的结构是从创作手法的变换中来。这不是探本溯源之论。我们说，诗的意境是诗人的生活思想从各方面凝结而成的，至于创作方法和艺术加工、炼字炼句等等，只能更准确地把意境表达出来，并不能以这些形式上的条件为基础从而酝酿成诗词的意境。昔人探讨创作问题，偏偏不从生活实践这方面去考虑，当然就不免倒果为因了。

孟浩然也有一首咏洞庭湖的诗，题为《临洞庭湖赠张丞相》，其颔联云“气蒸云梦泽，波撼岳阳城”，也是传唱千古的名句。但是全篇的主旨只不过是发个人的牢骚，就形成了头重脚轻、景大情小的局面；从诗的意境说，当然没法和杜诗相比。

《人间词话》里说境界不因大小而分优劣，固然也有一定的理由，但小境界好比是小摆设，毕竟还是那些表现宏丽壮阔的境界的诗词更值得玩味些。那些小巧工丽的艺术品只能作一些小小的点缀罢了，只有通过细节的描写有助于整个意境的突现时，精雕细琢若干小境界才有意义。

1961 年 10 月

---

〔1〕　语出《杜诗说》。

一五　醇美与蕴蓄

唐代由于社会经济的空前发展，又经历了安史之乱的急遽事变，盛与衰形成一个特别突出的锐角；诗歌从内容到形式又经过长时期的酝酿，渐臻于成熟：这样由时代背景和文学本身的发展变化交叉成一个顶峰，遂成以诗名世的局面。

清康熙年间选录的总集《全唐诗》，载作家二千二百余人，诗共四万八千九百余首。这不但是在中国此前历代王朝里首屈一指，在世界诗史里也是最突出、最光辉的一页。乾隆十五年，又有《御选唐宋诗醇》四十七卷，选唐李（白）、杜（甫）、白（居易）、韩（愈）四家，宋苏（轼）、陆（游）二家诗。甄选的标准大约不出"温柔敦厚"〔1〕、"兴观群怨"〔2〕八个字，所以名之为"诗醇"——诗中的雅正醇厚之音，如乾隆在序里所说的"千秋风雅之正则"，"入人者深"，是从"诗教"的角度正名的。

我这里试谈唐诗的醇美，是想从唐代诗人如何努力于发挥诗作的感染力，若干诗人在他们所创作的诗歌的风格韵味上已进入如何醇美的境界，做一番探索。这样做，容或在古为今用上有涓埃之助。

---

〔1〕　语出《礼记·经解》："其为人也温柔敦厚，诗教也。"
〔2〕　出自《论语·阳货》："《诗》可以兴，可以观，可以群，可以怨。"

明诗义易,辨诗味难。谈诗的味道,昔人往往就要说些象征之辞,玄之又玄。如司空图《二十四诗品》之一论"实境"云:

　　……情性所至,妙不自寻;遇之自天,泠然希音。

说的是"实境",还把它推演到"天"上去了,大约他是觉得不玄就难即其妙。我认为象征也不妨,总该把话说得切近些才好。

吴乔《围炉诗话》云:

　　意思犹五谷也,文则炊而为饭,诗则酿而为酒。

这譬喻很有几分光景。那么,作诗也好,诂诗也好,都像是在和酒打交道,轻则微醺,重则中酒;把这么一种味道体现出,或是领会到,便可称为能作诗或是善赏诗的人了吧? 实际上所谓"酒",只不过是说诗的精炼和它的感染力罢了。

诗人"意在笔先"[1],早已安排下激动人心的种子;读者"知人论世",也必须深揣诗人原来的生活与思想,才有一个悟入处。无论作诗或赏诗,都首先必须打点着把这一片心付出去。

陈子昂有一首《登幽州台歌》:

　　前不见古人,后不见来者;念天地之悠悠,独怆然而涕下。

这首散文诗倾吐出旧时社会里万千文人共同的心声,极"沉郁顿

----

〔1〕　语出〔晋〕王羲之《题卫夫人笔阵图后》。

挫"之能事,所以为历代读者所喜诵。今天还因为它内含着充沛的积极的浪漫主义的精神,也给予它很高的评价。它的味道是烈而醇。杜甫的《咏怀古迹五首》差堪与它比并,但已醇而不烈了。诗歌当然不一定都要求炽烈,而醇美却是不可少的。为了唐代诗歌多数是抒情诗,在醇美这方面遂最为擅场。

唯其以抒情为主,杜甫这五首诗的作意也是以"咏怀"为主,"古迹"为辅。第一首是借庾信给自己的"支离东北风尘际,漂泊西南天地间"作衬,并不是直咏庾信。第二首咏宋玉,"怅望千秋一洒泪",也为了自己"摇落深知宋玉悲"。第三首咏昭君,正面写的是和番的前前后后,诗人的怀抱却在于"女无美恶,入宫见妒;士无贤不肖,入朝见嫉"(邹阳《狱中上梁王书》),因此对昭君才既同情,又同感。第四、五两首咏刘先主与诸葛亮,叹君臣际遇的难逢,正是为自己不能施展抱负而发深慨。我们在诵读这些诗歌的时候,首先扣紧了"醇美"这一个环节,如同先识了酒性,才可能进而品评出它的味道来。这五首诗的意境都酝厚醇美,第三首更深沉些。

读古典诗歌,最好是密咏恬吟,往复不已。一首诗读它五十遍,大约比五十首诗各读一遍,所获为多。《朱子语类》云:"而今人看文字,敏底一揭开板便晓,但于意味却不曾得;便只管看时,也只是恁地。但百遍自是强五十遍时,二百遍自是强一百遍时。"重要的是知人论世,设身处地,揣摩它的"意味";捕捉不到它,就是始终还徘徊于门外哩!如我们读杜甫的《江南逢李龟年》:

岐王宅里寻常见,崔九堂前几度闻。正是江南好风景,落花时节又逢君。

杜甫说过去在岐王李范的嗣王李珍的王府和秘书监崔涤的故居里时常听到乐工李龟年的歌唱，这时在江南又遇到他。这有什么"意味"呢？只用眼睛看着酒，它是不会醉人的；需要的是亲口尝一尝。从诗歌的欣赏说，就是要知人论世、设身处地地揣摩一番。我们知道"寻常见""几度闻"的时候，都还在当年全盛之日；安史乱后，这些都已随着时代的推移而幻灭了。

试读《明皇杂录》的记载："天宝中，上命宫中女子数百人，为梨园弟子，皆居宜春院北。……音响殆不类人间，而龟年特承恩遇。其后流落江南，每遇良辰胜景，常为人歌数阕，座上闻之，莫不掩泣罢酒。"杜甫意识到在这个先荣后枯的典型人物身上，正具体地体现出时世的变乱，遂抓到李龟年的身世为题材，特别突出地抒摅了自己对家国盛衰的感叹。"正是江南好风景"，暗用着"风景不殊，正自有山河之异"（《世说新语·言语篇》）的故事；他在迟暮之年，"丧乱饱经过"（《寓目》），已经预感到唐帝国前途的黯淡了。"落花时节又逢君"，一个"又"字寄寓着家国丕变的深慨。"落花时节"，不只是点明暮春的时令，它还有两方面的含义：一面在身份恰合地说明了李龟年落花一般的身世，一面也对当时的社会有流水落花的伤感。诗人对祖国人民的关怀、对统治者的怨愤、对自己的抱负的走向空虚而产生的落魄的心情，都深深地寄托在这几个字里了。

诗人这些衷情酝酿成醉人的醇醪，我们沉酣于其间，就会感到它的意味深长。这二十八个字的七言绝句一首，若只从它韵致的醇美说，与《丹青引》《剑器行》都不相上下。为了它的醇，遂能以少概多。

再试读元稹的《行宫》：

寥落古行宫,宫花寂寞红。白头宫女在,闲坐说玄宗。

只有二十个字,又只是安详平静地素描着行宫里一个角落的画面,它却概括了安史之乱、昔盛今衰的多少沧海桑田的变化,倾吐出诗人多少凭吊今昔的感慨。这首诗里,"寥落""寂寞""白头""闲坐"八个字点染之功不小。把"寂寞"和"红"连在一起,在别处应该是相矛盾的,在这里却又无比的和谐。它的简练与内涵的丰多,值得我们注意。一个"在"字,旨在说明许许多多的繁华荣盛这时都"不在"了。文在此,义在彼,也是醇厚的一个因素。二三白头宫女没有事情好做,闲坐着,回忆着,讲说着当年的明皇,当然也少不了要说到杨贵妃……而这一切,早已风流云散!诗人只写出"闲坐说玄宗",并没有写为"垂泪悼玄宗",但在辞意之间所流露出来的伤感反而是深沉的。虽不炽烈,却也醇美。

第一句落到"宫"字上,第二句开始又用一个"宫"字,落到"红"字上,忽然接写出"白头宫女";这类有意的重叠与着意的反衬,是古典诗歌所考究的炼字炼意的功夫。由于它的精炼,我觉得这一首五言绝句,若只从它韵味的醇美说,比起六百多字的《连昌宫词》[1]来,也无逊色。

当然,所谓醇美,也不专限于感伤。有时候是感染,有时候也许是诱惑。是酒的功能,也是诗人的本领。白居易有一首小诗《问刘十九》:

绿蚁新醅酒,红泥小火炉。晚来天欲雪,能饮一杯无?

---

〔1〕 此诗为[唐]元稹所作。

绿酒红炉,已经蛮有意思,既"新"又"小",更增强了诱惑力;又何况"晚来"没有啥事体好做了,更兼"天欲雪",有些寒意,有些闷倦,正好饮些酒挡挡寒,解解闷。劝人饮酒,最好不要一开口就说"一举累十觞"[1],因此只问道:"能饮一杯无?"我想这位刘十九见了这二十个字是一定命驾无疑的了。这首劝酒的诗,本身就带有醇美的酒意。

杜甫《拨闷》云:"闻道云安麴米春,才倾一盏即醺人。"酒是这般的为好,诗也是这般的为好。因此李重华说:"与其鲁酒千钟,不若云安一盏。"(《贞一斋诗说》)

有人说:"唱戏的人是疯子,看戏的人是傻子。"从某一个现象说,这话也有些道理,台上台下共同追逐的是艺术的感染。艺术是要求老老实实的,难免过火一些,甚至带有一些傻气。

王国维《人间词话》云:"诗人必有轻视外物之意,故能以奴仆命风月;又必有重视外物之意,故能与花鸟共忧乐。"我觉得挥斥风月,却也并不是"轻视"它们;与花鸟共忧乐,也并不是"有意"地那么做。诗能写到入化的境界,首先要求诗人在思想感情上与外物入而与之俱化。人与物化,就是想像力廓清了一切障碍而还原到自然去了,这不带一些傻气还成?

杜甫《舍弟观赴蓝田取妻子到江陵喜寄三首》之二结句云:

巡檐索共梅花笑,冷蕊疏枝半不禁。

人高兴了,把梅花也看成如笑脸相迎,也像是"不禁"其喜似的。

---

〔1〕 语出杜甫《赠卫八处士》。

《燕子来舟中作》结句云：

> 暂语船樯还起去，穿花贴水益沾巾。

诗人"久客惜人情"〔1〕，连燕子的飞来飞去，都觉得它是依恋不舍的样子。你说这些都是诗人在有意地骗取人们的同情吗？我说不是的，他真的是与花鸟共忧乐了。这一股子傻劲儿就融成诗歌的醇美。

再进一步分析这个醇美，"醇"似乎是有关诗人思想感情的事，"美"似乎是有关诗人联想想像的事。如老杜的《见萤火》结句云：

> 沧江白发愁看汝，来岁如今归未归？

情愈深的愈能驱策想像，想像愈丰的愈能起其情，两者相辅相成，共同达成醇美的境界。当然，这仅仅是从道理上分析，不能强为划分，说哪里是醇，哪里是美，两者原是相结合的。我们只能说：上一句白发愁看，是以情即景，偏于以醇抒其情；下一句涉及明年的事，是想像的深化，偏于以美起其情。于是情愈笃，愁愈深，想像愈滋润，诗句也愈益醇美了。

李商隐《写意》结句云：

> 三年已制思乡泪，更入新年恐不禁。

两句只抵得杜诗"来岁如今归未归"一句；不过它的基数是"三年"，

---

〔1〕　语出《遭田父泥饮美严中丞》。

又用"制泪""恐不禁"在想像上这么一张一弛,也发挥出它的感染力来。从意境的醇美说,上举二诗都不及刘长卿的《新年作》:

> 乡心新岁切,天畔独潸然。老至居人下,春归在客先。岭猿同旦暮,江柳共风烟。已似长沙傅,从今又几年?

前面的几句步步紧,也步步蓄,最后说已经和贾谊的被贬谪在长沙相像了,还不知道这样下去,更要沉沦到几许年? 虽已说破,意境仍然是浑涵的,含而不露,所以为高。这诗的意境好比江河之水,千回万转,最后泄尾闾而注于海,汪洋无复涯涘,醇美的味道就越来越浓重了。

杜甫的《九日蓝田崔氏庄》云:

> 老去悲秋强自宽,兴来今日尽君欢。羞将短发还吹帽,笑倩旁人为正冠。蓝水远从千涧落,玉山高并两峰寒。明年此会知谁健,醉把茱萸仔细看。

此诗与上面的《新年作》结构相似,结句也最有力量。作律诗,多半都尽瘁于中间颔、颈两联,到结句已成强弩之末,很难凑泊。像这一类万泉汇海的篇章,曾不多觏,故特为拈出。

古典诗歌尤其是以醇美擅长的,怕不能不论含蓄。昔人一谈到它,就和"温柔敦厚"的诗教联系起来,当然不免是旧时文人的偏见,但却不必因此而废含蓄。诗的醇美正是与含蓄相依附的。

王昌龄《长信怨》云:

奉帚平明金殿开，暂将团扇共徘徊。玉颜不及寒鸦色，犹带昭阳日影来。

这首诗也有些含蓄。昔时有人推它为七言绝句的压卷，必然是激赏它那个"怨而不怒，哀而不伤"〔1〕的有契于"诗教"的神旨。若论意境的含蓄，它还不如刘禹锡的《春词》：

新妆宜面下朱楼，深锁春光一院愁。行到中庭数花朵，蜻蜓飞上玉搔头。

此诗没有从正面说破，却把"愁"发散到"深锁春光一院"中了。深深的院落，诗中人在百无聊赖中数着中庭的花朵，悄无声息地占卜着自己的心期凤愿，至于"蜻蜓飞上玉搔头"。其静默如此，其惆怅可知。含蓄得愈深，愈透出醇美的丰神。

又如白居易的《宫词》：

泪尽罗巾梦不成，夜深前殿按歌声。红颜未老恩先断，斜倚熏笼坐到明。

意境也很含蓄，可是因为明说出"红颜未老恩先断"，就未免有些浅露了。它就不如张祜的《赠内人》含蓄更深：

---

〔1〕 "怨而不怒"出自《国语·周语》："夫事君者，险而不怼，怨而不怒，况事王乎？""哀而不伤"出自《论语·八佾》："《关雎》乐而不淫，哀而不伤。"——编者

> 禁门宫树月痕过,媚眼惟看宿鹭窠。斜拔玉钗灯影畔,剔开红焰救飞蛾。

飞蛾投火,也正是宜春院里宫人的身世,在玉钗剔开灯焰的当时,宫人的心理活动是些什么? 亦近亦远,亦曲亦直,所以为工。灯畔斜拔玉钗,是诗人由"畔"字联想到"斜"字,这样一个境界,这样一个动作,既暗示出宫人的美,也描绘出她的韵。这样的摹写意态与炼字炼句,也增强了此诗醇美的丰神。倘把"斜拔"玉钗改为"手把"玉钗,就意味索然了。

含蓄在诗歌里的运用大约依靠两个支柱:一是诗人深挚的感情,一是诗人丰富的想像。有了这两个支柱,就能够驱使一切,粘连一切;就能够渟蓄得深沉,延展到广远。甚至于还能够无理而有情,看朱成碧,以假当真。李白《渡荆门送别》结句云:

> 仍怜故乡水,万里送行舟。

自西徂东的长江水也成为有意识的、有如惜别的故人了。张泌《寄人》有句云:

> 多情只有春庭月,犹为离人照落花。

落花和离人有同情,春月又多情如此。你说这是诗人的想像在那里强拉硬拽吗? 又不是。离人的心理确实又是在怜惜着落花,感激着月色的。可惜的是旧时一般文人的生活圈子太小,视野也短浅而窄狭;只有现实主义的诗人才能够充之以广阔开朗的思想,但他们又往往要痛快淋漓地去抨击现实，不讲什么含蓄了。尽管这样，可是流传下来的更醇美的诗，仍然是较含蓄的。

陈陶《陇西行四首》之二云：

> 誓扫匈奴不顾身，五千貂锦丧胡尘。可怜无定河边骨，犹是春闺梦里人。

巧妙地用梦境把边塞与春闺、生与死的界限给化除了，诗的本旨那个反对穷兵黩武的思想反倒含而不露。这么一含蓄，感染力更显得强了些，也很自然。可见诗的醇美要想达到更高的境界，还是要冲破狭小的生活圈子，充之以对广大人民的同情心。无可讳言的，陈陶这一首诗里面说的又是"貂锦"和"春闺"之类，仍然有一定的局限性，但这是不该对昔人苛责的了。

诗歌是否醇美，也仰仗着赏诗的人能否发掘它。有些流传既广、大家已经读得烂熟的诗，由于后世人从原意一加引申，已经领会到另一个方向去，顿失原诗的醇美之致了。如王之涣的《登鹳雀楼》：

> 白日依山尽，黄河入海流。欲穷千里目，更上一层楼。

或注云："借登楼来比人的造诣，立足愈高，那就眼界愈阔。"对这两句诗，后人确已多半作这样的领会了；但这并不是诗人的原意，是读诗的人把一首抒情诗解为说理诗了。这首诗原来是抒发对祖国山河热爱的感情的。他另有一首《出塞》：

　　黄河远上白云间，一片孤城万仞山。羌笛何须怨杨柳，春光（一作"春风"）不度玉门关。

可以两相参证。或注云："塞外之地，春光不度，不产杨柳。篇中劝以何须怨，而怨更深。"这也是从字面上一引申而爽失原意了。此诗是从横吹曲《折杨柳》借题发挥（塞外倘若"不产杨柳"，怎么会有《折杨柳》的曲调？），主旨并不在"怨"，恰恰是借羌笛的怨反衬出对祖国热爱的感情，说是只有我们的祖国才有春光，洋溢着旺盛的民族自豪感，和前诗的"欲穷千里目"，想尽情地观赏祖国的山河，是同样的胸襟格调。这样浪漫主义的豪情壮语，是当时社会经济上升期的反映，意境是开廓爽朗的。它好比醇美的甘醴，别有沁人心脾的味道，不同凡响。若从"怨"字上去领会《出塞》诗，就难免要"酒酸不售"了。若从"造诣"上去领会《登鹳雀楼》，就是用读宋诗的眼光去读唐诗了。

　　纪昀《四库全书总目提要》云："诗至唐而极其盛，至宋而极其变；盛极或伏其衰，变极或失其正。"[1]他所说的"变失其正"，大约就指的是入宋以后，变抒情诗为说理诗了。至少可以这样说，唐诗多半寄理于情，宋诗往往寓情于理。吴之振《宋诗钞序》云："宋人之诗，变化于唐，而出其所自得，皮毛落尽，精神独存。"所谓的"精神"，有很大的成分是以理路入诗。说宋诗别创一格则可，说它是"化臭腐为神奇"，未免过誉。

　　如苏轼《登玲珑山》结句云："脚力尽时山更好，莫将有限趁无穷。"黄庭坚《清明》结句云："贤愚千载知谁是，满眼蓬蒿共一丘。"

---

〔1〕　语出《唐宋诗醇》纂校后案。

都讲的是不"以有涯随无涯"[1]、"一死生"[2]、"齐彭殇"[3]的老庄思想;渐渐走向以理服人,却不是以情感人了。正如严羽《沧浪诗话·诗辨》所说:"近代诸公,乃作奇特解会,遂以文字为诗,以才学为诗,以议论为诗。夫岂不工,终非古人之诗也。盖于一唱三叹之音,有所歉焉。"创作诗歌,不专心致志于如何生展它的感染力,把它看成说理的附庸,就迹近于炊米为饭,不像是酿米为酒了。这是宋诗不能与唐诗争衡的主要原因,也是词为什么代诗而兴的一个关键。因此在"醇美"这一个论点上,就只能说唐诗了。

韩愈《读荀》云:"孟氏醇乎醇者也,荀与扬,大醇而小疵。"他是用儒家的传统思想为尺度去衡量文事的。我们今天读唐诗,似乎也可以区别出有的醇美,有的大醇而小疵,有的小醇而大疵,也有大醇而大疵的。

1961 年 11 月

---

〔1〕 语出《庄子·养生主》。
〔2〕 语出《庄子·大宗师》。
〔3〕 语出《庄子·齐物论》。

一六　深隐与卓秀

　　《文心雕龙·隐秀篇》，元时刻本即阙一页，从"始正而末奇"到"朔风动秋草"，"朔"字是后人妄增的，纪昀已经据《永乐大典》校雠定案了。黄侃先生《文心雕龙札记》"仰窥刘旨，旁缉旧闻"，补作《隐秀》一篇，大体说来还不失彦和立篇的初意。其实《文心·隐秀篇》的首章和后幅具在，中间缺了的不过是申论与例证的词句，我们吃一个"烧头尾"已经尽够领略肥鲜的了。且把《隐秀篇》的头尾抄录在下面：

　　　　夫心术之动远矣，文情之变深矣。源奥而派生，根盛而颖峻；是以文之英蕤，有秀有隐。隐也者，文外之重旨者也；秀也者，篇中之独拔者也。隐以复意为工，秀以卓绝为巧。斯乃旧章之懿绩，才情之嘉会也。

　　　　夫隐之为体，义主文外，秘响旁通，伏采潜发，譬爻象之变互体，川渎之韫珠玉也。故互体变爻，而化成四象；珠玉潜水，而澜表方圆。……（阙）

　　　　……"（朔）风动秋草，边马有归心"，气寒而事伤，此羁旅之怨曲也。凡文集胜篇，不盈十一；篇章秀句，裁可百二。并思合而自逢，非研虑之所求也。

139

或有晦塞为深,虽奥非隐;雕削取巧,虽美非秀矣。故自然
会妙,譬卉木之耀英华;润色取美,譬缯帛之染朱绿。朱绿染
缯,深而繁鲜;英华曜树,浅而炜烨。隐篇所以照文苑,秀句所
以侈翰林,盖以此也。

赞曰:深文隐蔚,余味曲包。辞生互体,有似变爻。言之
秀矣,万虑一交。动心惊耳,逸响笙匏。

这篇的主旨不外两层意思:第一,是论文学的风格有隐与秀的
不同;第二,是说隐可以"润色取美",秀却要"自然会妙"。我们借
今日对文学的认识作敲门砖,很容易地便可以敲开彦和的《隐秀》
之门;再引而申之,把文学隐与秀的质性也可以由此弄清楚了。

什么叫作"隐"? 就是深蔚含蓄,"言有尽而意无穷"[1]是它的
特质,"此时无声胜有声"[2]是它的奇致。作者有深曲的情思奴役
着他的想像,耳目所及,自然便会构成一种迷离暧昧的意象;能够表
现出这意象的自然便也是深曲之笔了。试一读姜尧章过吴淞时所
作的《点绛唇》:

燕雁无心,太湖西畔随云去。数峰清苦,商略黄昏雨。
第四桥边,拟共天随住。今何许! 凭栏怀古,残柳参差舞。

是暮秋的季节了,他还在海角天涯漂泊着,由空间上的远渺感到时
间上的飘忽。纵目太湖西畔,有燕雁之属随云飞逝,给望远的人遗

---

〔1〕 语出《沧浪诗话·诗辨》。
〔2〕 语出白居易《琵琶行》。

下"逝者如斯夫"的感喟，它们却扬长去了；看来多情的是自讨苦吃，转不如无心的好。他痴望着遥远处几爿若隐若现的山峰，由于感情的外射作用，把它们人格化了，分明见那是和自己一模一样几个清苦的人儿，攒聚在一起商量着："天色已是黄昏了，云意还又沉沉，落一场濛濛的秋雨吧。"云原是出入于山岫间的，清瘦笔立着的几点秋山，想借秋雨来抒写清苦的情怀，正是它们的本分。这凭栏远眺的流浪者的情趣，跟它们的相契合了。这凄清的景象又撩逗起怀古的情绪（也许为了先有怀古的情思，然后才有清苦的感受，孰因孰果，迷离恍惚得不甚分明）。残柳参差地舞着，也似在申诉沧桑的情况。嫋嫋兮秋风，衰柳婆娑地舞个不停，系住了人的双睛，也绾住了人的心灵……直到他从这物我两忘的境界中醒来时，我们似乎听见这诗人轻微的叹息。这里是情与景的交融，这里是深曲之笔表达出深曲的情怀；"澜表方圆"，由于有"珠玉潜水"。——这便是"隐"。

什么叫作"秀"？就是韶美英露，它是凭灵感的触发，不受意识的控制，"思合而自逢，非研虑之所求"的。试一读谢康乐在永嘉《登池上楼》诗：

> 潜虬媚幽姿，飞鸿响远音。薄霄愧云浮，栖川怍渊沉。进德智所拙，退耕力不任。徇禄反穷海，卧疴对空林。衾枕昧节候，褰开暂窥临。倾耳聆波澜，举目眺岖嵚。初景革绪风，新阳改故阴。池塘生春草，园柳变鸣禽。"祁祁"伤豳歌，"萋萋"感楚吟。索居易永久，离群难处心。持操岂独古，无闷征在今。

自从那一日楼上窗前独对着空林，看厌了一派萧索气象，便病倒在床上，几曾知有冬去春来？这天觉得身上轻爽些，慢慢起身走向窗前，搴开帘幕，忽然觉得日影亲人了，池塘边陡地生出茸茸的春草。这新鲜的意趣兜地上心来，在意识上偶然画了一条印痕，吟哦伸纸时，亏它又骎骎地奔赴腕下，这样才凝聚成"池塘生春草"绝唱千古的诗句。——这便是"秀"。

"夫心术之动远矣，文情之变深矣"，"心术之动"是情思之本，"文情之变"是因情思而氤氲以出的想像。"源奥而派生"的自然以"复意为工"，"根盛而颖峻"的自然以"卓绝为巧"；要紧的是"秀"本有"根"，"隐"亦有"源"。抛却情思之本，便成了无源之水、无根之木。无源之水偏要迂回曲折，其涸也立而待，这样表现于文学上的便是"晦塞为深，虽奥非隐"。无根之木偏要着萼敷蕊，正是裁锦制花，都无生气，这样表现于文学上的便是"雕削取巧，虽美非秀"。有内蓄深厚的情思主宰着的，犹如风行水上，自呈涟漪，花放枝头，别有生意，这叫作"水深则回"[1]，"根之茂者其实遂"[2]。文之英蕤，原是从情思的根本中来。"自然会妙"的不消说得；"润色取美"的也是贴切自己的情思，选择最妥洽的辞句，希冀着笔下能描绘出本来的面目。"斯乃旧章之懿绩，才情之嘉会也。"

且再读秦少游的《浣溪沙》：

漠漠轻寒上小楼，晓阴无赖似穷秋，淡烟流水画屏幽。　自在飞花轻似梦，无边丝雨细如愁，宝帘闲挂小银钩。

---

〔1〕 语出《荀子·致士》。
〔2〕 语出韩愈《答李翊书》。

描绘一种轻愁浅恨的情绪，十分熨贴。百无聊赖的他，独坐在楼上，楼又小，寒又轻，春阴的早上却有深秋的光景。随便把目光游过去，是那绘着淡烟流水景物的画屏。有意无意间在想着，看看楼外真的景色吧，便移目到门外，看够多时似梦的飞花，又看倦了如愁的丝雨。把目光转挪到窗帘上，一会儿，又呆呆地痴望着那闲挂着的小银钩……心上是轻愁浅恨，这时便在这"小"的帘钩上玩索着"轻"，在这"银"白色的小物事上玩索着"浅"，一时物我两忘，完成了纯美感的经验。过后回味思量，窗侧的小银钩不但和心上的轻愁浅恨融成一片，并且和自己贬谪的遭遇那种投闲置散的况味也有相契之意，才借这"宝帘闲挂小银钩"七个字把自己觑见的意象表现出来，只写眼前有限景，道尽心间无限情，看它够多么含蓄！

　　过去的诗词话里，常提到什么"景语""情语"，把这般归于含蓄的就称为"以景结情"。这等的说法容易令人误解，以为作者在作品的收束处，有意地抬出"景语"来掩掩藏藏的，才显得够味儿似的。错了！作者原是在这景物上一度"久而与之俱化"[1]，构成此一意象，所以才有这一"结"。若竟说任谁都可以取这"以景结情"作诀窍，便能写出含蓄的好文章来，岂不滑稽？意象的创造要你自己身心有切实的感受，创造的表现要你自己的意匠去惨淡经营。景色进入你的视野，在你情思上果已挑动了什么样的反应，然后你的想像才得以驰骋于其间，寻得个着落。若是中无所蓄，只是学会了生拉活拽地以景结情，恐怕见不出什么含蓄来，只能透出笨拙。另外举一个例子来说明它，便清楚了。

　　《容斋随笔》里记着一段：

---

〔1〕　语出〔宋〕洪迈《容斋随笔·久而俱化》。

老杜《缚鸡行》一篇云："小奴缚鸡向市卖,鸡被缚急相喧争。家中厌鸡食虫蚁,不知鸡卖还遭烹。虫鸡于人何厚薄,吾叱奴儿解其缚。鸡虫得失无了时,注目寒江倚山阁。"此诗自是一段好议论。至结句之妙,非他人所能跂及也。予友李德远尝赋《东西船行》,全拟其意,举以相示云："东船得风帆席高,千里瞬息轻鸿毛。西船见笑苦迟钝,汗流撑折百张篙。明日风翻波浪异,西笑东船却如此。东西相笑无已时,我但行藏任天理。"是时,德远诵至三过,颇自喜。予曰："语意绝工,几于得夺胎法。只恐'行藏任理'与'注目寒江'之句,似不可同日语。"德远以为知言,锐欲易之,终不能满意也。

杜工部作品之所以伟大,在他有深广的同情心。我们如果是心眼儿细如针尖的人,羡慕他的伟大,也拣大的说,下笔便是仁义道德、天高地厚,又有什么足取?"鸡虫得失无了时,注目寒江倚山阁",怜悯众生的愚蠢,一片菩萨心肠,注视着水流山兀,真的"余欲无言"[1]了。结句之妙,妙在"隐"——是伟大人格进射出的电光石火,岂容别人去捕影系风?文学的含蓄不是打肿了脸可以充胖子的,要方寸中真个有些蕴藉才来得。

试再读少游的《鹊桥仙》:

纤云弄巧,飞星传恨,银汉迢迢暗度。金风玉露一相逢,便胜却人间无数。 柔情似水,佳期如梦,忍顾鹊桥归路?两情若是久长时,又岂在朝朝暮暮?

---

〔1〕 语出《论语·阳货》。

话说得干干脆脆,读将来,真个如夏月饮冰,像哀家梨的入口便消释。牛郎织女在每年七夕才得一度相逢,世上似我们多少饕餮的人都替他们抱委屈,说天上的双星还不如人间的夫妇。这庸俗的见识啊,我们一向就安于这庸俗了;蓦然在眼前触到"金风玉露一相逢,便胜却人间无数"这般玉洁冰莹的词句,不由得使我们羞见自家心膈的尘浊。"柔情似水,佳期如梦",这三百六十日中一夕的相逢,倒撒下三百五十九日黯然魂销的种子;"忍顾鹊桥归路",是的,便铁石心肠的人儿也该断肠。然而——"两情若是久长时,又岂在朝朝暮暮",看人家会转出如此洒落的情趣来,真风流,真倜傥,天一般高的智慧,海一样深的情恋,才成就了这一篇秀美的作品。但尽管有淮海般的襟抱,创造出这般光景的一阕词来,也还要倚"万虑一交"的兴会。王静安曾云:"少游词境,最为凄婉,至'可堪孤馆闭春寒,杜鹃声里斜阳暮',则变而凄厉矣。"[1]我们套用他的笔调,可以说:"少游词境最凄婉(含蓄),至'两情若是久长时,又岂在朝朝暮暮',则变而为卓秀矣。"

这里何妨再对比着一读陈履常的《减字木兰花》:

> 娉娉袅袅,芍药梢头红样小。舞袖低徊,心到郎边客已知。　金尊玉酒,劝我花前千万寿。莫莫休休,白发簪花我自羞。

他尝自矜说"于词自谓不减秦七黄九"[2];恕我不敬,至少他的这一阕要价减秦七。我们只能说他是志于秀了,可是还没有臻于秀。

---

〔1〕　语出王国维《人间词话》。
〔2〕　语出［宋］陈师道《书旧词后》。

也许因为是晁无咎出小鬟佐饮，即席之作没有给他"闭门觅句"〔1〕去邀致灵感的暇豫吧？"娉娉袅袅""白发簪花"，原已有些倚老卖老的神气；"莫莫休休"，词意间又有些忸怩，吞吞吐吐的，便累死也做不到颖脱而出，和"秀"早已绝了缘。我们要说淮海词当得起"英华曜树"，对后山只可还他一句"芍药枝头红样小"，那便是小巫见大巫了。要说筵前酬应，不容易产生好的创作吗？可也不尽然。试将此阕与杜牧之的"华堂今日绮筵开，谁唤分司御史来？忽发狂言惊满座，两行红粉一时回"〔2〕并读，我们会分明地觉察到"动心惊耳，逸响笙匏"的，到底还要推"杜郎俊赏"〔3〕。有道是"根盛而颖峻"，诗的秀句也有几分要仗诗人的秀骨呢！

韶秀要待灵感的触发，含蓄要靠情景的交融，归根结蒂一句话，还是老话头"修辞立其诚"〔4〕。只要他的灵府心田中真有那么一档子事，写出来自然能动人；想在无中生有，或是曾经着几分勉强，就难免浮滑、晦涩。病象暴露在笔端，病根还在作者的腔子里。

司空表圣《二十四诗品》中论"自然"的一则：

> 俯拾即是，不取诸邻，俱道适往，着手成春。如逢花开，如瞻岁新。真予不夺，强得易贫。幽人空山，过雨采苹。薄言情悟，悠悠天钧。

---

〔1〕　出自［宋］黄庭坚《病起荆江亭即事》："闭门觅句陈无己，对客挥毫秦少游。"
〔2〕　此诗为《兵部尚书席上作》。
〔3〕　语出姜夔《扬州慢·淮左名都》。
〔4〕　语出《周易·乾·文言》。

就是象征着善乘灵感的创作。正好触着时,"俯拾即是";待得六情底滞而搜索枯肠,就是"强得易贫",不免要露出寒乞相了。论"含蓄"一则:

> 不着一字,尽得风流。语不涉己,若不堪忧。是有真宰,与之沉浮。如渌满酒,花时反秋。悠悠空尘,忽忽海沤。浅深聚散,万取一收。

就是象征"深文隐蔚,余味曲包"的妙境。"是有真宰,与之沉浮",含蓄地主宰仍然在内蓄的情思,浮者自浮,沉者自沉。如果没有情思统摄着,只是机械式地临收煞便咽住,意味就索然了。

苏东坡《饮湖上初晴后雨》诗:

> 水光潋滟晴方好,山色空蒙雨亦奇。欲把西湖比西子,淡妆浓抹总相宜。

他要把西湖比西子,我们又何妨把他这首诗来比隐与秀呢?"水光潋滟"是秀美的模样,"山色空蒙"是隐美的模样;真挚高卓的情思就等是西子那天成的丰姿美韵。随她淡妆浓抹,一颦一笑,都有惹人怜处;倘若抛开情思之本,只求隐与秀的貌似,就有如效颦的东施了。彦和也曾说过:"夫铅黛所以饰容,而盼倩生于淑姿;文采所以饰言,而辩丽本于情性。故情者文之经,辞者理之纬,经正而后纬成,理定而后辞畅:此立文之本源也。"(《文心雕龙·情采篇》)。大本大源上踏实了,表现的技巧就成了余事。但是因为隐与秀是两个极端,各有适宜的题材,各有完整的面目;通融不得,参差又不可。

表现上到底也不容丝毫放松;淡扫蛾眉和红艳凝香,不能同时呈露在一个俊庞儿上。比如温飞卿的《梦江南》:

> ……梳洗罢,独倚望江楼。过尽千帆皆不是,斜晖脉脉水悠悠。肠断白苹洲。

最末一句,过去就有些人批评它,说是"意尽"。本来若是在"过尽千帆皆不是,斜晖脉脉水悠悠"处便结束了,正是言有尽而意无穷,当得起隐美之作;但是为牵就这《梦江南》的词调,意境和词句的先后没有安顿得好,不得不足上这么个谜底一般的五个字,就不免贻画蛇添足之讥了。可是我们读马东篱的《天净沙·秋思》:

> 枯藤老树昏鸦,小桥流水人家,古道西风瘦马。夕阳西下,断肠人在天涯!

也是在篇末点题,为什么使读者没有"意尽"的感觉呢? 这有两个原因。第一,温词是从思妇生活的本身说起的,说她早晨起来,梳洗之后,就倚定楼窗伫望着江上过往的船只,一直到太阳要落山了,也没见她所期待着的游子归来;眼前只剩下脉脉的斜晖、悠悠的流水,"此情此景共天涯",多么耐人寻味! 偏在末了足上一句说她"肠断",便是多余的解释了。马曲是一连写了许多外在的景象,都是用作陪衬的,末了才逼出天涯客子的"断肠",透露了主旨,以上的话语才有了着落。若在"夕阳夕下"句便收煞住,那些纷乱的影像如何能一贯起来呢? 所以末一句不可少。第二,温词的意境是写居人深曲缠绵之思的,最好是孕育一种迷离惝恍的意象,而归于含蓄,写到"斜晖脉脉水悠悠"却正合适;一经道破就点金成铁。马曲的意境是写征夫日暮途远的苦况的,应该是觑及一种萧索怆凉的意象,而喷薄以出。我们看:那厢是枯藤老树,昏鸦尚且有窠巢可栖;小桥流水,那村户人家更有多少团圞相聚的乐趣。这厢呢,却是迤逦无尽头的崎岖古道,西风暂起,瘦马趔趄,眼看那夕阳又像大火球一般急遽地往下落。断——肠～～～～人——在——天～～～～涯! 这才画龙点睛,破壁飞去,完足了它这以刹那动万古的秀美。

隐美就要含蓄不尽,秀美则是不恤说尽的;前者说尽了就是"续凫",后者偏不说尽就是"截鹤"。韶秀的作品,我们虽不相信是"神助",却需要真的由作者"触着",写出来便能"状溢目前"[1],让我们惊叹着亏他竟从哪里想得起? 若"只是一直说将去,这般一日作百首也得"[2],就会流于浅率浮滑,使我们纳闷他为什么一定又要写? 含蓄的作品,要作者在情思上真的有所蓄积,虔诚地写出。有时并不是掉笔花儿,却自然而然地像神龙见首不见尾的一般,"情在词外",特别耐人咀嚼。若只是假意地半推半就,含糊其词,就难免要模糊晦涩,令人如在雾里看花了。作者能够把由于情思、透过想像真真窥见的意象,忠实地合适地表现出来,情辞表里没有松懈的地方、矫揉的痕迹,便是上品。秀也好,隐也好,各有各的当行本色,各有各的动人心处。辨隐秀,是文学批评赏鉴者的闲磕牙儿;创作者原是无所容心于其间,本然已隐,自然而秀的。但也让我们这般闲磕牙儿的人们说出我们的希望吧:文学创作者,我们相信

〔1〕 出自《文心雕龙·隐秀》:"情在词外曰隐,状溢目前曰秀。"
〔2〕 语出[宋]朱熹《清邃阁论诗》。

他会时时勖励自己的情与知轸軺着走向宽广、挚深、卓绝、伟大的路上去。待到情知欣合无间,进入"云淡风轻近午天"〔1〕的境地时,就着这人格的根株,放出艺文的花朵,感情真,思想善,形式美,真善美浑同如一,才是文学的最高境界。这种文学风格好像是光莹温润的美玉,它映射出光莹的特质,便是秀美;包韫着温润的特质,便是隐美。极诣的作品,会炫惑我们的眼睛,摘不出哪一句是秀,也辨析不出它是在怎样地孕度着隐;瞻之在前,忽焉在后,道周性全,转而又像是无德可称。严沧浪所说的:

> 盛唐诸人,惟在兴趣,羚羊挂角,无迹可求。故其妙处,莹彻玲珑,不可凑泊;如空中之音,相中之色,水中之月,镜中之象;言有尽而意无穷。〔2〕

便是天人合、隐秀参的最高境界。这是理想的文学标准,找不出代表作来。朱元晦说:"文字自有一个天生成腔子,古人文字自贴这天生成腔子。"〔3〕"盛唐诸人"的诗,也只可以说能"贴"着它罢了。

1947 年 2 月

---

〔1〕 语出[宋]程颢《春日偶成》。
〔2〕 语出[宋]严羽《沧浪诗话·诗辨》。
〔3〕 语出朱熹《朱子语类》一三九。

一七 梦幻与光影

　　人生世相间的梦与影是和艺术有缘分的。我们一般人的实际生活尽管像散文般的平庸,有时却有诗意盎然的梦境;湖堤边一个行色匆匆的人走过,带着甚多的尘俗,但看那映入湖中的倒影却是飘飘若仙。文学作者涉笔到梦与影的极多,正关联着这宗儿缘分。

　　魂驰梦想是感情的湖水上漾动的涟漪,信手拈来便构成一种优美的意境:

　　　　打起黄莺儿,莫教枝上啼。啼时惊妾梦,不得到辽西。
　　(金昌绪《春怨》)

那甜美的梦境呀,还不待说;打点着去迎接它时,这情趣已是微婉缠绵的了。

　　　　袅袅城边柳,青青陌上桑。提笼忘采叶,昨夜梦渔阳。
　　(张仲素《春闺思》)

那时空二大都拘束不了的神奇的梦啊,居然不远千里地把自己推送到渔阳了。既梦之后，还问什么蚕，管什么桑！这情趣也攫住了我们，一总是悠然神往。

> 青青河畔草，绵绵思远道。远道不可思，宿昔梦见之。梦见在我傍，忽觉在他乡。他乡各异县，辗转不相见。……（《饮马长城窟行》）
>
> 多少恨，昨夜梦魂中。还似旧时游上苑，车如流水马如龙。花月正春风。（李煜《忆江南》）

梦境是苦恨的人儿刹那间的解脱。梦后的凄惘自然难免，但不会因此便割舍了人们对于梦的憧憬。愈是在实生活里得不到满足的人，愈贪求着梦魂中的颠倒。

> 怅卧新春白袷衣，白门寥落意多违。红楼隔雨相望冷，珠箔飘灯独自归。远路应悲春晼晚，残宵犹得梦依稀。玉珰缄札何由达，万里云罗一雁飞。（李商隐《春雨》）

人生不如意事十常八九，唯有在梦中么，还能仿佛得之二三，难怪人们都馨香默祷地去企求好梦了。

> ……凭寄离恨重重，者双燕，何曾会人言语。天遥地远，万水千山，知他故宫何处？怎不思量！除梦里、有时曾去。无据，和梦也新来不做。（宋徽宗《燕山亭》）

梦里也缘悭，真是毫无希望了。看来一枕黄粱熟，做一场称心恰意的梦，又谈何容易！"梦魂惯得无拘检，又踏杨花过谢桥"〔1〕，实在又是幸运儿呢。在这里我又想到一个有志竟成的例子：

> 乍向西邻斗草过，药栏红日尚婆娑。一春只遣睡消磨。
> 发为沉酣从委枕，脸缘微笑渐生涡。这回好梦莫惊他。（王国维《浣溪沙》）

一春三月，九十个日落黄昏，逐日地，尽早地，都遣睡去消磨了。一半儿该是因为春困撩人，一半儿也是生命积到了"愁时候"，理会去企伫天上人间的好梦。侥幸今番撞到了梦神的恩便，她的脸上生涡了；让整个世界，都跟着她去喜愉罢！

梦是天生就的诗料，为了它的依稀隐约；但需要闭拢了双眼，撞着好运气才得见。开着眼帘，随时随地都能入目，偏也是迷离仿佛、若即若离的景象，便只有影。这人间的奇迹啊！没有它，也许人间便不会有诗的流传罢；至少也要显得诗思贫乏多许。离不开它，任凭你素描寄托，离合悲欢。眼前映着影子，心上也浮着影子；眼是心的窗，心是眼的镜，灵眼灵手捉到阿堵时，诗就诞生了。

张子野希望别人称他为"张三影"，为了他得意的词句："云破月来花弄影"〔2〕，"娇柔懒起，帘压卷花影"〔3〕，"柳径无人，堕絮飞无影"〔4〕。写影是子野所擅长的，他在词里写景的句子，不时地

---

〔1〕　语出〔宋〕晏几道《鹧鸪天·小令尊前见玉箫》。
〔2〕　语出〔宋〕张先《天仙子·水调数声持酒听》。
〔3〕　语出《归朝欢·声转辘轳闻露井》。
〔4〕　语出《剪牡丹·舟中闻双琵琶》。

罩上这雾似的轻纱："水影横池馆"〔1〕，"花影闲相照"〔2〕，"寒影透清玉"〔3〕，"人影槛中移"〔4〕，"隔墙送过秋千影"〔5〕，"无数杨花过无影"〔6〕，都是些动的静的影。别外如"江空月静"〔7〕，"碎月筛帘"〔8〕，"湖水动鲜衣"〔9〕，"山外阴阴初落月"〔10〕，"片段落霞明水底，风纹时动妆光。宾从夜归无月，千灯万火河塘"〔11〕，也都在暗点出那哑谜儿。这是诗词里的格物工夫，琢磨得深彻便也描摹得豁朗；同时，作者的情思想像也往往循着一条惯经的蹊路走。

影是暧曃的，它把内情与外景容易抟揉到一起。彩笔触着它，只关灵府心田真有那一番观照，写得来所以能栩栩欲生；倘若只贪省力，或是有心取巧，那影子所遗下的便不免是一片模糊了。

惝恍之思是惆怅的人儿心上的一种感觉，它鼓着想像的翅膀飞向外界的景物时，容易跟迷离的影子结不解缘：

　　五更鼓角声悲壮，三峡星河影动摇。（杜甫《阁夜》）
　　晚凉天净月华开。想得玉楼瑶殿影，空照秦淮。（李煜《浪淘沙》）

---

〔1〕　语出《卜算子慢·溪山别意》。
〔2〕　语出《谢池春慢·玉仙观道中逢谢媚卿》。
〔3〕　语出《忆秦娥·参差竹》。
〔4〕　语出《画堂春·外湖莲子长参差》。
〔5〕　语出《青门引·春思》。
〔6〕　语出《木兰花·乙卯吴兴寒食》。
〔7〕　语出《剪牡丹·舟中闻双琵琶》。
〔8〕　语出《于飞乐令·宝奁开》。
〔9〕　语出《山亭宴慢·宴亭永昼喧箫鼓》。
〔10〕　语出《木兰花·西湖杨柳风流绝》。
〔11〕　语出《河满子·陪杭守泛湖夜归》。

这般情景的契合,是极其自然的。

再兜一个小圈儿便是文思的寄托。寄托是言发于此,意中于彼,若隐若现,不即不离的,所以有些意象也就自然地由这迷离之境出发:

> 早被婵娟误,欲妆临镜慵。承恩不在貌,教妾若为容?风暖鸟声碎,日高花影重。年年越溪女,相忆采芙蓉。(杜荀鹤《春宫怨》)

> 病起恹恹,庭前花影添憔悴。乱红飘砌,滴尽真珠泪。
> 惆怅前春,谁向花前醉?愁无际,武陵凝睇,人远波空翠。(韩琦《点绛唇》)

把忧谗畏讥、一腔的烦怨都叠在这"花影"上了。这些濡滞的人儿,微蹙着眉峰,曚眬着双眼,真切的景物在他们眼前只是蓊腾的;独有这幽灵般的阴影反而觑得无比的清明。畴日他们心上被别人投入的暗影,这时才找到一个适当的意境,将它外射出去;水流湿,火就燥,情思也只徘徊于景物的暗影间。

说来也怪有意思的。濡滞与洒脱在性行上原是两极端,但是诗兴却可以一同落在这影子上:

> 落日斜,秋风冷。今夜故人来不来?教人立尽梧桐影。
> (吕岩《梧桐影》)

> 缺月挂疏桐,漏断人初静。时见幽人独往来,缥缈孤鸿影。
> 惊起却回头,有恨无人省。拣尽寒枝不肯栖,寂寞沙洲冷。
> (苏轼《卜算子》)

这些脱却人间烟火气的作品,也借着这迷离的影子才表现得出。影是介于虚实两者之间的;我们可以感觉到的是濡滞的人儿意象中的影子越来越浓重,洒脱的意象中这影子却越来越浅淡。这离奇的影子遂能撩逗起各式各样的绮思。

心上的惝恍接近梦境,眼界的迷离有如影境;梦境与影境是容易合而为一的:

> 水精帘里颇黎枕,暖香惹梦鸳鸯锦。江上柳如烟,雁飞残月天。(温庭筠《菩萨蛮》)

柳烟江上,残月雁飞,是梦中所见的影境。

> 竹风轻动庭除冷,珠帘月上玲珑影。山枕隐浓妆,绿檀金凤凰。(温庭筠《菩萨蛮》)

枕隐浓妆,檀铺金凤,是月影催成的梦思。影的本身原似梦,因影度梦,表现之于文学,便显得极其自然,极其和谐:

> 兰烬落,屏上暗红蕉。闲梦江南梅熟日,夜船吹笛雨潇潇。人语驿边桥。(皇甫松《忆江南》)
> 楼上寝,残月下帘旌。梦见秣陵惆怅事,桃花柳絮满江城。双髻坐吹笙。(同前)

视野中的影子像催眠曲儿一般,听着——看着,渐渐地入睡了。待得——

一场愁梦酒醒时,斜阳却照深深院。(晏殊《踏莎行》)

由梦又还原到斜阳的影子上。眼界的梦是影,心水的影是梦;谁能分辨得清呢? 这里是明写梦,暗写影的例;也有明写影,暗写梦的:

疏影横斜水清浅,暗香浮动月黄昏。(林逋《山园小梅》)

横斜的疏影,是清浅的水上映出的影子;昏黄的月色和浮动着的暗香便织成一种迷人的梦境。你的鼻观、你的眼帘,未曾由"暗香浮动月黄昏"的境界中触到了梦,你便不会了解与欣赏这句诗的。

姜夔把这两句诗的意境推衍为两阕词,慨叹那月影下如梦的浮生! 在多少文学创作中,影与梦便是似这般地轸抱着,令你看既不甚分明,想也难便剔透。它的含蓄氤氲,言有尽而意无穷,端在这"浑去"的意境中。

休再向文学作品中去搜寻写得分明的"梦"与"影"罢,该让你的心灵有辨味知音的自在。譬如读到杜诗"一去紫台连朔漠",心上就该泛起一大串昭君出塞连环图画的影子;读到"独留青冢向黄昏"[1],此身便该像堕入流沙千里踽踽凉凉的梦境。读温词"过尽千帆皆不是",就能在斗室之中凭空觑见天边的帆影;到"斜晖脉脉水悠悠"[2],又能在清昼之顷分享那凄其如梦的黄昏。此中才有物我两忘的静,有孑立自足的美;拈花微笑,会心只在此一刹那间。

─────────────

〔1〕 此联为杜甫《咏怀古迹五首》之三之颔联。
〔2〕 语出〔唐〕温庭筠《望江南·梳洗罢》。

> 漠漠轻寒上小楼，晓阴无赖似穷秋。淡烟流水画屏
> 幽。　自在飞花轻似梦，无边丝雨细如愁。宝帘闲挂小银钩。
> （秦观《浣溪沙》）

句句可以借影解，字字可以由梦悟。由某一个观点露骨一点儿说：文学的意象——文学的本身即是梦，即是影；梦与影即是文学，即是诗。

这里就不得不附带讨论到王国维论"隔与不隔"的问题了。王氏说：

> 白石写景之作，如"二十四桥仍在，波心荡、冷月无声"，"数峰清苦，商略黄昏雨"，"高树晚蝉，说西风消息"。虽格韵高绝，然如雾里看花，终隔一层。梅溪、梦窗诸家写景之病，皆在一隔字。北宋风流，渡江遂绝。抑真有运会存乎其间耶？

文学有隐美与秀美之分，各有独诣的境界，我们实在不能指出哪个比哪个更好。王氏是崇尚秀美的，在这里所以写出他的偏见。若是各执一词，我们也何尝不可以说文学的意境正需要由"雾里看花"呢？"春水船如天上坐"是梦境，"老年花似雾中看"〔1〕是影境。雾里看花的本身已经含蕴着甚多的诗意，我们不一定都喜欢"五月榴花照眼明"〔2〕的句子。若一定给隐美的诗词下一个恶谥，说它"晦涩"，便也没有理由反对别人嫌秀美的为"浅露"了。

---

〔1〕　此联为杜甫《小寒食舟中作》之颔联。
〔2〕　语出韩愈《题张十一旅舍三咏榴花》。

许多富于象征情趣的作品,正是在梦境中蹀躞、在影子里婆娑的成就。只消我们能在它所表现的情趣间领略到梦的迷离、影的黯黮,已经算得之五六了。譬如读晚唐温李的诗词,你的眼光落到那字里行间时,就应该本能地发现那儿生展着迷蒙的烟雾,你便可以置身于其间,亲尝那梦与影的境界中的纯美。"小山重叠金明灭,鬓云欲度香腮雪"〔1〕,"玉楼明月长相忆,柳丝袅娜春无力"〔2〕,都是纯美的影子;"江上柳如烟,雁飞残月天"〔3〕,"杨柳又如丝,驿桥春雨时"〔4〕,都是纯美的梦境。"红楼隔雨相望冷",是一场凄凄楚楚的梦;"珠箔飘灯独自归"〔5〕,是一片栖栖遑遑的梦。"庄生晓梦迷蝴蝶"是生前的梦,"望帝春心托杜鹃"是死后的梦;"沧海月明珠有泪"是清夜一切哀思怨苦的光影的类型,"蓝田日暖玉生烟"是白昼一切怅惘凄迷的光影的轮廓。〔6〕这一类的诗词,它的词句也许配搭得错落,也许衔接得突兀,也许使你有水中捞月的空茫之思,也许使你萌雾里看花的不足之感;但是无论如何说,它的梦境与影境是有生命的机杼,我们可以由此听到作者的心音。

这些梦与影,模糊中透着真切,迷惘里寓着沉哀,它要求你伴着一种似梦非梦、似影非影的心情去咀嚼玩味,低徊要眇,你的颊辅间自会留有余香。若是时时不忘记你清醒的头脑,不敛起你犀利的目光,在明朗的天地间去注视那些白纸上写黑字,丁是丁卯是卯的,你

〔1〕　语出温庭筠《菩萨蛮·小山重叠金明灭》。
〔2〕　语出温庭筠《菩萨蛮·玉楼明月长相忆》。
〔3〕　语出温庭筠《菩萨蛮·水精帘里颇黎枕》。
〔4〕　语出温庭筠《菩萨蛮·宝函钿雀金鸂鶒》。
〔5〕　此联为李商隐《春雨》之颔联。
〔6〕　以上为李商隐《锦瑟》之颔联、颈联。

所能领会的诗思一定是俭薄得可怜。

"……海雾是一种绝美的景致。你聚精会神地去看这幅轻烟似的薄纱,笼罩着平谧如镜的海水。许多远山和飞鸟被它盖上一层面网,都现出梦境的依稀隐约。它把天和海联成一气,你仿佛伸一只手就可以握住在天上浮游的仙子。你的四围全是广阔、沉寂、秘奥和雄伟,你见不到人世的鸡犬和烟火,你究竟在人间还是在天上,也有些犹豫不易决定。……"(见朱光潜先生《文艺心理学》)这"心理的距离"是文思的奥府。大抵看朱成碧是文学创作者的异能独行,顾影惜梦又是他们的水磨工夫:"梦里不知身是客,一晌贪欢"[1],"起舞弄清影,何似在人间。"[2]今日囊时、人间天上,借着梦与影便捏合在一起了。文学艺术超时空的成就,多半建筑在梦与影的基础上。不管欣赏或创作,惺忪的两眼、微醺的心境,有时就该着它们跟定你的魂灵儿走。

1948 年 1 月

---

〔1〕 语出〔五代〕李煜《浪淘沙令·帘外雨潺潺》。

〔2〕 语出苏轼《水调歌头·丙辰中秋》。

一八　诗情与画意

（一）

　　艺术的各门类本是彼此相通的。形象思维酝酿成比较完美的意境时，都将氤氲着一重诗意。苏东坡说："味摩诘之诗，诗中有画；观摩诘之画，画中有诗。"[1]早已成为后人的口头禅。诗情画意里含孕着创作者的孤诣与苦心，欣赏艺术的人应该游目骋怀地去观赏，还要严辨淄渑地去品味。

　　王维是唐代的山水诗人。"诗中有画"，对他说来是极不稀奇的事，在他的诗里寻找这样的例子，是触目皆是的。现在只举两句：

　　　　江流天地外，山色有无中。（《汉江临眺》）

上句摹写出广袤无际的画面，下句渲染出若隐若现的远山。尤其是这一个"山色有无中"，泄露了诗情画意的秘密。

　　有无、远近、疏密、浓淡，是画意的布置，也是诗情的安排。因此

---

〔1〕　语出《东坡题跋·书摩诘蓝田烟雨图》。

作者很重视剪裁的功夫,要既不过又无不及地掌握这个分寸。韩愈《早春》诗云:

> 天街小雨润如酥,草色遥看近却无。

这也是主客观相结合的产物。倘从诗法或画法说,可与"山色有无中"互相发明。深悟此旨,可知诗必亦实亦虚,画宜若即若离;诗情画意,正在阿堵中。

林逋《山园小梅》诗的颔联云:

> 疏影横斜水清浅,暗香浮动月黄昏。

绘出影像的是画,透出神韵的是诗,因此这一联遂成为已关千古咏梅之口的名句。姜白石演之为《暗香》《疏影》二词,运用词人的想像,粘连一些有关的故事,融化一些前人的诗句,化诗境为词境,易写意为工笔;画意浓了些,诗情却淡了些。

宋代画家马麟画过一幅《暗香疏影图》,清乾隆(高宗)在顶幅题识五律一首,中两联云:

> 影疏水浅处,香暗月昏时。自是诗中画,兹为画里诗。

不过只播弄一番林和靖原来的诗句,没有什么新意;但既从画又还原到诗,他对艺术各门类的相通是有些领会的。

《战国策·东周策》里记载着杜赫欲使东周君重用尚未享有大名的景翠,他设喻说:

譬之如张罗者,张于无鸟之所,则终日无所得矣;张于多鸟处,则又骇鸟矣;必张于有鸟无鸟之际,然后能多得鸟矣。

"张于有鸟无鸟之际",当是诗人的三昧,也是画家的三昧。

(二)

作诗要从精致入手,学画要从工笔入手。领会诗情画意,也要细心地揣摩。这里先且以诗为例。

杜甫《羌村三首》写乱后初归的情景云:

妻孥怪我在,惊定还拭泪。

不但真实,又极细致。试改作"妻孥见我归,黯然同拭泪",意境就浅率许多,而且也呼唤不起下面的"世乱遭飘荡,生还偶然遂"了。人们的生活遭遇、思想感情原本是复杂的、深刻的;表现得太浅,反而不真实了。当然,它还是有一定的分寸的。

李益《喜见外弟又言别》诗云:"十年离乱后,长大一相逢。问姓惊初见,称名忆旧容。"司空曙《云阳馆与韩绅宿别》诗云:"乍见翻疑梦,相悲各问年。"都是细致深沉的描写,必如此才足以表现出久别乍逢的情景。若写得不深不细,则怕只能撮述出那个"别"与"逢"来,却描绘不出那个"久"与"乍"来。

杜甫《述怀》云:"自寄一封书,今已十月后。反畏消息来,寸心亦何有?"宋之问《渡汉江》云:"近乡情更怯,不敢问来人。"都深切地表达出心曲的矛盾,都是真有此情,真有此理。倘不能把这样深沉细腻的思想感情达之笔下,何必为诗?

《六一诗话》云:

> 孟郊、贾岛皆以诗穷至死,而平生尤自喜为穷苦之句。孟有《移居》诗云:"借车载家具,家具少于车。"乃是都无一物耳!又《谢人惠炭》云:"暖得曲身成直身。"人谓非其身备尝之,不能道此句也。贾云:"鬓边虽有丝,不堪织寒衣。"就令织得,能得几何?又其《朝饥》诗云:"坐闻西床琴,冻折两三弦。"人谓其不止忍饥而已,其寒亦何可忍也!

欧阳修写这一段话的原意是以不达讥弹孟、贾二人的,和东坡所说的"郊寒岛瘦"近似;说他们"皆以诗穷至死",还有些宿命论的痕迹。但他们说的"非其身备尝之,不能道此句也",说明了创作和生活的关系,有可取处。可以再找补一句:"非其笔深索之,不能探此秘也。"

"暖得曲身成直身",不但精微地描画出身暖如春的实际景象,还不言而喻地宣露出谢人惠炭的感激之私。只有写得细致又深刻,才有可能情景交炼,余味曲包。

尝见五代时无名氏画的一幅《雪渔图》。在冰天雪地里,雪压竹丛,寒水不流,穿戴蓑笠的渔翁斜负着钓竿,弓着身子,屈着膝盖,呵着两手……也是刻画入微的笔墨。这却又是寒得直身成曲身了。[1]

---

[1] 该画意似出自[唐]郑谷《雪中偶题》:"乱飘僧舍茶烟湿,密洒歌楼酒力微。江上晚来堪画处,渔人披得一蓑衣。"

从此可知,深刻细致,要各适物宜。从此又可知,艺术品的刻画加工要依仗艺术家的生活经验与体验。

董其昌有七绝一首——《画家霜景与烟景淆乱,余未有以易也。丁酉冬,燕山道上乃始悟之,题诗驿楼云》:

> 晓角寒声散柳堤,千林雪色亚枝低。行人不到邯郸道,一种烟霜也自迷。

画家应该通过生活的实际感受与表现的特殊技巧,在作品里剖析开霜景烟景的不同,这是"轻采毛发"的精致功夫;赏画的人也应该报之以"深极骨髓"的心领神会。〔1〕

(三)

这就需要想像力来效其劳,奏其伎了。杜牧《赠别》诗有云:

> 蜡烛有心还惜别,替人垂泪到天明。

蜡泪是离人想像出来的。想像受思想感情的驱策,又能把这一辆满载着思想感情的车子拖到不受时间空间限制的地方,它可以"观古今于须臾,抚四海于一瞬"(陆机《文赋》)。

---

〔1〕　均出自《文心雕龙·序志》。

想像不脱离生活思想的实际,才是有源之水;不着边际的幻想在艺术里是没有地位的。想像要能纵又能收,不纵是枯竭之象,不收将泛滥成灾。想像又不能过于深曲,过于深曲就将走向隐晦了。

杜甫《月夜》云:

> 今夜鄜州月,闺中只独看。遥怜小儿女,未解忆长安。香雾云鬟湿,清辉玉臂寒。何时倚虚幌,双照泪痕干?

八句诗把过去、现在和将来都说在里边了。句句是真情实感,句句又都是发于想像。在乱离中很自然地会盼望重逢,想像到重逢却更增强了乱离中的别恨。虚写比实写更言之有物,想像的重要性从此可见。

李商隐《夜雨寄北》云:

> 君问归期未有期,巴山夜雨涨秋池。何当共剪西窗烛,却话巴山夜雨时。

这里的"何当"和杜诗的"何时"抒摅出相似的意境,从此可悟想像的纵收之法。

杜甫《偶题》有云:"前辈飞腾入,余波绮丽为。"两句概括着各种诗体弧形发展的规律。"飞腾"自是想像之功,"绮丽"仍然是与想像相依附的;不过它既受到形式主义的拘束,自己不免钻牛角尖儿罢了。

如盛唐王昌龄《采莲曲》云:

> 荷叶罗裙一色裁,芙蓉向脸两边开。乱入池中看不见,闻歌始觉有人来。

就颇有"飞腾"之势,具清新之格。晚唐李商隐《楚宫》有句云:"已闻佩响知腰细,更辨弦声觉指纤。"则已入"绮丽"之途,来纤巧之诮。对待想像,最好是因势利导,多准备些渠道,运用得恰当了,大小都会有些作用;却不必多设堤防,使它还没有伸展开时先已枯竭了。

平素要训练这个想像力,对生活要作艺术的认识。忆《浮生六记》有云:"留蚊于素帐中,徐喷以烟,使其冲烟而飞鸣,作青云白鹤观;果如鹤唳云端,为之怡然称快。"此言虽小,可以喻大。不只创作要乞灵于想像,味诗观画,何必不然?杜甫《奉先刘少府新画山水障歌》有云:"悄然坐我天姥下,耳边已似闻清猿。"没有攫住观赏者视听的本领,算不得善画;没有从静物上振荡起视与听的本领,何能赏画?

在画里表现想像也许比作诗费周折些,但艺术的各门类大约各有方便之处,也各有局限之处,要当用其所长,避其所短。到了得心应手的境界时,终归是可以挥洒自如的。唐寅《题画》云:

> 红树中间飞白云,黄茅槛底界斜曛。此中大有逍遥处,难说于君画与君。

他这一支画笔就比诗更能表情达意了。

(四)

对艺术的初步要求是匀、圆、精、熟。司空图《二十四诗品》有云:"真予不夺,强得易贫。"下笔时不期"强得",就容易做到"匀"。又云:"持之匪强,来之无穷。"待意境酝酿成熟了才伸楮落墨,就容易做到"圆"了。"精"才能够通其窍,"熟"才能够尽其妙。苏轼《宋复古画潇湘晚景图》云:"旧游心自省,信手笔都忘。"就点出这样的创作意态来。

在这个基础之上,就可以通过人巧达到自然工妙,独创风格扩展为艺术流派了。苏轼《书鄢陵王主簿所画折枝》云:"论画以形似,见与儿童邻;赋诗必此诗,定非知诗人。诗画本一律,天工与清新。……"从人巧进到浑似天工,又能别创出清新的标格,诗情画意达到这个境界时,就已自成家数了。

由此可见,"诗中有画"易,"画中有诗"难;前者仅仅是对诗歌写景部分提出初步的要求,后者则是对绘事提出较高的希望了。诗情画意,伫候着观赏的人密咏恬吟,涵泳揣摩。

艺术不论创作或赏鉴,都要有自得之秘。《孟子》有云:"君子深造之以道,欲其自得之也。自得之,则居之安;居之安,则资之深;资之深,则取之左右逢其原。故君子欲其自得之也。"

艺术,必须没有休止地创造。以李白偌等伟大的诗人,在黄鹤楼头,因见崔颢所题诗,还要辍笔,只好留待后来又写《登金陵凤凰台》诗。虽说当时没有写黄鹤楼诗,却留下了一个佳话,题诗于壁云:"眼前有景道不得,崔颢题诗在上头。"这两句诗到底又流传下来了,因为它本身又是一个创造。《文心雕龙·物色篇》云:"且诗骚所标,并据要害;故后进锐笔,怯于争锋。莫不因方以借巧,即势以会奇;善于适要,则虽旧弥新矣。"说的就是因应而创造。

《梦溪笔谈·书画》云:"诸黄(指黄筌兄弟及其二子)画花,妙在赋色,用笔极新细,殆不见墨迹,但以轻色染成,谓之写生。徐熙以墨笔画之,殊草草,略施丹粉而已;神气迥出,别有生动之意。……熙之子(徐崇嗣)乃效诸黄之格,更不用墨笔,直以彩色图之,谓之没骨图,工与诸黄不相下。"可见绘画一道,只要功夫深,只要能创新格,就会各有千秋。

诗情画意的创造,是无穷无尽的。

(五)

诗情画意要有品格。王国维《人间词话》云:"词之雅郑,在神不在貌。永叔、少游虽作艳语,终有品格。方之美成,便有淑女与娼伎之别。"如秦少游《鹊桥仙》云:

> 纤云弄巧,飞星传恨,银汉迢迢暗度。金风玉露一相逢,便胜却人间无数。 柔情似水,佳期如梦,忍顾鹊桥归路? 两情若是久长时,又岂在朝朝暮暮?

此词前片和后片的结束处,都见出庄静高洁的品格来。细味自知。

风格即人格,不可以伪,也不可躐等。诗情画意,有几分便透露它几分,本不必好高骛远。老实些自能动人,稍稍调皮就会显现出儇薄或庸俗相来,惹人烦厌。故文艺创作首先要辨诚伪,既不必截鹤为凫,更不可续凫为鹤。切记要泯绝那徇人徇物的心——就是自己要有主张,要敢于主张,不要丢开这个根本不讲,反去揣摩读诗观画的人有什么爱好,专买胭脂去画牡丹。另方面,又不要打肿脸充胖子,尽拣高雅的格调入诗,尽拣幽邃的意境作画。自己到了什么分际上,就写出画出这个分际来,不必架空说大话,要有透露真我的勇气。暂时庸浅不打紧,只要敦品励学,渐渐总会臻于高深之境的。时时我行我素,是艺术家的根本立脚点;一着上些子徇人徇物的心,就不免要金玉其外,败絮其中了。元鲍恂《盛叔章画》诗云:

> 烟湿空林翠霭飘,渚花汀草共萧萧。仙家应在云深处,只许人间到石桥。

明梦观法师《题画》云:

> 积雨平原烟树重,翠崖千丈削芙蓉。招提更在秋云外,只许行人听晓钟。

二诗意境相似。但前一首自然,恰到好处;后一首就着一些子矜持之意,有不许他人过雷池一步的诋诋距人之色。似乎是有远俗之志,实际上还未斩断这个徇物之心。

为诗作画,是要给人家读的,是要给人家看的;但必须有特立独行的品格,自己当家做主,只能作本色之语,用本色之笔,不可着星点为人徇物的心。往往一为人徇物,诗格画格就卑了。因为这样做,就像别人把着你的手作诗绘画一般,自己先已丧失了主张,诗前画前早已充溢着一片伪心,如何济事?没有砥柱中流的信守,是不可能成为伟大的文学家艺术家的。文学家艺术家必须坚持真理之所在,择善而固执之,不随俗浮沉,不怕别人议长论短。陶渊明诗冲破了这一关,遂成高格。王维"诗中有画,画中有诗"已足千古,只

惜他没有灭绝徇物之心,遂不免有"文辞欺人"(顾亭林语)之累。试读他的《竹里馆》云:

　　独坐幽篁里,弹琴复长啸。深林人不知,明月来相照。

强调"人不知",又极力用"独""幽""深"等字加强诗的浓度,就显出许多矫揉之态来了。陶诗"结庐在人境,而无车马喧。问君何能尔? 心远地自偏"〔1〕何等自然!

又如王维《山中寄诸弟妹》诗云:

　　山中多法侣,禅诵自为群。城郭遥相望,唯应见白云。

有意识地把自己抬到白云之上,何补于此身仍在泥滓之中? 清高固然好,故作清高,格就不高了。王维大家,尚不免于此累,这是值得我们警惕的。自己不能当家做主,只存一片徇物的心,如何能树立起独特的风格呢?

(六)

　　艺术本相通,凡百艺术,都在追求着一个诗意;诗情是诗,画意也无非是诗罢了。生活里本来就有诗的素材,诗是反映生活的,艺

---

〔1〕　语出陶潜《饮酒·其五》。

术家同时就必然是一个诗人。有了这灵犀一点,随时随地,都可以把它度入或化入艺术创作里。道,是无乎不在的。

艺术既相通,艺术家就要多通多达一些。杜甫《观公孙大娘弟子舞剑器行》在序里提到:"昔者吴人张旭,善草书帖,数常于邺县见公孙大娘舞西河剑器,自此草书长进,豪荡感激,即公孙可知矣。"草圣张旭从公孙大娘的舞蹈里得到若干启发,度入并化入他的书法之中了。这说明了艺术相通并可相辅的一个情况。

要分清主和辅。旁通则可,却不可中无所主地陷于横通。章实斋云:"通人之名,不可以概拟也。有专门之精,有兼览之博。各有其不可易,易则不能为良;各有其不相谋,谋则不能为益。……横通之与通人,同而异,近而远,合而离。"〔1〕他把"横通"和"通人"截然分开,是因为他意存褒贬;艺术家既各有专攻,再以兼通为致知的手段,而不以横通为目的,仍然是可以两相结合的。历代都有诗书画的"三绝",但在"三绝"的本身仍然要分别主客,不会是平均使用力量的。

诗情画意之间,有相通之处,也还有各自的界限;好比庭园修筑在路旁,与路相通的却只有它的门户。诗人如何对待画,画家如何对待诗,是会在艺术实践里各具主裁的。

1962 年 7 月

----

〔1〕 语出章学诚《文史通义·横通》。

一九　言辞与声韵

双声与叠韵的联绵字，在实用上补救了单音系语言的偏弊，在文学的形式美上也效了许多锦上添花的劳。诗歌，这诉诸读者听觉的文艺，更恃有音乐般的声韵与节奏，去打动人们的心坎。创作者在有意与无意间，都在逗弄着这调调儿。春鸟秋虫，恬吟密咏，天籁人籁，是一码子事。

诗歌为了要表现到"一弹再三叹，慷慨有余哀"〔1〕的境地，双声叠韵的词汇被运用为最适当的发想记号。作者借着它"低徊要眇，以喻其致"〔2〕，读者也循着它"思子沉心曲，长叹不能言"〔3〕。王静安说：

> 双声叠韵之论，盛于六朝，唐人犹多用之。至宋以后，则渐不讲，并不知两者为何物。……余谓苟于词之荡漾处用叠韵，促节处用双声，则其铿锵可诵，必有过于前人者。惜世之专讲音律者，尚未悟此也。〔4〕

---

〔1〕　语出《古诗十九首·西北有高楼》。
〔2〕　语出［清］张惠言《词选序》。
〔3〕　语出［东汉］刘桢《赠徐干》。
〔4〕　语出王国维《人间词话》。

是有些见地的,不过微嫌其区分得过细罢了。我们且先举几个实例来看一看诗歌中的声韵美。

杜工部《咏怀古迹》昭君一首的颔联:

> 一去紫台连朔漠,独留青冢向黄昏。

一个"连"字,概括了王昭君"紫台稍远,关山无极"的栖遑,一个"向"字,写尽了"望君王兮何期,终芜绝兮异域"的惙怛。[1]这些还只是在意义方面显出用字的工炼,令我们衷心折服;引起我们踽踽凉凉之感的到底还不是这些。待吟哦到"朔漠"两个叠韵字,才又发觉它暗示出流沙千里、行行重行行没奈何的心曲;到"黄昏"两个双声字,又体会得它蕴蓄着个性倔强偏受了千劫万难的弱女子身死异域无限的怆恨;这都是音调方面的事,弹动我们心弦的正在这声与韵的重叠,它们完足了诗歌的形式美。

声短韵长,所以王氏说双声宜促节,叠韵宜荡漾,原则上是讲得通的。不过在旧诗词里,平仄声也分肩着纡徐促急的节奏,就不该以一概量之了。像是在前例中,"朔漠"叠韵、仄声,"黄昏"双声、平声;这首诗整个情致是沉郁怆凉,使我们不知不觉地便拖长了"朔漠"的短音,也忽略了"黄昏"的促节。我们考校诗歌的声韵是必要的,至于王氏荡漾促节之论,是说它的大凡,不可泥看。

林和靖《山园小梅》"疏影横斜水清浅,暗香浮动月黄昏"一联,传唱至今,"已关千古咏梅之口",不是偶然的事。"疏影横斜"写形态姿容,"暗香浮动"写精神魂魄,再借着清浅的水、朦胧的月作衬,

---

[1] 以上均出自[南朝]江淹《恨赋》。

真是道尽了"梅妻"的花模样、玉精神；这都是意义方面的事。着我们悠然神往的，恐怕还要推"清浅""黄昏"两个双声的词罢！"清浅"的娇稚、"黄昏"的神秘，织成一片纯美的诗情。只消我们读出齐齿音的清浅二字、撮口呼的黄昏二字，真个是"虽不识字人，亦知是天生好言语"〔1〕，贴切、完美原在它适逢其可的音韵中。

　　说到"清浅"音调的娇稚，我便又想到刘采春的《啰唝曲》：

　　　　不喜秦淮水，生憎江上船。载儿夫婿去，经岁又经年。

恨水上的船只把夫婿载去了，好几年也没有回转家来，意境有多么平凡！然而我们一朗读它，便分明领略到那思妇娇稚的情韵。只缘这首诗所用的字多半是唇齿音，很容易地便传给我们一种轻盈曼倩的感味；"生憎""江上"各为叠韵，更显出声调的和谐。再如韦庄的《荷叶杯》：

　　　　绝代佳人难得，倾国，花下见无期。一双愁黛远山眉，不忍更思惟。　　闲掩翠屏金凤，残梦，罗幕画堂空。碧天无路信难通，惆怅旧房栊。

也多半用的是舌端唇齿音字，在声音上摹绘出"伊人"的妩媚；当是一别音容，神驰梦想，曩日偎倚娇憨的情态凝聚成这时音韵的轻盈。"远山""闲掩"、"罗幕""无路"的叠韵，"惆怅"的双声，也替这一阕词生色不少。"不忍更思惟"的"更"字若改为"再"字，该愈加情美些；但这"更"字的声音独能宣达出作者心上的凄楚、喉中的哽咽，

---

〔1〕　语出［宋］吴曾《能改斋漫录》卷十六引［宋］晁补之语。

比"再"沉重得多。臆想中的宠姬尽管轻盈,自己心头的实感到底又是沉重的啊!

作者的心上既有不能自已之情,这情感的重压又往往是"更行更远还生","拂了一身还满"〔1〕的,借诗歌的词字去表现它,常常就会觉得唯有用叠字才合适。叠字的采用本无关于字义,只是为了要发抒内在的深曲之情,势必用这一而再的重叠的声音去摹写它。"青青子衿,悠悠我心"〔2〕,不如此歌唱,教她如何宣泄那怨而又慕的情怀呢?"行迈靡靡,中心摇摇"〔3〕,不这般吟哦,他那彷徨不忍去的故国之思又何由消得?可是叠字用得多了,因为音的重沓,容易流于呆滞而少变化;写到"寻寻觅觅,冷冷清清,凄凄惨惨戚戚"〔4〕,几人能够! 因此,双声的同母(纽)不同韵,叠韵的同韵不同母(纽),既能宣达深曲的情致,又可以避免板滞的弊端,真是再好也没有的了。

中国语文里已有极多双声叠韵的联绵字,信手拈来,便成佳构。像是"窈窕淑女""参差荇菜"〔5〕,"陟彼崔嵬,我马虺隤"〔6〕;"佩缤纷其繁饰兮,芳菲菲其弥章""曾歔欷余郁邑兮""聊逍遥以相羊"〔7〕;"屏营衢路侧,执手野踟蹰"〔8〕,"昔为鸳与鸯,今为参与辰"〔9〕,"双珠玳瑁簪,用玉绍缭之。闻君有他心,拉杂摧

---

〔1〕 以上均出自李煜《清平乐·别来春半》。
〔2〕 语出《诗经·郑风·子衿》。
〔3〕 语出《诗经·王风·黍离》。
〔4〕 语出李清照《声声慢·寻寻觅觅》。
〔5〕 语出《诗经·周南·关雎》。
〔6〕 语出《诗经·周南·卷耳》。
〔7〕 语出屈原《离骚》。
〔8〕 语出《别诗·良时不再至》。
〔9〕 语出《别诗·骨肉缘枝叶》。

烧之"〔1〕;"风尘荏苒音书绝,关塞萧条行路难"〔2〕,"支离东北风
尘际,漂泊西南天地间"〔3〕,"田园寥落干戈后,骨肉流离道路
中"〔4〕,"远路应悲春晼晚,残宵犹得梦依稀"〔5〕,"玉颜憔悴三
年,谁复商量管弦"〔6〕,"玉佩丁东别后。怅佳期,参差难又"〔7〕:
都是不假苦思而琅然上口的。放着这些现成的联绵语不用,偏要空
费气力堆垛些生硬的词藻去写诗歌的,便是不自在中还透着笨拙。

除了联绵字以外,双声叠韵的字能借声韵上的关系,把抒写的
情境更充分地表现出来。杜工部的《登高》诗有一联:

无边落木萧萧下,不尽长江滚滚来。

"萧萧"叠字,又缀一个双声的"下"字,象征出落叶的声音,"无边落
木"才活生生涌现在我们耳目之表。吴梅村的《圆圆曲》中有两句:

可怜思妇楼头柳,认作天边粉絮看。

"楼头柳","天边看",都是些叠韵字,才把天涯拉成咫尺。尤其是
"楼头柳"三个叠韵字相连,仿佛那几株杨柳天生就的只该映带在
那思妇的楼头一般,令人有除却楼头不是柳之感。这意义上的亲切

---

〔1〕 语出《汉铙歌十八曲·有所思》。
〔2〕 语出杜甫《宿府》。
〔3〕 语出杜甫《咏怀古迹·其一》。
〔4〕 语出白居易《望月有感》。
〔5〕 语出李商隐《春雨》。
〔6〕 语出[唐]王建《宫中调笑·团扇》。
〔7〕 语出秦观《水龙吟·小楼连苑横空》。

是靠着声音把它们粘连起的。

运用双声与叠韵,又可以使自行安排的词字等同天成,句法的组织显得紧凑。王静安的《浣溪沙》:

> 城郭秋生一夜凉,独骑瘦马傍官墙。参差霜阙带朝阳。
> 旋解冻痕生绿雾,倒涵高树作金光。人间夜色尚苍苍。

"绿雾"为了叠韵的关系,自创的词儿就很现成;"倒涵高树"为了"倒"与"高"的叠韵,句法上也流利许多。其余"傍""墙""霜""阳""尚""苍"的叠韵,都有同样的作用;再加上"作""金"的双声、"参差"的双声联绵语梳织在里面,整个这一阕词的音调就很是和谐了。另有一阕,也是《浣溪沙》的调子:

> 乍向西邻斗草过,药栏红日尚婆娑。一春只遣睡消磨。
> 发为沉酣从委枕,脸缘微笑渐(一本作"暂")生涡。这回好梦莫惊他。

这里的"向西""睡消""回好""梦莫""莫他"和"婆娑"的作用,都与前例类似。后半阕的偶联句法别致,我们一读到"发为沉酣从委枕"句,便感到声音意义上都有些拗,亏得"为""委"的声韵相同补救了些;随着读"脸缘微笑渐生涡"一句时,却觉得松松爽爽的了。同样构造的句子,为什么有不同的反应呢? 一是因为前句是起句,后句是承句,我们读到前句时觉得句法有些奇特,到后句便惯常了。二是因为前句"为""委"两个声韵上有关的字相距太远,借声音粘系意义的力量便弱些。后句的"脸缘"叠韵密迩相衔,又加上一个

"渐"("暂"也是一样)的叠韵字,音韵的流利胜过句法的拗,使我们玩索这七个字表现着的"静中有动,动中有静"的纯美的境界,不会感到丝毫的扞格。若把"缘"字改为"因"或"由",怕就要交代不下去了罢?

由于中国语文的单音,所以双声字极多;而收声又是除了阳声的鼻音,便是阴声的母音,所以叠韵、押韵又是极其容易的事。这是我国语文一种特殊的局面,把它运用到文艺里便也形成一种特殊的美,原是无间于文学创作的新旧的。胡适之先生在《谈新诗》一文中有一段说:

> 新体诗中也有用旧体诗词的音节方法来作的。最有功效的例是沈尹默君的《三弦》:
>
> 中午时候,火一样的太阳,没法去遮阑,让他直晒长街上。静悄悄少人行路;只有悠悠风来,吹动路旁杨树。
>
> 谁家破大门里,半院子绿茸茸细草,都浮着闪闪的金光。旁边有一段低低的土墙,挡住了个弹三弦的人,却不能隔断那三弦鼓荡的声浪。
>
> 门外坐着一个穿破衣裳的老年人,双手抱着头,他不声不响。

这首诗从见解意境上和音节上看来,都可算是新诗中一首最完全的诗。看他第二段"旁边"以下一长句中,旁边是双声,有一是双声;段、低、低、的、土、挡、弹、的、断、荡、的,十一个都是双声。这十一个字都是"端透定"的字,摹写三弦的声响,又把"挡""弹""段""荡"四个阳声的字和七个阴声的双声字(段、低、低、的、土、的、的)参错夹用,更显出三弦的抑扬顿挫。

苏东坡把韩退之《听琴诗》改为送弹琵琶的词,开端是"昵昵儿女语,灯火夜微明。恩怨尔汝来去,弹指泪和声"。他头上连用五个极短促的阴声字,接着用一个阳声的"灯"字,下面"恩怨尔汝"之后,又用一个阳声的"弹"字,也是用同样的方法。

也许有人要问:为了显示出三弦的抑扬顿挫,而一连下了十一个"端透定"诸母的双声字来摹写它,这是文学赏鉴者想入几微的地方;原来创作的人,恐怕未必是蓄意要借双声字来象征的罢?不错,作者在伸纸落墨的当时,也许是无暇及此,为了声情的自然融会,奔赴腕下的自然便合符节了。但这自然而合符节,是透过甘苦自知的准备功夫才达到的,下笔神来由于艺术技巧的娴熟。对于声韵之美毫无所知的人,便休想总是在无意中道着。

朱孟实先生在《诗论》一书中有一段说:

音律的技巧就在选择富于暗示性或象征性的调质。比如形容马跑时宜多用铿锵疾促的字音,形容水流宜多用圆滑轻快的字音,表示哀感时宜多用阴暗低沉的字音,表示乐感时宜用响亮清脆的字音。……例如韩愈《听颖师弹琴歌》的头四句:

昵昵儿女语,恩怨相尔汝。划然变轩昂,猛士赴敌场。

"昵昵""儿""尔"及"女""语""汝""怨"诸字或双声,或叠韵,或双声而兼叠韵,读起来十分和谐;各字音都很圆滑轻柔,子音没有夹杂一个硬音、摩擦音或爆发音;除"相"字外没有一个是开口呼的。所以头两句恰能传出儿女私语的情致。后二句情景转变,声韵也就随之转变。第一个"划"字音来得非常突兀斩截,恰能传出一幕温柔戏转到猛烈戏的突变。韵脚转到开口阳平声,与首二句闭口上声韵成一强烈的反衬,也恰能传出"猛士赴敌场"的豪情胜慨。从这个短例看,我们可以见出四声的功用在调质,它能产生和谐的印象,能使音义携手并行。

文学本是富于暗示性的,诗歌的词句短简就更需要有它了。姜白石词"过春风十里,尽荠麦青青"〔1〕,写得来盎然一片黍离之思,是就意义上来暗示的句子。"'暝入西山,渐唤我,一叶夷犹乘兴',这里面'一叶夷犹'四个合口的双声字,读的时候使我们觉得身在小舟里,在镜平的湖水上荡来荡去"〔2〕(胡先生语),是借声音来暗示的句子。如此方能言有尽而意无穷,如此方能使读者各依其情而自得,所以才贵于有诗。若只是把显豁浅露的散文句子,扯成单行平列地写在纸上,读者在它的意境声韵中都领略不出什么诗的气息来,只好仍旧当它作散文一读了事。

诗趣自然不该只在声韵上见出,专在这上面弄玄虚的正是邪魔外道,会把诗歌引上末路与死路去。诗歌主要的表现在肫挚的感情、高卓的风格,而今日的新体诗歌格外又要有新鲜的朝气。有了这些的,也许不屑还在声韵之微上去掂斤擘两。试读刘半农《扬鞭集》里的一首诗:

　　　　母亲
　　黄昏时孩子们倦着睡着了,

―――――――

〔1〕　语出姜夔《扬州慢·淮左名都》。
〔2〕　语出胡适《谈新诗——八年来一件大事》。

> 后院月光下，静静的水声，
> 是母亲替他们在洗衣裳。

多么肫挚的母爱！在这诗上我们若再分析说什么"黄昏"双声，"静""声"叠韵，甚至于再诬为作者有意地拣选这些声词，便成了滑稽诗话了。再看《新青年》杂志上第一次出现的新诗里沈尹默先生的一首诗罢：

> 月夜
> 霜风呼呼地吹着，
> 月光明明地照着。
> 我和一株顶高的树并排立着，
> 却没有靠着。

这首诗表现着一种何等瑰玮的人格！他只是这么闳中肆外，把心间的实感写出来就得；他岂肯"靠着"什么声呀韵的去争取诗的流传？试再读康白情的《草儿》：

> 草儿在前，
> 鞭儿在后。
> 那喘吁吁的耕牛，
> 正担着犁鸢，
> 眙着白眼，
> 带水拖泥，
> 在那里"一东二冬"地走着。

　　＊　　　　　＊

"呼——呼……"

"牛也，你不要叹气，

快犁快犁，

我把草儿给你。"

　　＊　　　　　＊

"呼——呼……"

"牛也，快犁快犁。

你还要叹气，

我把鞭儿抽你。"

　　＊　　　　　＊

牛呵！

人呵！

草儿在前，

鞭儿在后。

　　这一类的诗情，像刚苗生的春草般勃发着，它借着春雨的滋润，钻出冷硬的土层，一意地蔓生滋长，不耐听取一声"珍重"。"一东二冬"方博得讥讪的挑衅，"双声叠韵"最好也且休提起。

　　新诗虽说仍然在"尝试"中，诗人沸腾的血液近年来却流注得已经稍见缓和。冷静些，是该检讨一番的时际了。文章自有它的本色，艺术也委实有大巧反璞的火候，但我们要时刻记着"升高自下，陟遐自迩"〔1〕。文学形式上的技巧，究竟也不该过分地漠视。肫

────────────

〔1〕　出自《尚书·太甲》："若升高必自下，若陟遐必自迩。"

挚、高卓与新鲜，何尝是人人都有份儿？即使有个因缘，而灵感的触发也未必能"随传随到"。疏凿起人工的水井，防备着寒泉的凝涩，也是该做的事。生长在这四海一家、人文综合的大时代，遭遇了中国诗歌新旧交替的大场面，伟大的诗人需要具备旷世的天才、大胆的尝试；同样紧要的也还有细心的玩索、长期的忍耐。诗歌的声韵节奏不能完全依赖天工，许多处还是要靠人巧。成功的作品必须是透过合适的技巧，用自然的音律把情思境界表现得恰到好处。它显示着无比的和谐，可以说是巧夺天工；呈露出的又是极其平易的面相，没有矫揉斫削的痕迹。

我斤斤地论述诗歌形式上这么一件小问题，未免词费；何况又想给自由的新体诗歌平添一层束缚，像是又要借畴日的缠脚布来裹束今日的天足了。幸勿误会。我的意思在这儿，打一个譬喻说罢："粗服乱头，不掩国色"[1]是一种诗的风格，它代表新兴诗体的朝气，不妨赤裸着她的天足；但蕲求"淡妆"或是"严妆"的女孩儿家在天足上顺便也加着一双棉线或麻纱的袜儿，自然喽，颜色的浓淡也要劳一番慧心的安排的。

1947 年 7 月

---

〔1〕 语出［清］周济《介存斋论词杂著》："王嫱、西施，天下美妇人也，严妆佳，淡妆亦佳，粗服乱头，不掩国色。飞卿，严妆也；端己，淡妆也；后主，则粗服乱头矣。"

二○　诵读与吟咏

本刊(按指《国文月刊》。——编者)第五十三期载有一篇《中国语文诵读方法座谈会记录》,各位发言的先生虽只说了些扼要的原则,却都足以发人深省。诵读的提倡与否,在国文教学上,很有大家讨论一番做一个大体决定的必要。我偶尔也对学生谈到这个问题,间或朗读几篇诗文给他们听,但却声明不是作"示范"用,我只希望能唤起他们对于诵读的注意,要求他们各就理解的情形,并依乡音的习惯自己去朗读。几次我只是随便谈谈而已,没有认真把它当成一个大题目去鼓吹。学生中照办的恐怕也很少,或者竟一个也没有。现在因为看到了这篇记录,才不自揣谫陋地想把我的体验写出,对学文的青年同学容许有些裨益;同时怕不免有些偏见,希望能够得到明达的指示。

人们在讲话时,可以借许多动作、手势、面部的表情等帮助完成表达情意的效果,在语言本身的就是抑扬顿挫、轻重急徐的语气。把语气度到文章里,就要借章法、句法、修辞与虚字等去安顿它;总括起来说,便是"文气"。"气"是文章的音节,表情达意实在离不了它。音节在先秦西汉的散文中是一任自然的,在南北朝和以后的骈文中是借人工去求整饬的,在唐宋以后的"古文"中是透过人工而仍以合于自然为极诣的。

《孟子·公孙丑下》"三宿出昼"的一段：

> ……予三宿而出昼，于予心犹以为速。王庶几改之；王如改诸，则必反予。夫出昼而王不予追也，予然后浩然有归志。予虽然，岂舍王哉？王由足用为善。王如用予，则岂徒齐民安，天下之民举安。王庶几改之，予日望之。予岂若是小丈夫然哉？谏于其君而不受，则怒，悻悻然见于其面；去则穷日之力而后宿哉！……

这里许多企望惊叹的词句，都借虚字表达得恰到好处。另外，不惮烦地用着"予"字和"王"字，都是一片感情上的宣科：口口声声地称"王"，为了他是布政的诸侯，孟子要行己之道而使"天下之民举安"，必须在"王"的身上打主意；口口声声地称"予"，是为了好道之笃、自信之坚，除了"予"就办不了事。要加重语气，把"予"字几次都提到"追""然后""虽然"的上面——这在修辞上把句法改变，只是要我们理会能够加重地去读它。我们读到这一段时，为孟子爱社稷、爱人民的情感笼罩着，自然而然地便把"三""予""速""反予""不予追""予""浩然""予""用""齐""天下""举""小""去"等字用力读出；读着"犹""庶几""诸""夫""虽然""岂""而""则""之""也""哉"等虚字时，也不禁要随着词意，或纡徐，或急遽，或带着企望的神旨，或伴着感喟的腔调去吟诵它，这样便自然读出文气儿来了。

孟子自己说"我善养吾浩然之气"[1]，行仁讲义，至大至刚，表

---

[1] 语出《孟子·公孙丑上》。

现于文章中的自然便带着一种刚性美;朗读起来,真是痛快淋漓。汉世贾谊的文章也有类似的气魄。贾生以英才自负,又忧谗畏讥,眼见得天下积薪厝火,不由得便要痛哭流涕长太息,表现于文章中的,便也有充沛的气势与雄伟的风格。我们试读他的《过秦论上》罢,一起首便是:

> 秦孝公据崤函之固,拥雍州之地,君臣固守,以窥周室,有席卷天下,包举宇内,囊括四海之意,并吞八荒之心。

真是喷薄以出、旁若无人的气概。我们只能一口气读下去,中间其实是连一个","都不须有。

从"及至始皇,奋六世之余烈"到"始皇既没,余威震于殊俗"一段,"然陈涉瓮牖绳枢之子"到"山东豪俊遂并起而亡秦族矣"一段,做一个鲜明的对比,下面又将陈涉与六国放在一起比较,看起来原该是一万个陈涉也压不下秦帝的气焰的,归结到:

> 然秦以区区之地,致万乘之势,序八州而朝同列,百有余年矣。然后以六合为家,崤函为宫;一夫作难,而七庙隳,身死人手,为天下笑者,何也? 仁义不施,而攻守之势异也。

这一个"何也"掀出一个大问题来,以上的一大篇烘托比衬的文章,都为这一个"何也"做的;我们读到这里时,当然也就不能不十分怀疑,加倍用力,极尽荡漾地去读这两个字。"仁义不施,而攻守之势异也"是万泉汇海的总结语,我们也必须心神领会,一字一顿,加重并且拖长声调地读出。《过秦论中》一篇,只当得这一句的注脚。

先秦、西汉这一类的文章是自然的节奏,诚如唐顺之在《董中峰侍郎文集序》中所说"法寓于无法之中……出乎自然而不可易"的。诵读这些文章,原无一定的读法,但为了它的本身是有组织的,有抑扬顿挫、疏密缓急,而且像有一条绳索儿贯串着,需要我们朗读是无疑义的。

东汉以后,逐渐走上骈俪的路。在初期,还不至于字斟句酌,削趾适履,所以能做到文不灭质,人巧的整练不妨害天成的自然。后世有许多人认为魏、晋的文章写得最好,这也该是一个重要的因素。读这时期的文章,我们从一些骈俪的词句间,不但不会发生塞涩的感觉,有时更会觉得它可以帮助气势的流畅。譬如读魏文帝的《与吴质书》:

……昔日游处,行则连舆,止则接席,何曾须臾相失?每至觞酌流行,丝竹并奏,酒酣耳热,仰而赋诗。当此之时,忽然不自知乐也。……以犬羊之质,服虎豹之文;无众星之明,假日月之光。动见瞻观,何时易乎?恐永不复得为昔日游也!……

又如曹植《与吴季重书》:

……当斯之时,愿举泰山以为肉,倾东海以为酒,伐云梦之竹以为笛,斩泗滨之梓以为筝,食若填巨壑,饮若灌漏卮。其乐固难量,岂非大丈夫之乐哉?然日不我与,曜灵急节,面有逸景之速,别有参商之阔。思欲抑六龙之首,顿羲和之辔,折若木之华,闭蒙汜之谷;天路高邈,良久无缘。怀恋反侧,如何如何!……

这里都有深沉肫挚的感情在作者的内心燃烧着,迸射而出的便不容是孤意单行的句子。为了它有情思之本,闳中肆外,不着强为系援的痕迹,自然便没有骈拇枝指之累了。我们读这一类的文章时,只觉得它配搭匀整,笔调自然,如源泉混混,欲罢不能。作者原本无心于骈俪,我们也只认定它作散文读;它仍然是夭矫变化、舒卷自如的。

后来弃散崇骈,不自知的变成了蓄意的,自然的节奏便也演而为人为的音节了。"巧夺天工"不是人人能臻的境界,多半都难免露出斫削的迹象。繁末就不可能不伤本,偏重文章的形式便容易忽略其内容,写些专为雕饰辞藻、因文而造情的文章。时迁势异,遂落得"遗理存异,寻虚逐微。竞一韵之奇,争一字之巧。连篇累牍,不出月露之形;积案盈箱,唯是风云之状"[1](李谔)的贬辞。我们读诵骈体文时,迎送吞吐,都有吻合着预期的常法,是一种方便,也是一种愉快;不过在朗读时,又会感到它太机械了,太严整了,反倒令人提不起劲儿来。比如读徐陵的《玉台新咏序》:

> ……楚王宫内,无不推其细腰;魏国佳人,俱言讶其纤手。阅诗敦礼,岂东邻之自媒;婉约风流,异西施之被教。弟兄协律,生小学歌;少长河阳,由来能舞。琵琶新曲,无待石崇;箜篌杂引,非关曹植。传鼓瑟于杨家,得吹箫于秦女。……

读着便不免有堆垛琐屑之感,不容易度入一贯的气势,像七宝楼台,拆碎下来,不成片段。又如读他的《在北齐与杨仆射书》:

---

[1]　语出［隋］李谔《上高祖革文华书》。

> ……足下高才重誉,参赞经纶,非虎非貔,闻诗闻礼。而中朝大议,曾未矜论;清禁嘉谋,安能相及? 谔谔非周舍,容容类胡广,何其无诤臣哉! 岁月如流,平生何几? 晨看旅雁,心赴江淮;昏望牵牛,情驰扬越。朝千悲而掩泣,夜万绪而回肠,不自知其为生,不自知其为死也! ……

本是一些抒情的句子,转为文辞的工丽所妨。音律太整饬了,使我们读起来像是听谁度着什么谱调在哭诉的一般。"谔谔""容容"五言的句子羼杂在里面,半诗半文的,又有些碍口。这些都是朗读的障碍。我们试把这两段和杨恽《报孙会宗书》里的一段相较:

> ……夫人情所不能止者,圣人弗禁。故君父至尊亲,送其终也,有时而既。臣之得罪,已三年矣。田家作苦,岁时伏腊,烹羊炰羔,斗酒自劳。家本秦也,能为秦声;妇赵女也,雅善鼓瑟。奴婢歌者数人。酒后耳热,仰天抚缶,而呼乌乌。其诗曰:"田彼南山,芜秽不治。种一顷豆,落而为萁。人生行乐耳,须富贵何时!"是日也,奋袖低昂,顿足起舞。诚滛荒无度,不知其不可也。……

这有多么爽利,读来时让我们的喉咙也跟着宽绰了许多。只为了它没有受到什么束缚,音节是极其自然的,所以"家本秦也,能为秦声;妇赵女也,雅善鼓瑟"这样的偶句,不会令我们意识到什么骈文。"人生行乐耳,须富贵何时"这样的诗句,也不会让我们感到把诗句写入散文中有什么扞格不胜。读起来铿锵有致,只在文章音节的自然中。

由散入骈,原是中国文章演进史上不可缺少的一页,为了语文的特质,有客观的必然性。所以起初还是大家自然而然地走向骈俪的路,随后便归纳成"浮声切响"[1]的理论。浮声切响原是一种变化,但是一旦把这变化搞成了图案式的,便又回复到单调去了。若只就诵读上说,骈文委实是不耐读的。

骈文违反了文章音节的自然,韩愈便针对着这一点,讲出"气,水也;言,浮物也。水大而物之浮者大小毕浮。气之与言犹是也,气盛则言之短长与声之高下者皆宜"(《答李翊书》)的理论。韩氏文气说的精髓只是追求自然的音节,摆脱骈偶的桎梏;但他又把汉前的纯任自然,化为工力的陶冶。一面因为他有避免邯郸学步的聪明,一面因为他有熔范文章形式的本事,所以他的文章复古运动在形式的改革上也成了功。唐顺之所说的"唐与近代之文,不能无法,而能毫厘不失乎法;以有法为法,故其为法也,严而不可犯"[2],应该是也包括着韩文的文法的。韩愈是善养他浩然的"文气"的,他用"奇"炼辞句,以"气"御音节,辞必己出,吐纳卷舒,"然后浩乎其沛然矣"[3]。

试读他的《送董邵南序》:

　　燕赵古称多慷慨悲歌之士。董生举进士,屡不得志于有司,怀抱利器,郁郁适兹土,吾知其必有合也。董生勉乎哉!夫

---

〔1〕　浮声即古汉语中的平声,切响即仄声。语出《宋书·谢灵运传》:"夫五色相宣,八音协畅,由乎玄黄律吕,各物宜。欲使宫羽相变,低昂互节,若前有浮声,则后须切响。"

〔2〕　语出《董中峰侍郎文集序》。

〔3〕　语出韩愈《答李翊书》。

> 以子之不遇时,苟慕义强仁者,皆爱惜焉;矧燕赵之士出乎其性
> 者哉? 然吾尝闻风俗与化移易,吾恶知其今不异于古所云邪?
> 聊以吾子之行卜之也;董生勉乎哉! 吾因子有所感矣。为我吊
> 望诸君之墓;而观于其市,复有昔时屠狗者乎? 为我谢曰:明
> 天子在上,可以出而仕矣。

一起首是突兀而来,收束时却是戛然而止。中间新意层层转出,对
董生的怀才不遇,抒摅着无限的同情。辞气之间,也当得一首"悲
歌"。我们朗读着这篇文章时,便自然会领略到它的情思的充沛;
只目诵,不朗读,可能所领会到的要俭薄些。这里的夭矫神奇本有
一番人巧的安排,所以我便也说了些类似冬烘评文的滥调。这人巧
又能不着痕迹,很贴切于古文的自然,所以我们会感到它的格调类
似《孟子》。

就文章的技巧说,这又是一种进步的现象。它活用了骈俪的工
巧,却又发展了古文的自然音节了。这类自然的音节,既是通过人
工的产物,在气势的急徐转折中见出,因此不朗读就无从领略到它。
它在文章中的效用是借音调摹写情感,因此不朗读也无从接纳文章
的深蕴。从内容到形式,都对朗读提出了需要,学习模仿也需要从
诵读入手,所以一直到桐城派古文家,都极端重视这诵读的功夫。
刘大櫆在《论文偶记》里说得很透辟,如云:

> 凡行文字句短长,抑扬高下,无一定之律,而有一定之妙;
> 可以意会,而不可以言传。学者求神气而得之音节,求音节而
> 得之字句,思过半矣。其要只在读古人文字时,便设以此身代
> 古人说话,一吞一吐,皆由彼而不由我。烂熟后,我之神气即古

人之神气,古人之音节都在我喉吻间;合我喉吻者,便是与古人
神气音节相似处,自然铿锵发金石声。

用字句短长、抑扬高下,形成一种音节与神气,以表达内在的情意,
是无可非议的;观念的错误只在心目中存着一个"古"字,毕生的精
力便都可怜掷于虚牝了。姚鼐在《古文辞类纂》序目里也说:

　　凡文之体类十三,而所以为文者八,曰:神、理、气、味、格、
律、声、色。神理气味者,文之精也;格律声色者,文之粗也。然
苟舍其粗,则精者亦胡以寓焉?学者之于古人,必始而遇其粗,
中而遇其精,终则御其精者而遗其粗者。

所说的"声"与"气",便是讲求文章的音节的;病根也中在亦步亦趋
的"学古"上。曾国藩所说的"有气则有势,有识则有度,有情则有
韵,有趣则有味","气"与"势"也是讲这音节的。这种揣摩工夫即
使到了家,也跳不出如来的掌心。于是乎韩昌黎乃为后世古文家的
宗主,历两宋、元、明直到清代,所有古文家对韩文总是"瞻之在前,
忽焉在后"[1]。

　　民初还沿袭着旧日的办法,一般学文仍然是特别注重背诵与朗
读的。私塾里读《孟子》《左传》等,不消说要读文气,学校里的课本
也叫作国文"读"本。后来这读诵工夫渐渐不讲求了,课本的名称
也改为"国文讲义""国文选",或干干脆脆的"国文""国语"了。一
般教师遇到文言的教材便逐句移译为现行的口语以"讲"其"义",

---

[1]　语出《论语·子罕》。

白话的教材用不着翻译。有的做些分析,有的索性说"你们自己看看就行"了。学生用眼用脑、不用口不用心(这"心"字,我是借它代表读者的感情的)的习惯,就逐渐养成。他们一向也不理会文章中还有什么音节气韵,很少能在字里行间得到什么启示或受到什么感染的。自己试作起来,当然也就无非是纯粹的平铺直叙、缀字句成篇章而已。

过去注重诵读,大概与桐城派有关。桐城派已经是古文家的尾巴了,可是在清末民初,甘作尾巴尖儿的还大有人在。那时有许多思想上还留着辫子的人,自己明知不是凤凰,也偏要沾些儿"桐"荫,听说习文要求音节于字句之间,便使尽气力去读诵。读不出什么子午卯酉来,却摇头晃脑地像煞有介事;引起来的反动便是压根儿不读,看看算了。

学文到底应该不应该循着一种什么腔调去诵读呢? 我以为应该分别去说。学习古典作品,尤其是以研究古典文学为专业的人,恐怕是要下些读诵功夫的。先秦两汉的散文,为了求得较深的了解,朗读是会有帮助的;从它的疏密急徐上,我们可以约略领会到作者的神旨。骈文自然也可以朗读,但有些滞钝的骈文变化较少,是不耐读的。唐、宋以下的"古文"便有它的"架子"了,这"架子"怕只有透过诵读方能摸索到。要在古文上揣摩一番的,也只有学曾文正公常去"读书声出金石"[1]。读的腔调虽说没有一定的格式,但为了它和语言的音节迥乎是两回事,就自然是一种所谓"美读"

---

〔1〕出自《曾国藩日记·咸丰九年十一月初二日》:"三乐者,即九月二十一日所记读书声出金石,一乐也;宏奖人才,诱人日进,二乐也;勤劳而后憩息,三乐也。"

的——它难免带着音乐性的夸张与戏剧性的表襮。

现在该谈到白话文的诵读，作本篇的结束了。在这里要注意"言"与"文"的分合问题。远在先秦，文体与语体就逐渐分了家，可是因为语言的节奏和文言的节奏初赋仳离，差别恐怕还不太大，可能共同地还保持着一种同具的"自然"。以后语言上的变迁很大，文言的发展却一贯地保守下来，言与文节奏上的差别愈来愈显然了。向时的"自然"已经成了不可跻之天，只好借着规矩去画方圆，"古文"便成为一种专门的行业。文学革命以来，言与文又来了个破镜重圆，"国语的文学"的父母会生出"文学的国语"的儿女，文章的音节和语言的节奏应该又是一码子事了。白话文的诵读，我觉得仍然是应该提倡的，这诵读才是真正的自然。慢说过去的骈文音节比起它来，是一种机械的、病态的玩意儿；即使是唐宋古文的"自然音节"也只是一种"文言"的自然音节，里面充满保守与因袭的成分，虽也有些新生的东西也不过只是难能而未必可贵的人巧，严格地说它就不配称之为"自然"的。真的自然既经抬头，最好就诱导着它自然地发展下去罢。结合着语言的节奏以领会文章音节的诵读，如此说，就比古典作品还更有必要了。

"以读旧诗的调子和旧戏中的道白法去读白话诗"，实在是滑稽而又危险。同理，用读古文的造作的调子读白话文，也难免有些怪声怪气，而其实又大不该。但是习惯也着实使人没奈何的。就我个人说罢，为了运用腔调读古文遗留下一种习惯势力，偶尔读起白话文来，遇到一些流利的或是带着情感的篇章段落时，心里想着的尽管是语言的自然节奏，嘴里却不自知地哼出怪声怪气的古文腔调来了。但我觉得也不必"惩羹吹齑"，因此便说白话文就只该看，不该读。不读它，死的文字和活的语言就不可能打成一片，也可能影响到读者对原作品的深入的领会,起码不够亲切。这也未免有所失吧?

语言本身就有抑扬顿挫、轻重急徐的语气,言文合一了,这语气就很道地地形成了白话文中自然的音节,这"自然"是文章的极诣;就诵读来说,它便也是文章诵读的极诣。旧日的所谓"美读"也者是因袭的古调,今日话剧或朗诵里过分"美化"也应该防止,不要搞成畸形的发展。白话文的读诵切莫误入歧途。唯有语言自然的音节才是无比的自在、无上的完美!

1947 年 6 月

二一　神气与灵感

　　现代把心理学者研究的成果,导引入文学评论的领域,帮助我们解决了许多疑难的问题。新诗人说,"我凭着我的烟士披里纯[1]来创作",我们心领神会地点头,因为彼此都知道灵感是怎么一回事了。昔时的文人到哪儿去寻其他科学上的支援呢? 他们只能把那些由自己体验或观察得来的道理写出,难免有些地方是"知其然而不知其所以然"[2]的。因此,他们虽不曾说像"烟士披里纯"这样拗口的字,只说些"神""气""兴趣""天机"等名词,我们却常要攒眉斗眼地摇头,嫌它们太浑括或是"玄之又玄"了。

　　《文史通义·辨似》云:

　　　　易曰:"阴阳不测之谓神。"又曰:"神也者,妙万物而为言者也。"孟子曰:"大而化之之谓圣,圣而不可知之之谓神。"此神化神妙之说所由来也。夫阴阳不测,不离乎阴阳也;妙万物而为言,不离乎万物也;圣不可知,不离乎充实光辉也。然而曰

---

[1]　"烟士披里纯"即英文 inspiration 之音译,为灵感之义。梁启超《烟士披里纯》:"烟士披里纯者,发于思想感情最高潮之一刹那顷。"

[2]　出自梁启超《论小说与群治之关系》:"无论为哀为乐,为怨为怒,为恋为骇,为忧为惭,常若知其然而不知其所以然。"

> 圣曰神曰妙者,使人不滞于迹,即所知见,以想见所不可知见也。学术文章,有神妙之境焉,末学肤受泥迹以求之。其真知者,以谓中有神妙,可以意会,而不可以言传者也。不学无识者,窒于心而无所入,穷于辨而无所出,亦曰可意会而不可言传也。故君子恶夫似之而非者也。

昔人的文论谈到灵感时,也有真知者却说只可以意会的,也有的是窒于心穷于辨者却说不可以言传的。我们今日既于昔人"知其然"以外,又求得了它的"所以然",正该"即所知见,以想见所不可知见",贯通今古是后生者的责任。

《西京杂记》云:

> 司马相如为《上林》《子虚赋》,意思萧散,不复与外事相关。控引天地,错综古今,忽然如睡,焕然而兴,几百日而后成。其友人盛览字长通,牂牁名士,尝问以作赋。相如曰:"合綦组以成文,列锦绣而为质,一经一纬,一宫一商,此赋之迹也。赋家之心,苞括宇宙,总览人物,斯乃得之于内,不可得而传。"

相如为的要作辞赋,他便"意思萧散,忽然如睡"地"造成梦境,使潜意识中的意象容易涌现",待到"焕然而兴",就是"在潜意识中所酝酿成的东西蓦然涌现于意识"了。他招邀灵感的方法是很好的。(参看朱光潜先生《文艺心理学》想像与灵感章)所以他说"赋家之心……乃得之于内,不可得而传",是"真知者"的道不得语。《杂记》又有一则云:"司马长卿赋,时人皆称典而丽,虽诗人之作不能加也。扬子云曰:'长卿赋不似从人间来,其神化所至邪?'子云学相如为赋而弗逮,故雅服焉。"扬雄最大的长处——正确地说是最大的短处——便是模仿,所以"或问扬雄为赋,雄曰:读千首赋,乃能为之"。也不过告诉别人"相与放依而驰骋"[1]。终于学步邯郸,匍匐以归,才慨叹着长卿的赋多半是"神化"的。他似乎始终也没有过"握笔神来"的经验,这只有怪他"肤受泥迹以求之"了。相如所说的"心",是比"神"更加靠实的,正是指着灵感而言;扬雄所说的"神",却是飘渺的,模仿为文的人理会得什么灵感呢?

《诗品》云:

> 《谢氏家录》云:康乐每对惠连,辄得佳语。后在永嘉西堂,思诗竟日不就,寤寐间忽见惠连,即成"池塘生春草"。故尝云:"此语有神助,非吾语也。"

灵运的诗,都是在形式上极尽雕琢之能事的。偶然在这一遭触动了灵感,写出"池塘生春草"这么一个不假修饰而自然胜人的句子,便不敢自信地说他是有"神助"了。刘熙载《词概》云:"词中句与字有似触着者,所谓极炼如不炼也。晏元献'无可奈何花落去'二句,触着之句也。宋景文'红杏枝头春意闹','闹'字触着之字也。""触着"等于说"灵感的触发","池塘生春草"也是触着之句。"由于灵感的作品往往比纯恃艺术手腕的作品价值较高",只消把谢灵运《登池上楼》原诗的"池塘生春草,园柳变鸣禽"两句比较着去领略,便可以体悟出好多触着之句所以能传唱千古的缘故。

过去的人有许多忠于学术,而为辅助知识不够运用所苦恼着

---

[1] 语出《汉书·扬雄传赞》。

的。只为他叫不出代表这么一种概念的"灵感"两个字来,像负着创痛的蛇一般摆来摆去的,他描画着这鬼东西的形貌动静,只是隔着这么一层靴,到底搔不着痒处。美人已经画就在那里,直到今日还没有点出她的眼睛,不该再吝惜"阿堵",而强诬古人的不善画绘了。陆机《文赋》云:

> 若夫应感之会,通塞之纪,来不可遏,去不可止,藏若景灭,行犹响起。方天机之骏利,夫何纷而不理?思风发于胸臆,言泉流于唇齿,纷葳蕤以馺遝,唯毫素之所拟。文徽徽以溢目,音泠泠而盈耳。及其六情底滞,志往神留,兀若枯木,豁若涸流。揽营魂以探赜,顿精爽于自求。理翳翳而愈伏,思乙乙其若抽。是以或竭情而多悔,或率意而寡尤。虽兹物之在我,非余力之所戮。故时抚空怀而自惋,吾未识夫开塞之所由。

他把灵感来去飘忽不能自主的迹象,说得多么详尽。"未识夫开塞之所由",是时代使然;在那时毫无凭依地便能这般"妙解情理,心识文体"[1],原可以不必再"自惋"了。

杜甫《寄刘峡州伯华使君四十韵》有云:

> ……雕刻初谁料,纤毫欲自矜。神融蹑飞动,战胜洗侵凌。妙取荃蹄弃,高宜百万层。……

朱鹤龄注云:"'雕刻初谁料',即《文赋》之'笼天地于形内,挫万物

---

[1] 语出[南朝齐]臧荣绪《晋书》。

于笔端'也。'纤毫欲自矜',即'考殿最于锱铢,定去留于毫芒'也。
'神融蹑飞动',即'精骛八极,心游万仞'也。'战胜洗侵凌',即
'方天机之骏利,夫何纷而不理'也。'妙取筌蹄弃,高宜百万层',
即'形不可逐,响难为系。块孤立而特峙,非常音之所纬'也。因刘
使君以诗来寄而言诗道之难如此。"朱氏借《文赋》里的辞句来解释
杜诗,连类并及,很有足取。只是把杜诗这段的第一句解作运思布
局,第二句解作炼字锻句,第三句解作博观,第四句解作约取,五六
两句解为作品的成功,似乎说得粗浅些。我以为杜诗这几句正在说
明着凭依灵感的创作。"雕刻初谁料",运思之顷,不愿意专骛于字
句的雕琢,希望有意外的收获,就是在设法招邀着灵感之来,相当于
《文赋》里"沉辞怫悦,若游鱼衔钩而出重渊之深"。"纤毫欲自
矜",灵感触发了,果然得到了非始料所及的情辞,不自觉地矜形于
色,相当于"浮藻联翩,若翰鸟缨缴而坠曾云之峻"。"神融蹑飞
动",是写灵感的飘然而至,创造的意象已经映现了,《文赋》的"粲
风飞而猋竖,郁云起乎翰林"是类似的句子。"战胜洗侵凌",是说
灵感之来,自然中于绳墨,免掉去取间的纷扰,是可以借"方天机之
骏利,夫何纷而不理"去说明的。五六两句,是衡定依于灵感的作
品的最高艺术价值,朱氏引"非常言之所纬"几句也可以保留,似乎
还应该照原文补足"或苕发颖竖,离众绝致。……心牢落而无偶,
意徘徊而不能揥"几句。这样,工部所说的"神",就是指着灵感而
言,"妙"就是由于灵感的创作;这神妙的文章,比起那用心雕刻和
布置筌蹄的徒有形式美的作品,自然要高百万层了。因此便"欲自
矜",实际又是"初谁料"的。你不料它会来,它却蓦然地涌现了,正
像是"得来全不费工夫"的一般;但你一定要搜索枯肠去强求它,也
许一辈子也是"踏破铁鞋无觅处"!所以这诗接下去便说:"白头遗

恨在,青竹几人登?"借诗成名,不是容易便做到的。

他又在《偶题》一篇诗中说:

> 文章千古事,得失寸心知。作者皆殊列,名声岂浪
> 垂?……

和前诗"白头青竹"一联的意思相同。接着说:"骚人嗟不见,汉道盛于斯。前辈飞腾入,余波绮丽为。""绮丽为"就是徒重形式,"飞腾入"就是善乘灵感。凭依灵感的创作才是足贵的,可惜自汉代以后已经"嗟不见"了。末后才自己惋惜着说:"稼穑分诗兴,柴荆学土宜。故山迷白阁,秋水隐黄陂。不敢要佳句,愁来赋别离。"叙述因为自己遭境的坎坷,已经没有"奢遮"诗兴(灵感)了,偶尔写成几首抒情的篇什,不敢妄想那里再会孕有佳句的。

可见杜甫是推崇灵感创作的人。他的诗里,很多用"神"字的地方,都在仿佛着灵感。尤其是以下两首诗,是应该解说一番的。《寄张十二山人彪三十韵》云:"静者心多妙,先生艺绝伦。草书何太苦,诗兴不无神。曹植休前辈,张芝更后身。数篇吟可老,一字买堪贫。"赞叹着张彪字和诗的神妙可贵,说他创造艺术的灵感是由"静"中邀致得来的,这便是片言居要的经验谈。《奉赠韦左丞丈二十二韵》云:"读书破万卷,下笔如有神。赋料扬雄敌,诗看子建亲。"像是于灵感的培育,需要意识界的经验在潜意识中经过相当时日的酝酿的道理,也揣摩到几分了。陆游《文章》诗中有句云:"文章本天成,妙手偶得之。粹然无疵瑕,岂复须人为?"便把凭灵感写就的作品委诸"天成",还不逮老杜意见的切实。查礼《铜鼓书堂词话》云:"雪舟才思俊逸,天分高超,握笔神来,当有悟入处,非

积学所到也。"以为才思是另关神悟的,不知道灵感有仰给于学识经验的处所,也是一个"穷于辨而无所出"[1]的论者。

《文心雕龙·神思篇》云:

> 故思理为妙,神与物游。神居胸臆,而志气统其关键;物沿耳目,而辞令管其枢机。枢机方通,则物无隐貌;关键将塞,则神有遁心。是以陶钧文思,贵在虚静;疏瀹五藏,澡雪精神。积学以储宝,酌理以富才;研阅以穷照,驯致以绎辞。然后使玄解之宰,寻声律而定墨;烛照之匠,窥意象而运斤。此盖驭文之首术,谋篇之大端。

也在叙述着灵感通塞的道理。要"疏瀹五藏""积学酌理"地去培养它,——是"虚";要"澡雪精神""研阅驯致"地去招邀它,——是"静"。"神居胸臆,而志气统其关键",是说潜意识也为人的情感所主宰着;"烛照之匠,窥意象而运斤",是说灵感既已构成了一种意象,自然就会奔赴笔下了。你什么时候把准备的工夫做得圆满了,灵感自会出现的;凭着灵感来创作,是极其省力的:"是以秉心养术,无务苦虑;含章司契,不必劳情也。"彦和这一篇可以说把灵感讲得颇为精到了,但他终于不明了"所以然"之故,所以篇末说:"至于思表纤旨,文外曲致,言所不追,笔固知止。至精而后阐其妙,至变而后通其数。伊挚不能言鼎,轮扁不能语斤,其微矣乎!"

这一篇里的"积学以储宝,……驯致以绎辞"几句,是彦和的心得语。纪昀评之云:"观理真,则思归一线,直凑单微。所谓'用志

---

[1] 语出《文史通义·内篇三·辨似》。

不分,乃凝于神'。"凝于神",就是敲开了灵感之门,敲门的方法是要平时"储宝"而届时"驯致",这是不二法门,也不能有半分勉强的。已经凭着灵感窥见了意象,便可以运斤绎辞了。《文心·养气》一篇,可以说是推衍这几句的意旨而成章的:"夫耳目鼻口,生之役也;心虑言辞,神之用也。率志委和,则理融而情畅;钻砺过分,则神疲而气衰:此性情之数也。""率志委和",就是"驯致";"钻砺过分",就是强求。"夫学业在勤,功庸弗怠,故有锥股自厉,和熊以苦之人。志于文也,则申写郁滞,故宜从容率情,优柔适会。若销铄精胆,蹙迫和气,秉牍以驱龄,洒翰以伐性,岂圣贤之素心,会文之直理哉?"正是说明平素要"积学"、临文要"驯致"的精义。有志于文学创作的人,该博闻强识地充实学验,而要优游容与地招致灵感。"蹙迫和气"是除了"伐性"之外,毫无所得的。纪昀评云:"学宜苦而行文须乐。"很得刘说的要领。"且夫思有利钝,时有通塞;沐则心覆,且或反常;神之方昏,再三愈黩。是以吐纳文艺,务在节宣;清和其心,调畅其气;烦而即舍,勿使壅滞。意得则舒怀以命笔,理伏则投笔以卷怀。逍遥以针劳,谈笑以药倦。常弄闲于才锋,贾余于文勇,使刃发如新,腠理无滞。虽非胎息之迈术,斯亦卫气之一方也。"那些"秉牍以驱龄,洒翰以伐性"的詅痴,委实也太可怜了,所以彦和引申"驯致以绎辞"的道理而三致意焉。

苏洵《上欧阳内翰书》云:"执事之文,纡余委备,往复百折,而条达疏畅,无所间断。气尽语极,急言竭论,而容与闲易,无艰难劳苦之态。"永叔的文章有两种特点,一是不管抒情或议论文都伴有感情,一是行文理会得善乘灵感。明允这段评论就是把读欧阳文章的印象写出,很像是叙述着由于灵感写成的文章的气象。欧阳修《归田录》中曾说:"余生平所作文章,多在三上:乃马上,枕上,厕上也。盖惟此尤可以属思尔。"这"三上"便是欧阳子招邀灵感的适当的场所，灵感涌现而梳织成了文章，自然地"容与闲易，无艰难困苦之态"，这可以证明"驯致以绎辞"的功效。翁方纲《石洲诗话》云："欧公言平生作文，得自三上。予尝戏谓义山诗殆兼有之：'郁金堂北画楼东'，厕上诗也；'天上真龙种'，马上诗也；'卧后清宵细细长'，枕上诗也。"这当是故意泥其迹求之以为"戏"的。

柳宗元《与杨京兆凭书》云："凡为文，以神志为主。自遭责逐，继以大故，荒乱耗竭，又常积忧，恐神志少矣。所读书随又遗忘。一二年来，痞气尤甚，加以重疾，动作不常。眊眊然骚扰内生，霾雾填拥惨沮。虽有意穷文章，而病夺其志矣。"所说的神志，也指着灵感。子厚是在说：我已经没有烟士披里纯了，便不再"销铄精胆"地去强求它。

岂但灵感没有涌现时不该勉强操觚，就是灵感虽已触发，而没有即刻把握住，事后也无须追补着去动笔了。《朱子语录》云：

> 黄山谷诗云："闭门觅句陈无己，对客挥毫秦少游。"陈无己平时出行，觉有诗思，便急归拥被卧而思之，呻吟如病者，或累日而后起。真是闭门觅句者也。

叶梦得《石林诗话》云：

> 世言陈无己每登览，得句，即急归卧一榻——以被蒙首，恶闻人声——谓之吟榻。家人知之，即猫犬皆逐去，婴儿稚子亦抱寄邻家。徐待诗成，乃敢复常。

这样做,怕要"时不我待"了。像永叔的枕上作文,是招邀灵感涌现的"张罗捕鸟"的工夫;无己的吟榻觅句,是灵感已逝之后的"海底捞针"的行径。所以元遗山《论诗》绝句云:"池塘春草谢家春,万古千秋五字新。传语闭门陈正字,可怜无补费精神。"灵感已是无影无踪,尽管再"困倚阑干一欠伸",怕也"桃李摧残不见春"(陈无己《南乡子》词中句)了!惠洪《冷斋夜话》云:"黄州潘大临,工诗,有佳句,然贫甚。东坡、山谷尤喜之。临川谢无逸以书问:'近新作诗否?'潘答书曰:'秋来景物,件件是佳句,恨为俗气所蔽翳。昨日清卧,闻搅林风雨声,遂起,题壁曰:"满城风雨近重阳。"忽催税人至,遂败意,止此一句奉寄。'闻者莫不笑其迂阔。""败意"就是灵感给驱散了。灵感既经消失,便不再去"惭凫企鹤,沥辞镌思"(《文心雕龙·养气篇》),是最聪明的办法,也是最忠实的办法。笑他迂阔的人,才是不懂得艺术的真实与严肃性的伧父。

李德裕《文箴》云:"文之为物,自然灵气。恍惚而来,不思而至。杼轴得之,淡而无味。琢刻藻绘,弥不足贵。如彼璞玉,磨砻成器。奢者为之,错以金翠。美质既雕,良宝斯弃。"就在说明着凭依灵感的创作的可贵,琢刻藻绘的文学是无足取的。这几句四言的韵语,是用直接说理的方式;稍后便有司空图的《诗品》出现,却另采象征的方法了。不知道表圣是否是从文饶这篇《文箴》中得到了他论诗的启示呢?

司空图《与李生论诗书》云:"文之难,而诗之难尤难。古今之喻多矣,而愚以为辨于味,而后可以言诗也。江岭之南,凡足资于适口者,若醯,非不酸也,止于酸而已;若鹾,非不咸也,止于咸而已。中华之人所以充饥而遽辍者,知其咸酸之外,醇美者有所乏耳。彼江岭之人习之而不辨也,宜哉!诗贯六义,则讽喻抑扬,渟蓄渊雅,皆在其间矣。然直致所得,以格自奇,前辈诸集亦不专工于此,矧其下者邪？王右丞、韦苏州澄淡精致,格在其中,岂妨于遒举哉？贾阆仙诚有警句,然视其全篇,意思殊馁；大抵务于蹇涩,方可致才,亦为体之不备也,矧其下者哉？噫！近而不浮,远而不尽,然后可以言韵外之致耳。……盖绝句之作,本于诣极,此外千变万状,不知所以神而自神也,岂容易哉！"味外之味和韵外之致,极诣仍是一神字,表圣也是一个道地的灵感论者。他以为仅能表达一种内在的情思或是雕琢外在的形式的,都不过是流于酸咸而已的作品,谈不上醇美。必须是凭依着灵感的创作,由于"直致所得,以格自奇",表现出来的才会"近而不浮,远而不尽"；而这灵感的触发又是"不知所以神而自神的"。

他的《二十四诗品》,也多有论到灵感的词句。"匪神之灵,匪机之微"[1],像是摹写着灵感的妙赜而不可知；"持之匪强,来之无穷"[2],"所思不远,若为平生"[3],像是形容灵感涌现时的样子；"遇之匪深,即之愈稀"[4],"真予不夺,强得易贫"[5],也知道灵感的来去飘忽,原是不能自主的；所以只好"素处以默,妙机其微"[6]地借着虚静去招邀灵感了。《诗品》里的"精神"一则,又是专讲灵感的："欲返不尽,相期与来",是低徊要眇地伫着灵感的到来；"明漪绝底,奇花初胎",是突然借着灵感觑见一种明丽新奇的意象；"青春鹦鹉,杨柳楼台",象征着把这明丽的意象表现于作品

---

[1] 语出"超诣"之品。
[2] 语出"雄浑"之品。
[3] 语出"沉着"之品。
[4] 语出"冲淡"之品。
[5] 语出"自然"之品。
[6] 语出"冲淡"之品。

中时的秀美;"碧山人来,清酒满杯",象征着把这新奇的意象表现于作品中时的清空;"生气远出,不着死灰",是说必借灵感完成了的创造的想像,才会开辟出栩栩如生的境界来,不着槁木死灰的迹象;"妙造自然,伊谁与裁",是说由于灵感创造出来的作品,偏能自然臻于神妙之境,而作者转而像是未曾用过什么心机的一般。一谈到灵感问题,在昔日知其然而不知其所以然的时候,是很难用切实的语句把它说明的,因此表圣便采用了象征的方法。他这二十四品,虽如纪昀所说的"所列诸体毕备,不主一格"[1],但他于每一格中都仍然抱着一种以神奇自然——也就是凭借灵感——为创作的极则的。所以不怕是写"实境"的一品,也要说"情性所至,妙不自寻;遇之自天,泠然希音"。而晓岚又提到的"王士禛但取其'采采流水,蓬蓬远春'二语,又取其'不着一字,尽得风流'二语,以为诗家之极则,其实非图意也"[2]一点,虽是很大方的客观评定的态度,但在主观上恐怕晓岚又不及阮亭了解表圣更为深刻。阮亭能深探表圣的意蕴,而失在未能兼综表圣的"不主一格";晓岚能博采表圣的规模,而失在未能进研表圣的"神化攸同"[3]。阮亭是要转移一代文学风尚的人,可说是站在创作者的立场,所以必然地深入而执着;晓岚是要权衡百代文章学术的人,纯是站在批评者的立场,所以必然地博观而泛论。并不是昔人的聪明不能及此。

司空图论诗采用象征的方法,是很成功的。他总算深曲地把他

---

〔1〕 语出《四库全书总目·集部四十八·诗文评类一·诗品》。
〔2〕 同上。
〔3〕 语出"劲健"一品。

所体悟到的道理表现无遗了。后世能够亲切认识他的，自然可以按着这象征的形式去寻味而做深入的了解；浮光掠影的自然也没有闲暇去汲取这象征着的底蕴，以为他这二十四品无所不包，便也不去吹求了。待到严羽，推绎"味外"之旨，而成《沧浪诗话》；依旧说这一宗精微的神理，而不再用象征的方法，便不免像谈玄一般。他虽也能把自己的意见充分地表达出来，而别人对于他的批评却是毁誉各半的。

《沧浪诗话》云：

> 夫诗有别材，非关书也；诗有别趣，非关理也。然非多读书，多穷理，则不能极其至。所谓不涉理路、不落言筌者，上也。诗者，吟咏情性也。盛唐诸人，惟在兴趣，羚羊挂角，无迹可求。故其妙处，透彻玲珑，不可凑泊；如空中之音、相中之色、水中之月、镜中之象，言有尽而意无穷。近代诸公，乃作奇特解会，遂以文字为诗，以才学为诗，以议论为诗。夫岂不工，终非古人之诗也；盖于一唱三叹之音，有所欠焉。且其作多务使事，不问兴致，用字必有来历，押韵必有出处，读之反复终篇，不知着到何处。其末流甚者，叫噪怒张，殊乖忠厚之风，殆以骂詈为诗。诗而至此，可谓一厄也。[1]

别材别趣就是他所说的"兴趣"，也就是我们所说的灵感。诗是乘着灵感写出的，不应该有意识地去表襮什么书本上的知识和形而上

---

〔1〕　语出《沧浪诗话·诗辨》。

的道理。但你平素不能"积学以储宝,酌理以富才"〔1〕,也不能够触发灵感的机纽。书理经过了在潜意识中的酝酿,才能映现灵感于意识,像米麦经过了酝酿才能滤出酒来一样。酒是再不该留遗有米麦的形质的,所以"不涉理路、不落言筌"的方是诗中的上品。他以为诗是吟咏性情的,性情也需要为这么个"兴趣"统摄着;诗如其是酒,"兴趣"便是麴蘖。所以刚刚说了"诗者,吟咏情性也",紧接着就说"盛唐诸人,惟在兴趣",他的话并非是上下不相联属的。乘着灵感的创作,意境上都必清空而不质实,所以用"空中之音、相中之色"来形容它。它的写出必是天衣无缝的超迈人巧的,所以说"羚羊挂角,无迹可求"。唯其是借着"兴趣"净化过了的情感,所以能"言有尽而意无穷",它的艺术价值也比较卓越。这些说法对灵感的需要、作用、功效,都有个交代了;所欠缺的只是还不知道它的"所以然",所以称说着"其妙处,透彻玲珑,不可凑泊",并非借着这神秘不可知性去抬高"兴趣"的声价,他实在认为这家伙确是神秘而不可知的。

为了宋人只知以文字、才学、议论为诗,缺乏灵感,严氏对症下药,遂极力主张以不着迹象的兴趣为弥纶一切的主宰。因之他又说:

> 诗有词理意兴。南朝人尚词而病于理,本朝人尚理而病于意兴,唐人尚意兴而理在其中;汉魏之诗,词理意兴无迹可求。〔2〕

---

〔1〕 语出《文心雕龙·神思》。
〔2〕 语出《沧浪诗话·诗评》。

"词"是文学的形式,"理"是思想,"意"是情意,"兴"是灵感。"词理意兴无迹可求"的当然是较高的文学境界,但不是所有文学的准绳,因为创造的想像不只是产生于潜意识的灵感的。他为补弊救偏,又走上另一个极端了。我们可以说宋人过于重视文学中的思想和形式,所以严氏便高揭文学的想像论(偏于灵感方面的)为革命的口号,他说:

> 大抵禅道惟在妙悟,诗道亦在妙悟。且孟襄阳学力,下韩退之远甚,而其诗独出退之之上者,一味妙悟而已。惟悟乃为当行,乃为本色。〔1〕

又说:

> 诗之极致有一,曰入神。诗而入神,至矣,尽矣,蔑以加矣。〔2〕

"妙悟"就是要撩逗起灵感来,"入神"便是果然得乘灵感的氤氲。虽说不能以概文学之全,但他在这一点上却真已能发挥尽致了。《四库书目·沧浪诗话提要》云:"大旨取盛唐为宗,主于妙悟,故以如空中音,如象中色,如镜中花,如水中月,如羚羊挂角,无迹可寻,为诗家之极则。明胡应麟比之达摩西来,独辟禅宗;而冯班作《严氏纠缪》一卷,至诋为呓语。要其时宋代之诗,竞涉论宗,又四灵之

---

〔1〕 语出《沧浪诗话·诗辨》。
〔2〕 同上。

派方盛,世皆以晚唐相高,故为此一家之言,以救一时之弊。后人辗转承流,渐至于浮光掠影,初非羽之所及知。誉者太过,毁者亦太过也。"誉之者是惑于沧浪理论的玄妙,毁之者是疑于沧浪理论的浮虚,都未必能彻晓沧浪的意旨。所以攻讦之辞既不足以服严氏之心,赞誉的人也算不了沧浪的知己。

《四库书目·御选唐宋诗醇提要》云:"盖明诗摹拟之弊,极于太仓、历城;纤佻之弊,极于公安、竟陵。物穷则变,故国初多以宋诗为宗。宋诗又弊,士祯乃持严羽余论,倡神韵之说以救之。故其推为极轨者,惟王、孟、韦、柳诸家。然《诗三百篇》尼山所定,其论诗一则谓归于温柔敦厚,一则谓可以兴观群怨,原非以品题泉石,摹绘烟霞。泊乎畸士逸人,各标幽赏,乃别为山水清音。实诗之一体,不足以尽诗之全也。宋人惟不解温柔敦厚之义,故意言并尽,流而为钝根;士祯又不究兴观群怨之原,故光景流连,变而为虚响。各明一义,遂各倚一偏,论甘忌辛,是丹非素,其斯之谓欤?"司空图论灵感是不主一格的,严羽就划别了时代,独崇盛唐;王士祯又缩小了范围,流连山水。这种日趋于狭隘的情形,是时代使然的,本文不能旁及。但这无妨于渔洋的神韵说仍是一脉薪传的灵感论。

他的《唐贤三昧集序》云:

> 严沧浪论诗云:"盛唐诸人,唯在兴趣,羚羊挂角,无迹可求。透彻玲珑,不可凑泊;如空中之音、相中之色、水中之月、镜中之象,言有尽而意无穷。"司空表圣论诗亦云:"味在酸咸之外。"康熙戊辰春杪归自京师,居于宸翰堂,日取开元、天宝诸公篇什读之,于二家之言别有心会。录其尤隽永超诣者,自王

右丞而下四十二人为《唐贤三昧集》，厘为三卷。

"尤隽永超诣者"，就是发自灵感的诗；"别有心会"，就是研得二家论诗的要领都是从灵感出发的。《渔洋诗话》中有一则云：

> 戴叔伦论诗云："蓝田日暖，良玉生烟。"司空表圣云："不着一字，尽得风流"；"神出古异，淡不可收"；"采采流水，蓬蓬远春"；"明漪见底，奇花初胎"；"晴雪满林，隔溪渔舟。"刘蜕《文冢铭》云："气如蛟宫之水。"严羽云："如镜中之花、水中之月"；"如羚羊挂角，无迹可求。"姚宽《西溪丛语》载《古琴铭》云："山高溪深，万籁萧萧；古无人踪，唯石憔峣。"东坡《罗汉赞》云："空山无人，水流花开。"王少伯诗云："空山多雨雪，独立君始悟。"

这些语句，渔洋认作可以阐明诗的微妙的，都在象征着灵感。灵感论递嬗到渔洋的身上，已经成为了尾声，所以局面过于窄狭，而理论上的发明也殊少。

他的神韵说，原是为纠正模拟宋诗者的偏见而发的，自然要引严沧浪为同调，偏主文学中的想像。赵执信又倡声调说，"排比钩稽"地撰成《声调谱》，偏主文学中的形式。沈德潜又间采李东阳的格调说，并主张"诗贵温柔，不可说尽，又必关系人伦日用"[1]，偏主文学中的思想。袁枚又倡性灵说，以为"诗者各人之性情耳，与唐宋无与也"[2]，偏主文学中的感情。走马灯一般地团团转，各有

---

[1] 可参见袁枚《答沈大宗伯论诗书》。
[2] 语出《答施兰坨论诗书》。

所主也不免各有所偏。《四库书目·因园集提要》云:"平心而论,王以神韵缥缈为宗,赵以思路劖刻为主。王之规模阔于赵,而流弊伤于肤廓;赵之才力锐于王,而末派病于纤小。使两家互救其短,乃可以各见所长,正不必论甘而忌辛,好丹而非素也。"我们对于其他沈袁诸家,也应当作如是观。

我国过去从事于文学的人,能不偏骛的创作者和能不偏倚的批评者,数目是很少的。他们既各有偏执,我们研究他们的文论时,便要较深地揣摩一下,较广地比较一番。他们的理论有时貌同而心异,也有时貌异而心同,囫囵吞下去是不能消化得了的。即如本文所引到的,或说"心",或说"意",或说"神""气""天机""兴趣",而实际都指着我们现在所命为"灵感"的一词。另外,虽有许多人都在论着神与气,但如本文所谈到刘勰的讲养气为培育灵感,便和曹丕的论气如风格、韩愈的论气如声律不同。标举神字的多属论灵感的,但也有泛论想像的,甚至于如刘大櫆论到神也不过是讲文章的音节。当然那些与灵感无关的主神主气等说,便不在本文的讨论范围以内了。

在这儿提出文学理论中一个怪杰的话,作本文的收束罢。金圣叹批《西厢记》有一段说:"文章最妙是此一刻被灵眼觑见,便于此一刻放灵手捉住。盖于略前一刻亦不见,略后一刻便亦不见;恰恰不知何故,却于此一刻忽然觑见。若不捉住,便更寻不出。今《西厢记》若干文字,皆是作者于不知何一刻中,灵眼忽然觑见,便疾捉住,因而直传至如今。细思万千年以来,知他有何限妙文,已被觑见,却不曾捉得住,遂总付之泥牛入海,永无消息。"[1]"灵眼""灵

---

〔1〕 语出《读第六才子书西厢记法》。

手"分明在说着灵感。想是他涵泳那表现着"鬼才"——也就是倚于灵感的创作——的《西厢记》日子太久了,所以灵眼才忽然觑见了这一线灵光,马上便放灵手提住的罢!

1946 年 1 月

二二　复古与革新

一切学术文章的演进，永远循依着螺旋式的辙迹，它"千变万纾"地走着曲线，从不能够"抟扶摇而上"[1]地笔直地上升。原因是它的兴替要经过抛物线般的历程，登峰造极之后，必然地要走下坡路；这时便会有反动的新兴的理论蜕变而出，由此一极端走向彼一极端，从趋于没落的旧的垃圾里开放出生气充沛的新的花朵。为了是"反动"，所以新旧两者必定相背而驰，"君向潇湘我向秦"[2]；为了是"蜕变"，所以新与旧间不能泯灭承继的血统，旧的终于要"叶落粪本"，新的也不免要"水深则回"[3]。兜上一个圈子，也就在文化演进史上加添一重螺旋了。

文化工作者始而大胆地尝试地向左转，继而虚心地检讨地向右寻，然后才能发现适当其可的"中庸"，把这一代的学术文章导入一个新的阶段。在尝试时只讲说些向左的理论，检讨时才采纳些向右的参证。折中的意见往往是经过一番检讨后的成果；在将步入这新阶段时，它也往往接近于真理。

---

〔1〕　语出《庄子·逍遥游》。
〔2〕　语出郑谷《淮上与友人别》。
〔3〕　出自《荀子·致士》："水深而回，树落则粪本，弟子通利则思师。"

章实斋说:"天下不能无风气,风气不能无循环,一阴一阳之道,见于气数者然也。所贵君子之学术,为能持世而救偏,一阴一阳之道,宜于调剂者然也。风气之开也,必有所以取,学问文辞与义理,所以不无偏重畸轻之故也。风气之成也,必有所以敝,人情趋时而好名,徇末而不知本也。是故开者虽不免于偏,必取其精者,为新气之迎;敝者纵名为正,必袭其伪者,为末流之托:此亦自然之势也。而世之言学者,不知持风气,而惟知徇风气,且谓非是不足邀誉焉,则亦弗思而已矣!"〔1〕他把道理看得很清楚,只是"循环"一词用得不很恰当。左回右转阴阳递移似乎是在循环,却又不是首尾相衔的周而复始,我们该辨认清楚,它原是螺旋般上升着的。"持风气"是前进的;"徇风气"便是向后转,开倒车,至少是不前进的。我所说的"向右寻"并不是和那班迂阔偷懒徇风气的人们去"筑室道谋"〔2〕。

自从文学革命以来,大家走的是大胆尝试向左转的路,"取其精者,为新气之迎",原无可议;可惜的是"不免于偏"而不自觉。前进中谁也不愿意回过头来看一看,一意孤行地把圈子往外画,不肯往里兜。一面艰辛地在欧西文学里去"强求系援",一面顾镜自嫌地想对本国的旧文学"抽刀断水"。跑了许多路,还是"杳不知南北"〔3〕,不免向着辽远的前程发怔,心上渐渐浮起了彷徨之感,不由得放缓了前进的步伐。——是该"向右寻"的时会了。

不久以前,我还看到一位新文艺作家公开演讲的一篇记录,谈

---

〔1〕 语出《文史通义·内篇二·原学下》。
〔2〕 出自《诗经·小雅·小旻》:"如彼筑室于道谋,是用不溃于成。"
〔3〕 语出秦观《好事近·梦中作》:"醉卧右藤阴下,杳不知南北。"

论新文学与旧文学的问题。他说韩愈的文章复古运动是开倒车，是想把唐代的文章拉回到两汉以前去。他俏皮地打着譬喻说："韩愈的主张，等于让摩登女郎缠起天足，扭扭捏捏地去学昔日的病态美。"看他仍旧秉持着不问青红皂白、一笔抹煞的态度，我心上不禁油然地萌动了杞人之忧。

韩愈的古文运动，名为"复古"，骨子里却正是"革新"。他左转右寻地发现了前进的途径，完成了那一个阶段的文学革命，才得牢笼宋、元、明、清累代的文豪，像众星环拱北辰一般地尊他为古文家的宗主。他正是我们讲文学革命的人的好榜样，不该厚诬古人，也不可小觑了他；小觑了他不打紧，怕的是我们自己迷失了路途。

开倒车的人哪里会有出路？开倒车的还能牢笼数代？韩愈他极力主张"惟陈言之务去"〔1〕，推崇古人的"辞必己出"〔2〕，可见他特别重视创造。为文辞的锻炼，他下过铁杵磨成绣花针的水磨工夫，提要钩玄，沉浸含咀；他自道行文甘苦说是"汩汩戛戛"〔3〕，我们从他的文章里委实也找不出什么"扭扭捏捏"。他若只是"非三代、两汉之书不敢观"〔4〕，一味地模拟，他和明朝的前后七子便不过是"一丘之貉"。为什么前后七子不免受"以剿袭为复古"〔5〕的讪诮，昌黎却独能"文起八代之衰"〔6〕？我们知道，成功与失败都不能出于偶然。

---

〔1〕 语出《答李翊书》。
〔2〕 语出《南阳樊绍述墓志铭》："惟古于辞必己出，降而不能乃剽贼。"
〔3〕 语出《答李翊书》："当其取于心而注于手也，惟陈言之务去，戛戛乎其难哉！……当其取于心而注于手也，汩汩然来矣。"
〔4〕 语出《答李翊书》。
〔5〕 语出［明］袁宏道《雪涛阁集序》。
〔6〕 语出苏轼《潮州韩文公庙碑》。

西汉以前的文章散行,东汉以后渐渐趋向骈俪,这与中国文字的形、音、义各方面都有密切的关系。把散漫而缺乏意匠安排的散文,逐渐改易为整饬而施以雕饰润色的骈文,在当时正是文体一种进步的现象。在文学演进的旅程上,它实已沿着螺旋升起了。可是它的末流形成了卑靡的文风,当然又需要变革。隋朝与唐初,便有许多人主张文体应该复古。他们的复古主张正是开倒车的,经不起时代前进车轮的辗轹,都昙花一现似地幻灭了。到了韩愈的身上,他打定了主意,想觅取一个穷变通久的途径。他的识见比前人要高一筹,所用的工夫也比前人纯实,才得奠定了古文的基础。"先生于文,摧陷廓清之功,比于武事,可谓雄伟不常者矣。"〔1〕不算过誉。

我们研读他的《答李翊书》,可知他对于文体革命的认识,也是在尝试中求进步,在检讨中付修正,下了二十余年的苦工夫,才得探赜索隐,有那一番的成就。浮光掠影的人何能望见他的项背?

他说:"愈之所为,不自知其至犹未也;虽然,学之二十余年矣。始者非三代、两汉之书不敢观,非圣人之志不敢存。处若忘,行若遗,俨乎其若思,茫乎其若迷。当其取于心而注于手也,惟陈言之务去,戛戛乎其难哉!其观于人,不知其非笑之为非笑也。"这是他大胆的尝试,向左转时的姿态。若只是如此冲撞前去,将来的结局怕也不免湮灭于时辈的笑声里吧?

"如是者亦有年,犹不改。然后识古书之正伪,与虽正而不至焉者,昭昭然白黑分矣;而务去之,乃徐有得也。当其取于心而注于手也,汩汩然来矣。其观于人也,笑之则以为喜,誉之则以为忧,以

---

〔1〕 语出[唐]李汉《昌黎先生集序》。

其犹有人之说者存也。"原来"古书"也有"正伪",也有"虽正而不至焉者",这些大概是泛指汉前文章内容的"大醇小疵"和形式的散漫而无统系,"而务去之,乃徐有得";他对于三代、两汉之书有所取,也有所去,这已经不是盲目地开倒车复古了。我以为他在文学形式上"务去"的标准,容许是从骈文的整饬中含咀得来的,他对他所最反对的骈文,该也有一个"而务'取'之,乃徐有得",只是不肯明说罢了。这是他"向右寻"的姿态。善学古人的无过昌黎,一化而无不化,他对三代、两汉之文如此,对魏、晋、六朝之文也如此。

"如是者亦有年,然后浩乎其沛然矣。"左转右寻,终于攫住了平衡的"中",于是他的古文倡导工作抵于成熟。他用水与浮物象征文气,说:"气,水也;言,浮物也;水大,而物之浮者大小毕浮。气之与言犹是也,气盛则言之短长与声之高下者皆宜。"这是他论文的心得语,把骈文的机械式的浮声切响、虚实对仗,化而为合于自然节奏的气势卷舒、抑扬顿挫,这又是文体的一大进步。螺旋的丝扣又升上一转了。

因此,我称道韩愈的文章复古运动是"复古而变古,创法而有体",名为"复古",实是"革新"。东汉以后,文体趋于骈俪,是渐变的,是大家不谋而合的;到了严辨"文笔"的时际,已经暴露出"风气之成,有所以敝"[1]的陵夷光景了。韩愈的主张是突变的,是"匹夫而为百世师,一言而为天下法"[2];创作与理论一身具备,使后世来学的人跳不出如来的掌心。目前文学改革的局面中,正需要有

---

〔1〕 出自章学诚《原学》:"风气之成也,必有所以敝,人情趋时而好名,徇末而不知本也。"
〔2〕 语出苏轼《潮州韩文公庙碑》。

像昌黎般的警觉而有毅力的人来开辟今日的文坛。

　　韩愈也有他的缺点。他最大的心得是文气，是行文的方法，勤其心力而一生的所得不过只是文章形式上的技巧。他只能借道术来装潢门面，而实际上对于宇宙人生没有捉摸到什么道体。他改革了文章的形式，而忽略了文章的内容。他终于还只是一位词章家，对于他所念念不忘的"道"，到底还有些隔膜与笼统。为这个，他自己也很着急，所以他又说："虽然，不可以不养也。行之乎仁义之途，游之乎'诗''书'之源；无迷其途，无绝其源，终吾身而已矣。"他想因文以见道，所以宋时的理学家讥讪他的"学道"为"倒学"。他的文章所表现的也不过只是耳食目染的仁义道德，不足成为一家之言，竟写了许多为人诟病的谀墓的文字。

　　现代，对于文学的认识不像过去空疏肤泛，撤去载道的伪装，而致力于言志的文学；时代在如洪流激荡中，随处的奔流飞瀑或是浪花溅沫，都足以触动敏感的人们的心弦；文学所要表现的原已不愁它没有内容了。由于白话文学的蹶兴、中西文化的综合，文学的形式也已打定了坚实的基础。只有新体诗的形式问题，还在歧路彷徨，莫衷一是。没有定型的歌诗，无论如何也不会跟散文分清了家。这正是今日文学的创作者与研究者共同焦虑的一件事。

　　向左转的人太多了，向右寻的人还嫌少；欧化的技能尽够了，本国文学遗产的探讨反而不足。旧日诗词格律是机械式的，时过境迁，我们认定它是文学的桎梏；我们在仁望着有人能够利用自然的音节融化昔日板滞的格律。它固然不该再落于五七言律绝或是调存声亡的填词度曲的窠臼，也不该只是把散文分行来写，或是邯郸学步的什么商籁体十四行诗。当代论诗的名著很多，都值得从事于新诗创作的人们参考。可是，我又相信资深居安、左右逢源的根本在于自得。新体诗的成功，需要一些大的文学天才，贯穿今古，兼通中外，左转右寻，取法韩愈的寓革新于复古，在所厌弃的形式中，从容涵泳，耐心提炼，切实探讨一番中国过去歌诗的本质与流变；然后再明辨淄渑地接受外族文学的熏陶，斟酌新旧体诗歌再生扬弃的尺度；冥冥惛惛地下一二十年的工夫，将来一定会有昭昭赫赫惊人的成就。若是仍旧把圈子往外画，不肯向里兜，这螺旋的公式便永远也攒斗不起。

"有些人根本反对读旧诗，或是以为旧诗不值读；或是以为旧诗变成一种桎梏，阻碍自由的创造。我的看法却不如此。我以为中国文学只有诗还可以同西方抗衡，它的范围固然比较窄狭，它的精炼深永却往往非西方诗所可及。至于旧诗能成桎梏的话，这要看学者是否善学，善学则到处可以讨经验，不善学则任何模范都可以成桎梏。每国诗过些年代都常经过革命运动，每种新兴作风对于旧有作风都必定是反抗；可是每国诗也都有一个一线相承绵延不断的传统，而这传统对于反抗的人们的影响反而特别大。我想中国诗也不是例外。很可能几千年积累下来的宝藏还值得新诗人发掘。"（朱光潜先生《诗论·附录》）"发掘"的结果，会有机会"而务'取'之，乃徐有得"，善"学"的人应该也是善"化"的人。

"诗的音节全靠两个重要分子：一是语气的节奏，二是每句内部所用字的自然和谐。"（胡适之先生《谈新诗》）这是新诗的一大进步。如何才能不由规矩而自成方圆，达到自然和谐的境地，又露显出美妙的音节，正需要诗人用百炼纯钢化为绕指柔的火候，才会熔铸出适宜的形式。比如，就新诗的音节说，我们摆脱切响浮声，就要揣摩语言的自然音节；就新诗的用字说，我们不讲虚实对仗，但不能不辨析双声叠韵。有极多的词汇都是靠着声韵的关系组成的，采用这些词汇入诗，是一种方便，它也能构成诗的自然和谐。"苟于词之荡漾处多用叠韵，促节处用双声，则其铿锵可诵，必有过于前人者。"（王国维先生《人间词话》）新诗的作者在这方面似乎就该稍稍措意。

先秦的诗歌，是不限字数不限韵的（不完全是每句四言，押韵的方法也很多），形式上未免有些散漫。演变成后来的五七言定型与律绝，原是进步的现象，与汉前的古文演变为魏、晋后的骈文相同。现在需要把板滞的诗词格律化成自然和谐的新诗形式，并不是恢复先秦的散漫；相反地，它正该经过千锤百炼而不露丝毫的斧斫痕，情深意远而呈现出平易的面相，要有主宰的精髓统摄着它，粗浅地说，像"文气"之于"古文"一般；深究底蕴，这几于天工的人巧，恕我现在还说不明彻——诗的造诣本不能借文来说明，而评论的话语又只能说在天才者的身后啊！

提起一个"新"字，守旧的人们便都要偏袒扼腕地不共戴天；提起一个"古"字，维新的人们便都要攒眉斗眼地掩鼻而过。其实这大千世界里，何尝有久住的今，何尝有永逝的古；何尝有无因而至的新，何尝有万劫不复的旧？"故万物一也。是其所美者为神奇，其所恶者为臭腐。臭腐复化为神奇，神奇复化为臭腐，故曰通天下一气耳。"〔1〕因此我大胆地把复古与革新强揉在一起，说了些违时的话，希望读者记取"它山之石，可以攻玉"〔2〕。

1947 年 3 月

---

〔1〕　语出《庄子·知北游》。
〔2〕　语出《诗经·小雅·鹤鸣》。

二三　汉赋与俳优

《汉书·严助传》云：

> 郡举贤良,对策百余人。武帝善助对,由是独擢助为中大
> 夫。后得朱买臣、吾丘寿王、司马相如、主父偃、徐乐、严安、东
> 方朔、枚皋、胶仓、终军、严葱奇等,并在左右。是时征伐四夷,
> 开置边郡,军旅数发,内改制度,朝廷多事,娄举贤良文学之
> 士。……其尤亲幸者,东方朔、枚皋、严助、吾丘寿王、司马相
> 如。相如常称疾避事,朔、皋不根持论,上颇俳优畜之。唯助与
> 寿王见任用,而助最先进。

这里列举的人多半是当时的赋家。武帝对他们多少都带一些"俳
优畜之"的味道。严助的"见任用",是为他劝伐闽越,投契了武帝
好大喜功的意旨,不关他的赋颂。所以待到他既已"拜为会稽太
守,数年不闻问"的时候,便降旨意要他"具以《春秋》对,毋以苏秦
从横"了。——"恢廓声势,苏张纵横之体也"(章学诚《校雠通义·
汉志诗赋第十五》),武帝的意思是说:搁起你那赋家的老调子罢!
"助恐,上书谢称:'《春秋》天王出居于郑,不能事母,故绝之。臣
事君,犹子事父母也,臣助当伏诛。陛下不忍加诛,愿奉三年计

最。'诏许,因留侍中。有奇异,辄使为文,及作赋颂数十篇。"分明
又在"俳优畜之"了。吾丘寿王的"见任用",大概也因他"上疏愿击
匈奴,诏问状,寿王对良善"一端。待到征入为光禄大夫侍中,因汾
阴得宝鼎,他便又来了一通"汉宝非周宝"的雄辩。"上曰:'善!'
群臣皆称万岁。是日赐寿王黄金十斤。"〔1〕还不是"俳优畜之"吗?

《汉书·佞幸传》云:"延年善歌,为新变声。是时上方兴天地
诸祠,欲造乐,令司马相如等作诗颂。延年辄承意,弦歌所造诗,为
之新声曲。"李延年的声乐、司马相如等的歌辞,武帝的眼里看他们
原是半斤与八两的!相如像是很达时务,"与卓氏婚,饶于财。故
其事宦,未尝肯与公卿国家之事,常称疾闲居,不慕官爵"〔2〕。虽
说是"财恒足矣",多半也是承意观色,知道官爵怕自己是没有份儿
的了。东方朔"尝至太中大夫,后常为郎。与枚皋、郭舍人俱在左
右,诙啁而已"。这正是他的本分。"久之,朔上书陈农战强国之
计,因自讼独不得大官,欲求试用。"〔3〕便有些不知自量了。枚皋
"不通经术,诙笑类俳倡。为赋颂,好嫚戏。以故得媟黩贵幸,比东
方朔、郭舍人等,而不得比严助等得尊官。……上有所感,辄使赋
之。为文疾,受诏辄成,故所赋者多。司马相如善为文而迟,故所作
少而善于皋。皋赋辞中,自言为赋不如相如,又言为赋乃俳,见视如
倡"〔4〕。真是既不矜持又不糊涂的自知知人的话。

西汉几个好辞赋的君主,和武帝都是一贯的作风。《文心雕
龙·诠赋篇》云:"汉初词人,顺流而作。陆贾扣其端,贾谊振其绪,

---

〔1〕 以上皆出自《汉书·严朱吾丘主父徐严终王贾传》。
〔2〕 语出《汉书·司马相如传》。
〔3〕 以上均出自《汉书·东方朔传》。
〔4〕 语出《汉书·贾邹枚路传》。

枚马同其风,王扬骋其势。皋朔已下,品物毕图,繁积于宣时,校阅于成世,进御之赋,千有余首。讨其源流,信兴楚而盛汉矣。"我们就检讨一番宣帝和成帝对赋家如何看待的情形罢。

《汉书·王褒传》云:"宣帝时,修武帝故事,讲论六艺群书,博尽奇异之好。征能为楚辞,九江被公,召见诵读。益召高材,刘向、张子侨、华龙、柳褒等,待诏金马门。神爵、五凤之间,天下殷富,数有嘉应。上颇作歌诗,欲兴协律之事。丞相魏相奏,言知音善鼓雅琴者,勃海赵定、梁国龚德,皆召见待诏。于是益州刺史王襄,欲宣风化于众庶。闻王褒有俊材,请与相见。使褒作中和、乐职、宣布诗,选好事者,令依《鹿鸣》之声,习而歌之。时氾乡侯何武,为僮子选在歌中。久之,武等学长安,歌太学下,转而上闻。宣帝召见武等观之,皆赐帛,谓曰:'此盛德之事,吾何足以当之!'褒既为刺史作颂,又作其传。益州刺史因奏褒有轶材,上乃征褒。既至,诏褒为圣主得贤臣颂其意。……是时上颇好神仙,故褒对及之。上令褒与张子侨等并待诏。数从褒等放猎,所幸宫馆,辄为歌颂,第其高下,以差赐帛。议者多以为淫靡不急。上曰:'不有博弈者乎,为之犹贤乎已!辞赋大者与古诗同义,小者辩丽可喜。辟如女工有绮縠,音乐有郑卫,今世俗犹皆以此虞说耳目。辞赋比之,尚有仁义风谕,鸟兽草木多闻之观,贤于倡优博弈远矣。'"宣帝真是彻底的"修武帝故事"者。他说辞赋比倡优博弈要好得多,正和武帝对赋家的"俳优畜之"相差不远;因为把辞赋跟倡优放在一道来比,正是"拟人必于其伦"[1]啊!

《汉书·成帝纪》云:"光禄大夫刘向校中秘书,谒者陈农使,使

---

[1] 语出《礼记·曲礼下》。

求遗书于天下。"班固《两都赋序》云:"或曰,赋者,古诗之流也。昔成康没而颂声寝,王泽竭而诗不作。大汉初定,日不暇给。至于武宣之世,乃崇礼官,考文章。内设金马石渠之署,外兴乐府协律之事,以兴废继绝,润色鸿业。是以众庶悦豫,福应尤盛。白麟、赤雁、芝房、宝鼎之歌,荐于郊庙;神雀、五凤、甘露、黄龙之瑞,以为年纪。故言语侍从之臣,若司马相如、虞丘寿王、东方朔、枚皋、王褒、刘向之属,朝夕论思,日月献纳。而公卿大臣,御史大夫儿宽、太常孔臧、大中大夫董仲舒、宗正刘德、太子太傅萧望之等,时时间作。或以抒下情而通讽谕,或以宣上德而尽忠孝。雍容揄扬,著于后嗣。抑亦雅颂之亚也。故孝成之世,论而录之,盖奏御者千有余篇,而后大汉之文章,炳焉与三代同风。"可见成帝也很喜欢辞赋这调调儿。《汉书·扬雄传》云:"孝成帝时,客有荐雄文似相如者。上方郊祠甘泉泰畤、汾阴后土,以求继嗣。召雄待诏承明之庭。正月,从上甘泉,还,奏《甘泉赋》以风。……是时赵昭仪方大幸,每上甘泉,常法从,在属车间豹尾中。故雄聊盛言车骑之众,参丽之驾,非所以感动天地,逆厘三神。又言'屏玉女,却虙妃',以微戒齐肃之事。赋成奏之,天子异焉。"成帝虽说偶尔也听一听看一看辞赋,但这类寓有讽谏的文章,终竟胜不了宫中蛊惑的魔力。扬雄后来也觉察了"往时武帝好神仙,相如上《大人赋》,欲以风,帝反缥缥有陵云之志。繇是言之,赋劝而不止,明矣。又颇似俳优淳于髡、优孟之徒,非法度所存,贤人君子诗赋之正也。于是辍不复为"。自以为"颇似俳优",我们要借它作成帝对赋家也不过"俳优畜之"的旁证,总不会差得太远吧?

在这里我们可以校正一般人的错误观念了:汉武、宣、成,都不是真正的文学爱好者,对于所有的赋家是一视同仁地遇同俳优的,性质上没有什么差别；他们对于辞赋实在也没有什么赏鉴力。文学是表达情思而以美为极诣的。美感不同于快感，而武宣诸帝却正是由赋里去搜求快感的门外汉。"相如既奏《大人赋》，天子大说，飘飘有陵云气游天地之闲意。"〔1〕猗欤伟哉！"乘绛幡之素蜺兮，载云气而上浮"〔2〕，这精神上的凌空委实给他以很大的快感啊！宣帝为了要"博尽奇异之好"，又要"娱悦耳目"，才好辞赋，说的也是从赋里得到快感的经验。到成帝更是每下愈况了。"19世纪英国学者罗斯铿曾经很坦白地说过：'我从来没有看见过一座希腊女神的雕像比得上一位血色鲜丽的美国姑娘一半美。'"（朱光潜先生《文艺心理学》）同理，成帝自然也不会因了一篇《甘泉赋》而绝弃了赵氏姊妹；"玉女无所眺其清卢兮，虙妃曾不得施其蛾眉"〔3〕，正是徒费笔墨了。

《文心雕龙·知音篇》云："夫古来知音，多贱同而思古，所谓'日进前而不御，遥闻声而相思'也。昔《储说》始出，《子虚》初成，秦皇汉武，恨不同时；既同时矣，则韩囚而马轻。岂不明鉴同时之贱哉？"其实又不关时代的同异。汲黯廷对武帝的"陛下内多欲而外施仁义"〔4〕，也可以移来作武帝的赏鉴辞赋观的。我认为武帝正在慨叹着"朕独不得与此人同时哉"〔5〕的时际，他也够不上是司马相如的知音。因为他"读《子虚赋》而善之"〔6〕的，并不是接以

---

〔1〕 语出《汉书·司马相如传》。
〔2〕 同上。
〔3〕 语出《汉书·扬雄传》。
〔4〕 语出《汉书·张冯汲郑传》。
〔5〕 语出《汉书·司马相如传》。
〔6〕 同上。

"情"（美感），而是接以"欲"（快感）的。《文史通义·知难篇》云：
"刘彦和曰：'《储说》始出，《子虚》初成，秦皇汉武，恨不同时；既同
时矣，韩囚马轻。'盖悲同时之知音不足恃也。夫李斯之严畏韩非，
孝武之俳优司马，乃知之深，处之当，而出于势之不得不然；所谓迹似
不知，而心相知也。"我以为"李斯之严畏韩非"，可以说它是迹似不知
而心相知；至于"孝武之俳优司马"，因为只能取辞赋的夸张扬厉的声
貌，以契合自家好大喜功的天性，却正是接以"迹"而未尝接以"心"，
恰是迹似相知而心不相知。实斋这样比并着说，不敢漫为许可。

　　但若跳开赏识辞赋而专就对人的方面说，武帝把这些赋家看待
得跟俳优一样，并没有什么过错儿。实斋的"知之深，处之当"六个
字，若就这个观点讲，也要算下得颇为正确。这就要转过来论这些
赋家创作的态度了。

　　西汉的赋家，除了贾谊等所作的"致辨于情理"[1]的赋以外，
诚如鲁迅说过的，是一群"帮闲"的文人。刘彦和说得好："昔诗人
什篇，为情而造文；辞人赋颂，为文而造情。何以明其然？盖风雅之
兴，志思蓄愤，而吟咏情性，以讽其上：此为情而造文也。诸子之
徒，心非郁陶，苟驰夸饰，鬻声钓世：此为文而造情也。故为情者要
约而写真，为文者淫丽而烦滥。"（《文心雕龙·情采篇》）"淫"是说
徒骋想像；"丽"是说偏重形式；"烦"是说一味堆垛，毫无感情；"滥"
是说虚应故事，缺乏思想。这四个字当得起是辞人之赋的的评。

　　《西京杂记》云："司马相如为《上林》《子虚赋》，意思萧散，不
复与外事相关。控引天地，错综古今，忽然如睡，焕然而兴，几百日
而后成。其友人盛览字长通，牂牁名士，尝问以作赋。相如曰：'合

────────────

[1]　语出《文心雕龙·诠赋》。

綦组以成文，列锦绣而为质，一经一纬，一宫一商，此赋之迹也。赋家之心，苞括宇宙，总览人物，斯乃得之于内，不可得而传。'"相如所说的"赋之迹"，是文学的形式；所说的"赋家之心"，是文学中的想像。他原本不晓得想像与形式外，文学的元素主要的还有情感和思想两者的。至于扬雄，他"以为赋者将以风也，必推类而言，极丽靡之辞，闳侈钜衍，竞于使人不能加也。既乃归之于正，然览者已过矣"〔1〕。"极丽靡之辞"，自然是指着形式；"闳侈钜衍"，又是指着想像。"既乃归之于正"是指着"将以讽之"的意蕴，只有这尾巴上的一星儿才是属于思想之正的。文学中要蓄有真的情感，他也跟相如同样地未曾梦见。这样的辞赋，希望它能打动天子的心坎，必然会遭遇到失败的。所以"览者已过矣"的咎责，作赋的人也至少该分肩它一半儿。

扬子《法言·吾子》云："诗人之赋丽以则，辞人之赋丽以淫。如孔氏之门用赋也，则贾谊升堂，相如入室矣。如其不用何！"他也已参寻到诗人辞人的不同之点，只惜他还不十分了悟于那症结的所在：诗人和辞人都已完足了"丽"的条件，是由于想像的丰富与形式的优美，这是诗赋之所同的。诗人之赋能够发生"则"的效用——就是它所以能够感动人心的，正是为它有真挚的感情主宰着；辞人之赋不免"淫"而"不用"——就是它所以不能够感动人心的，正是为它缺乏感情的质素啊！这些赋家，他们的作品里都逃掉了诗人要约而写真的"心"，空余淫丽而烦滥的"迹"；他们在应时应事作赋的时候，本没有"主文而谲谏"〔2〕的至"情"，只是干禄邀宠，一片利

〔1〕 语出《汉书·扬雄传》。
〔2〕 出自《毛诗序》："主文而谲谏，言之者无罪，闻之者足以戒。"

"欲"熏心。那么,武帝们的不接以"情"而接以"欲",不接以"心"而接以"迹",也很可以说是"知之深,处之当"了。

《法言·吾子》又云:"或曰:'赋可以讽乎?'曰:'讽乎!讽则已;不已,吾恐不免于劝也。'"汉代的赋家,除了安于嫚戏的枚皋外,都像是立意要讽谏天子。可是为了他们没有深挚的感情和纯正的思想,所表现于文学中的遂不免有"繁华损枝,膏腴害骨"[1]的征象。这样自然不会唤起天子的"相悦以解"[2],止于听到耳里,看到眼里,感到一种受用,得到一种快感而已。因此对待这一般赋家,便本能地"俳优畜之"了。《汉书·司马相如传赞》云:"'相如虽多虚辞滥说,然要其归,引之于节俭,此亦《诗》之风谏何异?'扬雄以为靡丽之赋,劝百而讽一,犹骋郑卫之声,曲终而奏雅,不已戏乎?"班固他始终胶执着"赋者,古诗之流"的成见,所以把扬雄因体验而发的感喟,轻轻地一语便给它抹煞了,未免有些武断。诗中的寓有美恶,固然借着比兴,运用想像和形式来加强风谏上的力量;但它的重点却放在"言其志"和"发乎情"之上,想像随着情思而开展,文质又能相称,所以能达到"丽而则"的地步。辞赋里所欠缺的偏是情与思,想像无所依傍地去"竞于使人不能加",便接近于幻想了,然后不痛不痒地"引之于节俭"。这跟诗人的风谏可说是根本不同。扬子云的话究竟要切实些。

挚虞《文章流别论》云:"古诗之赋,以情义为主,以事类为佐;今之赋,以事形为本,以义正为助。情义为主,则言省而文有例矣;

---

〔1〕 语出《文心雕龙·诠赋》。
〔2〕 出自《礼记·学记》:"善问者如攻坚木,先其易者,后其节目,及其久也,相说以解。"《文心雕龙·知难》亦有"情之所以可贵者,相悦以解也"之文。

事形为本,则言当而辞无常矣。文之烦省,辞之险易,盖由于此。夫假象过大,则与类相远;逸辞过壮,则与事相违;辩言过理,则与义相失;丽靡过美,则与情相悖:此四过者,所以背大体而害政教。是以司马迁割相如之浮说,扬雄疾辞人之赋丽以淫。""假象过大,则与类相远",是徒骋想像的毛病;"逸辞过壮,则与事相违",是过重形式的舛错;"辩言过理,则与义相失",是缺乏自发的思想;"丽靡过美,则与情相悖",是没有内在的情感。这论列是很平允的。司马相如本是个荒唐无行的人,他的文章多"虚辞滥说",投到个"雄才大略"的主子,时时献赋邀宠,借此也便发挥了他的天才,还算他的机缘凑巧。"俳优畜之",对他正是"得其所哉"的。向来文如其人,司马相如的生平行径,就很像是"俳优"在扮演着一个穿着蝴蝶直裰的角色呢!

　　武帝时是汉赋的全盛期,但因了创作的态度既不忠实,赏鉴的主儿又是浮光掠影的,交互影响的结果,只赢得"丽以淫"三个字的评语而已。到成帝时的扬雄,"放依而驰骋"了几年,一面因为"学相如为赋而弗逮",慨叹着"长卿赋不似从人间来,其神化所至邪"(见《西京杂记》卷三);一面也为了没有撞得出门路来,遂说那是"童子雕虫篆刻""壮夫不为"[1],便去草他的《太玄》了。大抵长卿、子云的赋,都不免要犯挚虞所说的"四过"的。

　　到东汉的班固,"自为郎后,遂见亲近。时京师修起宫室,浚缮城隍;而关中耆老,犹望朝廷西顾。固感前世相如、寿王、东方之徒,造构文辞,终以讽劝,乃上《两都赋》"[2]。张衡"连辟公府不就。

---

〔1〕　语出《法言·吾子》。
〔2〕　语出《后汉书·班彪列传》。

时天下承平日久，自王侯以下，莫不逾侈。衡乃拟班固《两都》作《二京赋》，因以讽谏"〔1〕。都存着"抒下情而通讽谕""宣上德而尽忠孝"的旨趣，虽说还因袭着相如的"繁类以成艳"〔2〕，却能开拓了枚乘的"举要以会新"〔3〕，所以又给辞赋打出一片疆域来。只是为了要矫正"苟驰夸饰"，又不免取材纷沓，终于衍成了左思的"美物者贵依其本，赞事者宜本其实"〔4〕的主张，而激为袁枚的"直是家置一本，当类书郡志读耳"〔5〕的论调。随园所说的自然是偏陂之词，但至少这类赋是如挚虞所说的"以事形为本，以义正为助"的。平心论去，东汉的赋家已能脱却了"俳优"的习性，"孟坚雅懿，故裁密而思靡；平子淹通，故虑周而藻密"〔6〕。辞赋里包蕴着学人的气象。若是套用扬雄的话头，可以说"学人之赋质而赡"罢？魏晋以后，赋在形式方面趋向短篇，内容方面重返于抒情，"真宰弗存"的诚然也有些，多半倒是能够"要约而写真"的。"仲宣躁锐，故颖出而才果……士衡矜重，故情繁而辞隐。"〔7〕他们都晓得情思为行文之本了。"故情者文之经，辞者理之纬。经正而后纬成，理定而后辞畅：此立文之本源也。"〔8〕魏晋间的作者，才逐渐走上纯文学的路。他们多又有脱却了学人的"伧父面目"，外有声律辞藻之美，内蓄感情思想之实，可以说是"文人之赋质

---

〔1〕 语出《后汉书·张衡列传》。
〔2〕 出自《文心雕龙·诠赋》："相如上林，繁类以成艳。"
〔3〕 出自《文心雕龙·诠赋》："枚乘兔园，举要以会新。"
〔4〕 语出《三都赋序》。
〔5〕 语出《随园诗话》卷一。
〔6〕 语出《文心雕龙·体性》。
〔7〕 同上。
〔8〕 语出《文心雕龙·情采》。

而文"。

《文心·诠赋篇》云:"原夫登高之旨,盖睹物兴情。情以物兴,故义必明雅;物以情观,故词必巧丽。丽词雅义,符采相胜。如组织之品朱紫,画绘之着玄黄。文虽新而有质,色虽糅而有本:此立赋之大体也。"文学作品离却真情,便无是处;丽辞雅义,都是辅助情感的东西。"屈平之作《离骚》,盖自怨生也。《国风》好色而不淫,《小雅》怨诽而不乱,若《离骚》者,可谓兼之矣。"(《史记·屈原列传》)文自怨生,是发于真情;不淫不乱,是能够借高洁的思想绳持着它:这是几于理想的完美文学的境界。所以,丽而则的骚赋可以说是"正",极声貌的辞赋是"反",魏晋以后抒情的赋该说它是"合"。过去论赋的人,什九都怀着以"讽谕"为宗的成见。骚赋是无条件被推崇的,而忠君爱国之思至少又是被推崇的条件之一。他们评骘魏晋以后的赋呢,"舜英徒艳"[1]的"逐末之俦"[2],自然在摒斥之列;虽能"触兴致情"[3],但是"无贵风轨"[4]的,也抹煞一切地说,等是雕虫雾縠了。至于自欺欺人的汉赋,因为它们惯熟地蒙着讽谕的外形,论赋的人们也便多少要将就它们一些。其实这班汉代的赋家,多数都凭依"丽以淫"为真本领,讽谏只是他们剽窃了来鬻声钓世的。当时却适如其分地被皇家用那微薄的禄位之饵钓了他们去,然后给了他们一个"俳优畜之"。这些俳优便也编造

---

〔1〕 出自《文心雕龙·情采》:"吴锦好渝,舜英徒艳。"

〔2〕 出自《文心雕龙·诠赋》:"然逐末之俦,蔑弃其本;虽读千赋,愈惑体要。"

〔3〕 出自《文心雕龙·诠赋》:"至于草区禽族,庶品杂类,则触兴致情,因变取会。"

〔4〕 出自《文心雕龙·诠赋》:"遂使繁华损枝,膏腴害骨,无贵风轨,莫益劝戒:此扬子所以追悔于雕虫,贻诮于雾縠者也。"

了些"引之节俭""劝百讽一"的剧本,言不由衷虚应故事地鬼混着。这说明了汉武时辞赋最称隆盛,而汉赋在文学上的价值反而最为低微的原委。

1945 年 12 月

二四　抑李与扬杜

　　元稹《杜工部墓志铭序》云："……至于子美,盖所谓上薄《风》《骚》,下该沈、宋,言夺苏、李,气吞曹、刘,掩颜、谢之孤高,杂徐、庾之流丽,尽得古今之体势,而兼昔人之所独专矣。……时山东人李白,亦以奇文取称,时人谓之'李杜'。予观其壮浪纵恣,摆去拘束,模写物象及乐府歌诗,诚亦差肩于子美矣;至若铺陈终始,排比声韵,大或千言,次犹数百,词气豪迈而风调清深,属对律切而脱弃凡近,则李尚不能历其藩翰,况堂奥乎? 予尝欲条析其文,体别相附,与来者为之准,特病懒未就尔。……"这是一段大胆的批评,应该不只是主观的"论甘忌辛,好丹非素"〔1〕;但是已经招致了许多反对的意见。魏泰在《临汉隐居诗话》里说:"元稹作李杜优劣论,先杜而后李,韩退之不以为然,诗曰:'李杜文章在,光焰万丈长。不知群儿愚,何用故谤伤。蚍蜉撼大树,可笑不自量。'为微之发也。"魏泰的为人,据说是"无行而有口"〔2〕,这里把昌黎的《调张籍》诗错按到微之的头上,未免是拨弄是非。所以周紫芝《竹坡诗话》说"元微之作李杜优劣论谓太白"云云,"唐人未尝有此论,而稹始为

---

〔1〕　语出江淹《杂体》诗序。
〔2〕　语出[宋]晁公武《郡斋读书志·东轩笔录》。

之。至退之"云云,"则不复为优劣矣"。"魏道辅之言谓退之此诗为微之作。微之虽不当自作优劣,然指稹为愚儿,岂退之之意乎?"虽说替微之排除了"愚儿"的诨号,却也分明指出他的论李杜优劣为多事。

何况心折于太白的人正也多得很,他们另有一番说法。欧阳修《笔说》:"'落日欲没岘山西,倒着接篱花下迷。襄阳小儿齐拍手,拦街争唱白铜鞮',此常言也。至于'清风明月不用一钱买,玉山自倒非人推',然后见其横放。其所以警动千古者,固不在此也。杜甫于白,得其一节,而精强过之;至于天才自放,非甫可到也。"把太白抬举成横放的天仙,子美竟是如此的小家子气。《后山诗话》里也有一则:"余评李白诗,如张乐于洞庭之野,无首无尾,不主故常;非墨工椠人所可拟议。(黄山谷《题李白诗草后》与此略同)吾友黄介读《李杜优劣论》,曰:'论文正不当如此。'余以为知言。"捎带着又给先杜而后李的人送上一个诗匠的恶谥。

没奈何,还是聪明些儿的好,还是"委蛇委蛇"[1]了。因此,自诩为"自家凿破此片田地,非拾人涕唾得来者"[2]的严沧浪,都采取了乡愿的态度,他说:"李杜二公,正不当优劣。太白有一二妙处,子美不能道;子美有一二妙处,太白不能作。"[3]这话等于不曾说。又道:"子美不能为太白之飘逸,太白不能为子美之沉郁。"[4]以"飘

---

〔1〕　出自《诗经·羔羊》:"退食自公,委蛇委蛇。"
〔2〕　出自《沧浪诗话·答吴景仙书》:"其间说江西诗病,真取心肝刽子手,以禅喻诗,莫此亲切,是自家实证实悟者,是自家闭门凿破此片田地,即非傍人篱壁、拾人涕唾得来者,李杜复生不易吾言矣。"
〔3〕　语出《沧浪诗话·诗评》。
〔4〕　同上。

逸"目李白,原是人同此心的;"沉郁顿挫"[1]是子美的自知处(见《新唐书·杜甫传》),也并非沧浪的创识;而且他似乎把这两种风格看成半斤对八两,无所轻重于其间,这些话也等于不曾说。又道:"少陵诗宪章汉、魏,而取材于六朝;至其自得之妙,则前辈所谓集大成者也。观太白诗者,要识真太白处。太白天才豪逸,语多率然而成者。学者于每篇中要识其安身立命处可也。"[2]一位是做到金声而玉振的诗圣,一位是体会得安身与立命的诗仙,敷衍故事而已。

　　果真能"凿破此片田地"的,终会有斩钉截铁的说法。试看陈廷焯便敢于极尽地发挥"沉郁"两个字的特质,以论列一切诗词。他的《白雨斋词话》上说:"杜陵之诗,包括万有,空诸依傍,纵横博大,千变万化之中却极沉郁顿挫、忠厚和平;此子美所以横绝古今,无与为敌也。"又说:"诗有变古者,必有复古者。然自杜陵变古后,而后世更不能复古,何其霸也!不知古者必不能变古,此陈、隋之诗所以不竞也。杜陵与古为化者也,惟其与古为化,故一变而莫可复兴。"杜甫的称霸古今,凭借着什么呢?自然是"沉郁"。陈氏又说:"所谓沉郁者,意在笔先,神余言外。写怨夫思妇之怀,寓孽子孤臣之感。凡交情之冷淡、身世之飘零,皆可于一草一木发之。而发之又必若隐若现,欲露不露,反覆缠绵,终不许一语道破。匪独体格之高,亦见性情之厚。"对了,一言以蔽之,曰:性情而已矣。

―――――――――

〔1〕《新唐书·杜甫传》称其"数上赋颂,因高自称道,且言:'……若令执先臣故事,拔泥途之久辱,则臣之述作虽不足鼓吹六经,至沉郁顿挫,随时敏给,扬雄、枚皋可企及也……'"。
〔2〕语出《沧浪诗话·诗评》。

　　文学创作,离却真情,便无是处。性情愈厚便愈好。同情心愈伟大的,作品也就愈伟大。孔子说:"仁者安仁,知者利仁。"〔1〕天赋的性情还须借后天的学养去珍惜、护持、节制、利导与发挥,盈科而后进,冲向广大的人海,使天下之大普受甘霖,这才是立言的根本。

　　想像不该任它去跑野马,应该着它受情思的控驭。情感倚于天赋,想像自是天才,两者本是纠缠如一的,却也不免有偏盛偏枯,差前错后。靠着理性方面后天的学养梳织弥缝于其间,务必完成这"美善相乐"〔2〕,然后发为创作,方能达到文学艺术的绝诣。泛驾之马虽然也许是良骏逸足,腾骧骄骜的光景诚然也可以惊动千古,到底又不如安辔整辔、日致千里的骅骝騄耳,急驰奔骤中呈显着无比的从容。以此为例,可以说明李、杜二人诗的风格之不同处。

　　李白以不世之才,初时颇沐玄宗的恩眷,后来遇于妇寺,转侧宿松匡庐间,又长流夜郎,愈来愈形狼狈。自然使这位才高的人接触到老、庄的思想,但这实在是他的不得已。既然不能"居之安",所以不免忽天忽地,邀月游仙,神奇变幻,荒乎其唐起来。这样一匹天马脱了羁靮,哪得不会像彗星一般,晃耀得普天之下的人都神眩眼花呢? 表现于文学中的自然便是"如张乐于洞庭之野,无首无尾,不主故常"。但如沧浪所云"要识其安身立命处",意谓他已能通天人之际,与老、庄相骖靳了,也未免言之尚早;他只是一位进取之狂者罢了。欧阳修所说的:"杜甫于白,得其一节,而精强过之;至于

---

〔1〕　语出《论语·里仁》。
〔2〕　出自《荀子·乐论》:"故乐行而志清,礼修而行成,耳目聪明,血气和平,移风易俗,天下皆宁,美善相乐。"

天才自放，非甫可到也。"论到李白的天才自放，任谁都要退避三舍，这也正是李白的一节精强。其他如杜甫在文学情思上的成就，我们可以说是"非白可到也"；永叔的话刚好倒转过来。

杜甫颇受儒家思想的影响，迹近有所不为之狷。生逢乱世，琐尾流离，内怀着"窃比稷与契"〔1〕的愚诚，所以有人饥己饥、人溺己溺的同情感；又无由去立德立功，施展他的怀抱，便把这种不能自已之情，一股脑儿地打发在诗歌上面。创作的感情是极其真挚的。由于情感的真挚，不免拘束住他的想像的发展，往往走上朴诚的路。但这朴原也是由巧反本还原的，初时还自己提防着不要倾向于浮夸，后来涉想便自然不走那奇险陂斜的蹊径了。由于情感的真挚，加上后天学养接纳着中庸与忠恕，他的思想也趋向于平实朴忠，很容易令乖巧的人儿见出他的迂阔。他并不十分豁达，但却也理会借着谐趣来超脱他自己，有时含着两眼老泪傻笑着，有时笑得流下眼泪来。他为人人，人人却都不为他；连异代之知都难言。小觑他的不待说，抬举他的多半也没有做到识曲听真的地步。如微之所说的"铺陈终始，排比声韵……风调清深，属对律切"，何曾搔到痒处？所以也难便服人之心。

文学创作以感情为君，思想为臣，想像为佐，形式为使；感情与想像需要的是真，思想需要的是善，形式需要的是美。君臣佐使各如其分，真善美浑同如一，才算达到了创作的极诣。若借着如此的一种客观标准去衡量李、杜二人的歌诗，我们会发现杜甫有八九分的光景了，李白要逊似二三分。微之说他本想把杜甫的诗"条析""体别"，"与来者为之准，特病懒未就"，给了我们一种启示。我们何妨勤

----

〔1〕 语出《自京赴奉先县咏怀五百字》。

快些,把李杜二人的诗,选择它方面相近而方向相殊的,比较着探讨一番,然后衡定一个甲乙呢? 这几乎是冒天下之大不韪的一桩事,但为了要尚友古人,我们就不能不单刀直入地划破古人心的深处。

杜甫的情感是既深又广的,五伦之爱以及于元元之民,甚至于草木鸟兽虫鱼之属,他都在用一片真情去款接。李白的人间趣被他的天才冲淡了,他把一切人与人的关系都看得冷淡些,"永结无情游,相期邈云汉"〔1〕,是太白运用情感的一贯作风呵!

先讲君臣关系罢。玄宗对太白虽颇有些"俳优畜之"的味道,但恩眷确实不薄。《新唐书》载着:"(白)往见贺知章,知章见其文,叹曰:'子谪仙人也!'言于玄宗,召见金銮殿,论当世事,奏颂一篇。帝赐食,亲为调羹。有诏,供奉翰林。……帝爱其才,数宴见。白尝侍帝,醉,使高力士脱靴。力士素贵,耻之,摘其诗以激杨贵妃。帝欲官白,妃辄沮止。白自知不为亲近所容,益骜放不自修。"君臣之间能够款接似此,已不平凡,太白果然能如锥之处囊中,早已该颖脱而出。叵耐他只是一个狂士,并没有什么经邦济世之才,撞不出什么门路来,只好"恳求还山"〔2〕了。经过这一度梦里荣华,转更难甘寂寞,又去依靠永王璘。《蔡宽夫诗话》云:"太白之从永王璘,世颇疑之。《唐书》载其事甚略,亦不明辨其是否。独其诗自序云:'半夜水军来,浔阳满旌旗。空名适自误,迫胁上楼船。徒赐五百金,弃之若浮烟。辞官不受赏,翻谪夜郎天。'太白岂从人为乱者哉? 盖其学本出纵横,以气侠自任,当中原扰攘时,欲藉之以立奇功。故其《东巡歌》有'但用东山谢安石,为君谈笑静胡沙'之句。

---

〔1〕　语出李白《月下独酌》。
〔2〕　语出《新唐书·李白传》。

其卒章云："南风一扫胡尘静,西入长安到日边。'亦可见其志矣。大抵才高意广,如孔北海之徒,固未必有成功;而知人料事,尤其所难。议者或责以璘之猖獗,而欲仰以立事,不能如孔巢父、萧颖士察于未萌,斯可矣。若其志,亦可哀已。"问太白有甚志?社稷乎?黎民乎?"迫胁上楼船",分明是遁辞;"试借君王玉马鞭"[1],早已招了供,是自家凑向前去的。作《永王东巡歌》至十一首之多,如:

> 永王正月东出师,天子遥分龙虎旗。楼船一举风波静,江汉翻为雁鹜池。
> 雷鼓嘈嘈喧武昌,云旗猎猎过寻阳。秋毫不犯三吴悦,春日遥看五色光。
> 龙蟠虎踞帝王州,帝子金陵访古丘。春风试暖昭阳殿,明月还过鸩鹊楼。

这一类夸张扬厉的歌诗,直是永王狂悖为乱的怂恿与鼓吹,罪岂止于从人为乱而已?他希望能够"南风一扫胡尘静,西入长安到日边"[2],虽不必是希望永王作不臣之想,但也无非是想借此趁一番功业,转去给"巡游"的"二帝"瞧瞧,一片愤毒与好胜的心按捺不住。从没有什么君国民元之思沾其胸臆,何"可哀"之有?

他又作《上皇西巡南京歌》十首,中有:

> 九天开出一成都,万户千门入画图。草树云山如锦绣,秦

---

〔1〕 语出《永王东巡歌十一首·其十一》。
〔2〕 同上。

川得及此间无?

华阳春树似新丰,行入新都若旧宫。柳色未饶秦地绿,花光不减上林红。

濯锦清江万里流,云帆龙舸下扬州。北地虽夸上林苑,南京还有散花楼。

简直把玄宗看得如"此间乐,不思蜀"[1]的阿斗一般了。又有:

万国同风共一时,锦江何谢曲江池? 石镜更明天上月,后宫新得照蛾眉。

用蜀王为妃作冢感于石镜的故事,因杨贵妃之死而称愿,对天子也未免太难堪了。末后的一首:

剑阁重关蜀北门,上皇归马若云屯。少帝长安开紫极,双悬日月照乾坤。

表面上似乎是作诗颂美,却寓有讥评之意。作史论则可;以其人,处其时,出其语,就有些口过了。

此外,太白集中与君国朝廷有关的诗绝少。沈归愚说:"读太白诗,如见其脱屣千乘;读少陵诗,如见其忧国伤时。"[2]是否因为太白视天下如敝屣,才不暇写君国朝廷之诗呢? 我想不是

---

〔1〕 语出《三国志·蜀书·后主传》裴松之注引[晋]习凿齿《汉晋春秋》。
〔2〕 语出[清]沈德潜《说诗晬语》。

的。太白并不曾视富贵如浮云,试看他的《冬夜醉宿龙门觉起言志》:

> 醉来脱宝剑,旅憩高堂眠。中夜忽惊觉,起立明灯前。开轩聊直望,晓雪河冰壮。哀哀歌苦寒,郁郁独惆怅。傅说板筑臣,李斯鹰犬人。欻起匡社稷,宁复长艰辛?而我胡为者,叹息龙门下;富贵未可期,殷忧向谁写?去去泪满襟,举声梁甫吟。青云当自致,何必求知音?

他也曾恳乞崔司户"欲折月中桂,持为寒者薪"(《赠崔司户文昆季》)。也曾哀求着朋辈,"愿假东壁辉,余光照贫女"(《陈情赠友人》)。可见他并不能忘情于阿堵,何尝能够脱屣千乘?不得意时,也一样忧谗畏讥,未能免俗,试读他的《古风》中两首:

> 美人出南国,灼灼芙蓉姿;皓齿终不发,芳心空自持。由来紫宫女,共妒青蛾眉。归去潇湘沚,沉吟何足悲?
>
> 越客采明珠,提携出南隅。清辉照海月,美价倾皇都。献君君按剑,怀宝空长吁;鱼目复相哂,寸心增烦纡。

"皓齿终不发,芳心空自持",往好了说是矜持矫性,往坏了说便是个银样镴枪头。"鱼目复相哂,寸心增烦纡",还不免萦怀于俗情的毁誉,岂不竟成了"箪食豆羹见于色"[1]?请看曾子的曳縰长吟、陶令的挂冠归去,是何等气象!太白显见得有些忽高忽低,粗细又

---

[1] 语出《孟子·尽心下》。

不匀,安身立命处并没有十分牢固。充其量我们也只能说他有时狂简脱略,说大人则藐之的气派挺够味儿的,再多说便是溢美之词了。

杜甫却是拘拘板板地走另一条路的人。奏赋三篇,玄宗奇之,使待制集贤院,结果也只放了一个蚂蚁般大的官儿。安禄山作乱后,千辛万苦地奔往凤翔行在,肃宗着他补一名右拾遗,还算天恩浩荡。却又为了论救房琯,马上就召三司推问,之后就不甚省录了。君臣间的相与,比较李白的受知玄宗差得太远;但他却是每饭不忘君国。他实在是无意于己身的飞黄腾达,而以立德立功为职志,欲使天下的老百姓同登衽席,抱负原自不凡。只可惜当时机缘不巧,不得已而作诗遣闷。后世以成败论英雄的史官,论说他些什么"旷放不自检,好论天下大事,高而不切"[1],真令人叫屈不迭。

既然拜为右拾遗,顾名思义就该阊阖立朝,拾遗补阙。他的《春宿左省》诗:

> 花隐掖垣暮,啾啾栖鸟过。星临万户动,月傍九霄多。不寝听金钥,因风想玉珂。明朝有封事,数问夜如何?

真是战战兢兢、临渊履薄地敬业慕君,赵盾的盛服将朝、坐而假寐,也不过如此。再看他的《北征》:

> ……拜辞诣阙下,怵惕久未出。虽乏谏诤姿,恐君有遗失。君诚中兴主,经纬固密勿;东胡反未已,臣甫愤所切。挥涕恋行在,道途犹恍惚。乾坤含疮痍,忧虞何时毕?靡靡逾阡陌,人烟眇

---

[1] 语出《新唐书·杜甫传》。

萧瑟。所遇多被伤，呻吟更流血。回首凤翔县，旌旗晚明灭。……

忠君爱国之思，真是跃然纸上。王粲的"南登霸陵岸，回首望长安"〔1〕，虽已是去国之思，得迟迟我行之意，但所触的是"路有饥妇人，抱子弃草间"〔2〕，规模比较小。此处的"回首凤翔县，旌旗晚明灭"，希冀的却是"煌煌太宗业，树立甚宏达"〔3〕，为天下之民举安而回盼依恋着。从此我们窥及杜甫情思的宽广。

后来流落剑南，本可以不在其位、不谋其政了，但他的忧国忧民，不在为官做宦，所以常常吟哦着："老病南征日，君恩北望心"〔4〕；"时危思报主，衰谢不能休。"〔5〕再看他的《小寒食舟中作》：

佳辰强饮食犹寒，隐几萧条戴鹖冠。春水船如天上坐，老年花似雾中看。娟娟戏蝶过闲幔，片片轻鸥下急湍。云白山青万余里，愁看直北是长安。

比回首凤翔县的时际，又沉痛多了。北望长安，不是希望有什么加官的恩诏，鹖冠隐几也不是希望由天上飞来一顶纱帽戴，这都不消说得。入眼戏蝶闲鸥，实在难安于投闲置散；却又不是自家不甘寂寞，只是盼望天下郅治而已。

不只对于君国关心，他的民族思想也很强烈。试看他的《对雨》：

---

〔1〕 语出《七哀诗》。
〔2〕 同上。
〔3〕 语出《北征》。
〔4〕 语出《南征》。
〔5〕 语出《江上》。

> 莽莽天涯雨,江边独立时。不愁巴道路,恐湿汉旌旗。雪岭防秋急,绳桥战胜迟。西戎甥舅礼,未敢背恩私。

虽也希望借外族的力量来平乱,却提防着在全汉上有什么损伤;"不愁巴道路,恐湿汉旌旗",真是堂堂正正!再看他的《遣愤》:

> 闻道花门将,论功未尽归。自从收帝里,谁复总戎机?蜂蛮终怀毒,雷霆可震威。莫令鞭血地,再湿汉臣衣。

这真是国家民族的奇耻大辱,一之为甚,其可再乎?但是一个赤手空拳的老百姓,有什么事好做呢?所以《宿江边阁》:

> 暝色延山径,高斋次水门。薄云岩际宿,孤月浪中翻。鹳鹤追飞静,豺狼得食喧。不眠忧战伐,无力正乾坤。

我似乎看见了杜甫老泪纵横的样子。"薄云岩际宿,孤月浪中翻",凄凉落寞,才智毫无所用,眼见着鹳鹤追飞,豺狼争食,内忧外患,不知伊于胡底;"暝色延山径",希望实在是渺渺茫茫,令千载下的我们也不禁要同声一哭!

深情的作品自然动人,君国的篇什李白只好却步。除了国,便是家。太白对于家乡,也是满不在乎的样子。他的《客中作》:

> 兰陵美酒郁金香,玉碗盛来琥珀光。但使主人能醉客,不知何处是他乡。

能醉便好,不愧为酒中仙。再《与史郎中钦听黄鹤楼上吹笛》:

> 一为迁客去长沙,西望长安不见家。黄鹤楼中吹玉笛,江城五月落梅花。

《春夜洛城闻笛》:

> 谁家玉笛暗飞声,散入春风满洛城。此夜曲中闻折柳,何人不起故园情?

已经说出对于家乡的怀念了,但又只是借着笛中曲的《落梅花》与《折杨柳》来敷衍成章,情感俭薄得可怜。这两首诗的佳处,不在感动人的情怀,而存于辣动人的潇洒。

试读杜工部的《陪王侍御宴通泉东山野亭》:

> 江水东流去,清樽日复斜。异方同宴赏,何处是京华?亭景临山水,村烟对浦沙。狂歌遇形胜,得醉即为家。

这里的"狂歌遇形胜,得醉即为家",莫非与太白的"但使主人能醉客,不知何处是他乡"是同样的笔调? 不然,这却是无可奈何地聊以排遣语,我们从"异方同宴赏,何处是京华"一联可以体会得到。醉便为家,正反衬出有家归未得的苦楚。可见宴赏狂歌,正同"悲歌可以当泣";临山对浦,恰如"望远可以当归"〔1〕呀! 再读他的《日暮》:

---

〔1〕 以上均出自[汉]乐府《悲歌》。

牛羊下来久,各已闭柴门。风月自清夜,江山非故园。石
泉流暗壁,草露滴秋原。头白灯明里,何须花烬繁?

也是借灯花报喜,反衬出去国怀乡的悲凉。"鸡栖于埘,日之夕矣,
羊牛下来。君子于役,如之何勿思?"〔1〕"青袍白马有何意,金谷铜
驼非故乡"(杜甫《至后》),今夜的风清月白,只散布了些乡愁的种
子;花烬之繁自然是谎。

英雄气短,儿女情长,亲子之情由于天性,所谓"天属缀人
心"〔2〕,表现于歌诗的都能见出它的纯真。先看李白的《寄东鲁二
稚子》:

吴地桑叶绿,吴蚕已三眠。我家寄东鲁,谁种龟阴田?春
事已不及,江行复茫然。南风吹归心,飞堕酒楼前。楼东一株
桃,枝叶拂青烟。此树我所种,别来向三年。桃今与楼齐,我行
尚未旋。娇女字平阳,折花倚桃边。折花不见我,泪下如流泉。
小儿名伯禽,与姊亦齐肩。双行桃树下,抚背复谁怜?念此失
次第,肝肠日忧煎。裂素写远意,因之汶阳川。

娇儿弱女双行桃树下,无人抚背相怜,踽踽凉凉的样子,写来真会赚
人的眼泪。这种情感是真挚的,但这又只是一番空想,太白的意识
真是把空中楼阁架惯了,尽管在肝肠忧煎的俄顷,眼前还映着一幅
幻觉的图画:平阳伸出双手去折花,忽然想起了流寓在外的父亲,

〔1〕 语出《诗经·王风·君子于役》。
〔2〕 语出[汉]蔡琰《悲愤诗》。

倚在桃树边流泪了，随后又带着伯禽缓缓地走去……这种情境虽说可能有，其实却是未尝有。这是很富于戏剧性的题材，做第三者的描述时颇足动人；直接来写父亲对于儿女的怀念，把这莫须有的事情想得活现，也写得活现，我们除了惊异于他的想像力丰富以外，便觉得无话可说了。

杜甫的《忆幼子》：

> 骥子春犹隔，莺歌暖正繁。别离惊节换，聪慧与谁论？涧水空山道，柴门老树村。忆渠愁只睡，炙背俯晴轩。

此老便只会朴朴实实地写下去。听到莺歌，便联想起小儿的惯会多嘴多舌，一天天牵裳绕膝，问东问西的。正不知近时又有多少聪慧的小玩意儿了，既不知道，同谁去讲呢？回忆起过去在涧水空山道上、柴门老树村前，常是带着爱子走去走来，现在远隔家乡，影儿也不见。呆坐在轩前，大太阳照着，像失去了魂灵儿的一般，倚定栏杆，埋着头，什么也不愿意看。不知什么时候睡着了，醒来也不知道是什么时候了，只觉得背后被阳光晒得生疼。我似乎看见了他两只失神的眼，也听见了他轻微叹息的声音。

我怕写，然而不能不写下去，终于又写到杜甫的《狂夫》：

> 万里桥西一草堂，百花潭水即沧浪。风含翠篠娟娟净，雨裛红蕖冉冉香。厚禄故人书断绝，恒饥稚子色凄凉。欲填沟壑唯疏放，自笑狂夫老更狂。

这孩子却是在眼前了。翠篠含风，红蕖裛雨，"雨露之所濡，甘苦齐结实。缅思桃源内,益叹身世拙"〔1〕,为人父的不能脂韦婉娈,求利禄于当世,新雨无缘旧雨疏,受些苦头倒还罢了,而孺子何辜,也面有菜色;我们看去是菜色,难堪的父亲却从小孩儿的脸色上看出了无比的凄凉。这冰冷的人世啊!我又似乎听到了杜陵的惨笑:"欲填沟壑唯疏放,自笑狂夫老更狂",无可奈何,只须安命,借疏狂打发一切不如意事去上路。这是一种解脱之道。

子美他常是用深情的目光去注视社会,用谐趣去安慰自己;太白却是永远抱着游戏的人生观,把自己看成天字第一号的超人,而跟一切人们去开大的小的玩笑。这是他二人生活态度的基本不同处。表现之于文学的,杜陵遂以沉郁见长,青莲乃以豁达见称。沉郁由于多情,尤其是怀着广泛而深曲的同情心,才能做到不浮不薄。豁达也要主之以天人的无可无不可之情,原该是多情却似总无情、绘事后素的境界;稍有些粘皮带骨,就容易流于轻佻与僄薄。太白正自不免。

且看李白的《别内赴征》:

出门妻子强牵衣,问我西行几日归? 来时倘佩黄金印,莫见苏秦不下机。

强牵衣而惜别的人儿换来这几句俏皮的话,不知可爽然自失否? 怕她不把眼泪咽在心里? 转来读杜甫的《月夜》:

今夜鄜州月,闺中只独看。遥怜小儿女,未解忆长安。香

---

〔1〕 语出杜甫《北征》。

雾云鬟湿,清辉玉臂寒。何时倚虚幌,双照泪痕干?

"相去万余里,故人心尚尔!"〔1〕如此,才让那居人的眼泪有些着落。"君亮执高节,贱妾亦何为?"〔2〕令她也好有一个答言对语。含泪唤过宗文、宗武来,说:"爸爸来信了,你们可也想爸爸不?"簌簌的泪水流下来,心上总也该有些甜蜜的味道吧?

太白往往借着狂放的风格,恣情地逾闲荡检,趣味又并不十分高。譬如他的《寄远》"桃李今若为,当窗发光彩;莫使香风飘,留取红芳待","遥将一点泪,远寄如花人",都斤斤于花儿朵儿般的容貌。写"闺情"也从这一点运思:"织锦心草草,挑灯泪斑斑。窥镜不自识,况乃狂夫还?"〔3〕至于《代别情人》"桃花弄水色,波荡摇春光。我悦子容艳,子倾我文章",更加毫无蕴蓄,而且也显得酸寒。等而下之的还有:"玳瑁筵中怀里醉,芙蓉帐底奈君何"(《对酒》);"秋草秋蛾飞,相思愁落晖。何由一相见,灭烛解罗衣。"(《寄远》)桑间濮上,不似这等肉麻当有趣也!

唯其趣味低,便难保贞正的品格。试读他的《长干行》:

……北客至王公,朱衣满汀中;日暮来投宿,数朝不肯东。

自怜十五余,颜色桃李红;那作商人妇,愁水复愁风!

已经有些心旌摇摇了。这北客王公再住上个把天,怕罗敷就有"共

〔1〕 语出《古诗十九首·客从远方来》。
〔2〕 语出《古诗十九首·冉冉孤生竹》。
〔3〕 语出《闺情》。

载"的可能了罢？又如《春思》：

> 燕草如碧丝，秦桑低绿枝；当君怀归日，是妾断肠时。春风
> 不相识，何事入罗帏？

萧士赟说："末句喻此心贞洁，非外物所能动。此诗可谓得《国风》不淫不诽之体矣。"依我看来，这却是蝎蝎螫螫的假正经。春风无私，穿帏入户，她偏要叮咛："无逾我墙，无折我树桑"〔1〕；换上一个春风满面的，也许要"邂逅相遇，与子偕臧"〔2〕了。太白一生就不会说出大义凛然的话来，只是这么装模作样，躲躲闪闪……

　　唯其没有贞正的品格，便也容易趋于凉薄；失意几微间，就要出之怨毒。如《代赠远》的结句："织锦作短书，肠随回文结。相思欲有寄，恐君不见察；焚之扬其灰，手迹自此灭。"不是忍心人，何至如此之决绝？又如《怨情》："故人昔新今尚故，还见新人有故时；请看陈后黄金屋，寂寂珠帘生网丝。"也在表露出一种忮嫉的品格，似乎在赌咒的一般。再如他的《妾薄命》："昔日芙蓉花，今成断根草；以色事他人，能得几时好？"《感遇》："紫宫夸蛾眉，随手会凋歇。"都不是警惕之辞，也毫无同情之感，只是诅咒，诅咒，秋扇弃捐，他才称愿呢！这一类的歌诗，都似乎与杨贵妃有点儿关涉。所以马嵬军变之后，李白又称心可意地写出"石镜更明天上月，后宫新得照蛾眉"〔3〕的诗句来。

---

〔1〕　语出《诗经·郑风·将仲子》。
〔2〕　语出《诗经·郑风·野有蔓草》。
〔3〕　语出《上皇西巡南京歌》。

子美却是一色地归于温润含蓄,绝无圭角与锋芒。试读他的《佳人》一篇:

> 绝代有佳人,幽居在空谷。自云良家子,零落依草木。关中昔丧乱,兄弟遭杀戮;官高何足论,不得收骨肉。世情恶衰歇,万事随转烛。夫婿轻薄儿,新人美如玉。合昏尚知时,鸳鸯不独宿。但见新人笑,那闻旧人哭?在山泉水清,出山泉水浊。侍婢卖珠回,牵萝补茅屋。摘花不插发,采柏动盈掬。天寒翠袖薄,日暮倚修竹。

无边的幽怨,都深藏汇集在"天寒翠袖薄,日暮倚修竹"两句内,不管它是赋还是比,总在反映着一种闲雅幽静的品格。论表现可以说是怨而不怨,哀而不伤;而其动人之实却又是不怨而怨愈深,不伤而哀愈切,于是乎叹观止。

再看一看他俩对于骨肉手足的情肠罢。李白《书情寄从弟邠州长史昭》:

> ……昨梦见惠连,朝吟谢公诗;东风引碧草,不觉生华池。临玩忽云夕,杜鹃夜鸣悲。怀君芳岁歇,庭树落红滋。

又《送舍弟》:

> 吾家白额驹,远别临东道。他日相思一梦君,应得池塘生春草。

他似乎除开用谢康乐梦见族弟惠连忽得池塘春草一个典故以外，就别无他词来宣达友于之情了。真情的文字用事便薄，——不，这是倒果为因的说法，应该说，以真情临文时原来就不暇用事，足于中的不假于外；用事已经迹涉酬酢，情感的本身早已薄弱了。

且读工部的《天边行》：

> 天边老人归未得，日暮东临大江哭。陇右河源不种田，胡骑羌兵入巴蜀。洪涛滔天风拔木，前飞秃鹙后鸿鹄。九度附书向洛阳，十年骨肉无消息。

话说得多么质直！真情的笔墨，需要的是朴而不是巧。巧却容易，而朴极难；它靠着真情心血的滋润啊！"思家步月清宵立，忆弟看云白日眠"（《恨别》），凄其怅惘的情怀，真会使人闻声泪堕。所以得到弟观将到夔州的信息时，忽尔心花怒放，振笔成诗，《得舍弟观书自中都已达江陵今兹暮春月末行李合到夔州悲喜相兼团圆可待赋诗即事情见乎词》：

> 尔过江陵府，何时到峡州？乱离生有别，聚集病应瘳。飒飒开啼眼，朝朝上水楼。老身须付托，白骨更何忧。

真是"情见乎词"，一点儿也不含糊。"尔过江陵府，何时到峡州"，蹙迫之情，冲口便出；"飒飒开啼眼，朝朝上水楼"，我们似乎看到了老杜在水阁上企伫远帆的情景；"聚集病应瘳，白骨更何忧"，一切都有了希望，也有了着落。他不一定是希求"付托"，只盼着老兄老弟们能团圆聚集一番，叙天伦之乐而已。

除却天伦的昆弟，便是朋友。偏巧李、杜二人颇有些怀思赠答之作，很容易找到诗例。先看李白的《鲁郡东石门送杜二甫》：

> 醉别复几日，登临遍池台。何时石门路，重有金樽开？秋波落泗水，海色明徂徕。飞蓬各自远，且尽手中杯。

快要分手了，何时再相见呢？干一杯酒罢！八句诗不过是这样淡淡的两句话。在这里，天外飞来的想像无所用其伎，需要缘情以绮靡的时候，太白的诗才就未免显得有些枯槁了。再看他的《沙丘城下寄杜甫》：

> 我来竟何事，高卧沙丘城。城边有古树，日夕连秋声。鲁酒不可醉，齐歌空复情。思君若汶水，浩荡寄南征。

这里稍有些触机，沿着汶水流开去了；但也只是一枝想像的小花朵，虽太白之高才，也不能激堂坳之水为滔天的巨浪。赠汪伦的"桃花潭水深千尺，不及汪伦送我情"〔1〕，与此可作一例观，这两句的可传，多半只在具声辞之美的"桃花"二字上。

又如他的《黄鹤楼送孟浩然之广陵》：

> 故人西辞黄鹤楼，烟花三月下扬州。孤帆远影碧山尽，唯见长江天际流。

---

〔1〕 语出《赠汪伦》。

可是荡得远了。远帆渐尽,天际江流,想像的高飞远举与依恋迟伫的情怀迷离扑朔,又加上"烟花"二字声辞之美的衬托,完成一首很好的抒情诗。但也只许我们读这一首,不该再去读他的另一首《送别》:

> ……送君别有八月秋,飒飒芦花复益愁。云帆望远不相见,日暮长江空自流。

原来太白的想像惯走这一条路,而且又很可能是由王勃的"阁中帝子今何在,槛外长江空自流"[1]句中化出,依恋迟伫的情怀敢莫又是谎?于是使我们不禁又有"昔人已乘黄鹤去,此地空余黄鹤楼"[2]的空虚之感。

委实太白并不把离别当一回事,倘不是由于情感俭薄,只好承认他的豁达。他的《秋日鲁郡尧祠亭上宴别杜补阙范侍御》:

> 我觉秋兴逸,谁云秋兴悲?山将落日去,水与晴空宜。鲁酒白玉壶,送行驻金羁;歇鞍憩古木,解带挂横枝。歌鼓川上亭,曲度神飙吹。云归碧海夕,雁没青天时;相失各万里,茫然空尔思。

令我们读起来,也是只觉诗兴逸,谁云诗兴悲;他的茫然之思更令我们茫然了。

---

[1] 语出《滕王阁诗》。
[2] 语出[唐]崔颢《登黄鹤楼》。

少陵却是把朋友一伦看得极重的人，对李白更是"吾意独怜才"，并且谅解他，说他"佯狂真可哀"[1]。他有《梦李白二首》：

死别已吞声，生别常恻恻；江南瘴疠地，逐客无消息。故人入我梦，明我长相忆；恐非平生魂，路远不可测。魂来枫林青，魂返关塞黑。君今在罗网，何以有羽翼？落月满屋梁，犹疑照颜色。水深波浪阔，无使蛟龙得。

浮云终日行，游子久不至；三夜频梦君，情亲见君意。告归常局促，苦道来不易；江湖多风波，舟楫恐失坠。出门搔白首，若负平生志。冠盖满京华，斯人独憔悴；孰云网恢恢，将老身反累。千秋万岁名，寂寞身后事。

"水深波浪阔，无使蛟龙得"，惋惜太白的生不逢辰，可谓推崇备至；"千秋万岁名，寂寞身后事"，替太白打算盘比替自己筹划得还周到。自己早已说"居然成濩落，白首甘契阔；盖棺事则已，此志常觊豁"[2]了，却不以太白的能享名千秋为已足；"冠盖满京华，斯人独憔悴"，像是忘记了己身的困赢一般，可见他眷眷于友情之深。

似他这种以情相遇的人，撞到因事业纳交的朋侪，便往往感到不足。试看他的《寄高三十五詹事》：

安稳高詹事，兵戈久索居。时来知宦达，岁晚莫情疏。天

---

[1] 以上出自杜甫《不见》："不见李生久，佯狂真可哀。世人皆欲杀，吾意独怜才。……"

[2] 语出《自京赴奉先县咏怀五百字》。

上多鸿雁,池中足鲤鱼。相看过半百,不寄一行书。

年弥老而情弥笃,"多病独愁常阒寂,故人相见未从容"(《暮登四安寺钟楼寄裴十迪》),这种嘤鸣求友、直道率真的情志,谁堪比并啊!

他的同情心极其深广,随有所触,都会使他把浑身激动的血流奔注到一个方向去,凝结成红宝石一般令人咋舌的诗句。他的《江南逢李龟年》:

岐王宅里寻常见,崔九堂前几度闻。正是江南好风景,落花时节又逢君。

这儿的"落花"二字,除了与李诗的"烟花"同具声辞之美以外,更有情景交融的韵致上的和谐。据《明皇杂录》载:"天宝中……龟年特承恩遇。其后流落江南,每遇良辰胜景,常为人歌数阕,座上闻之,莫不掩泣罢酒。"只此便是落花身世!今昔盛衰的感触,都借着这落花描绘出一个轮廓来。

朋侪中也难免有些不大懂事的人,或是一般少年特达之士,往往要看不起前辈的老朽;心上一整扭,便也形诸歌咏。李白有《赠新平少年》:

韩信在淮阴,少年相欺凌;屈体若无骨,壮心有所凭。一遭龙颜君,啸咤从此兴;千金答漂母,万古共嗟称。而我竟何为,寒苦坐相仍;长风入短袂,内手如怀冰。故友不相恤,新交宁见矜?摧残槛中虎,羁绁鞲上鹰;何时腾风云,搏击申所能!

未免是跟小孩子们一般见识了。曾文正说："'搏击申所能'，亦有李广斩霸陵尉之意。太白千古英豪，度量亦殊不广。"〔1〕是的，高自期许的人，哪里禁得起横来的损伤？从此也可以见出太白的植根并不厚，而且他于老子"知雄守雌"的理论也还没有力行的修养。他本是"喜纵横术、击剑，为任侠"〔2〕的根柢，一撞到新平少年的使性子，他自然很容易地会来一套再为冯妇；这原是常而不是变啊！看他的《陌上赠美人》：

> 骏马骄行踏落花，垂鞭直拂五云车。美人一笑褰珠箔，遥指红楼是妾家。

这便是太白的少年行径。骏马骄行、垂鞭直拂的豪客，怕不也能很自然地喝道："不能死，出我胯下！"

杜甫《莫相疑行》：

> 男儿生无所成头皓白，牙齿欲落真可惜。忆献三赋蓬莱宫，自怪一日声辉赫。集贤学士如堵墙，观我落笔中书堂。往时文采动人主，此日饥寒趋路旁。晚将末契托年少，当面输心背面笑。寄谢悠悠世上儿，不争好恶莫相疑。

"晚将末契托年少，当面输心背面笑"，说来令人心寒意懒；杜陵实在又是怜恤那些自谓乖巧的少年的愚蠢，想用话语去开解他们。他

〔1〕 语出曾国藩《十八家诗钞》卷四《李太白五古上二百九首》。
〔2〕 语出《新唐书·李白传》。

的《赤霄行》：

> ……老翁慎莫怪少年，葛亮贵和书有篇。丈夫垂名动万
> 年，记忆细故非高贤。

这便是"不争好恶"的源头；临眺着云白山青的远景，目睫之前的小
物事便模糊了。而且他跟这一类的少年自始就不是一条路上的人，
所以还会一心朴实地以情谊相托，遂致被人看成伧父。他终于又不
懂这批少年何以相笑相疑，正像少年们不懂他的何以头白齿落一
样。就与少年相知说，他远不如李白，他只是一个村夫子。试看他
的《少年行》：

> 马上谁家白面郎，临阶下马踏人床。不通姓字粗豪甚，指
> 点银瓶索酒尝。

他所瞧不过眼的粗豪年少，正是李白当年。就当时的社会环境说，
杜甫是最不合时宜的，所以潦倒一生；李白本较圆通些，只为一时得
意，狂傲过了火，爬得高也跌得重些。太白是"记得长安还欲
笑"[1]，子美是"无处告诉只颠狂"[2]。这无情的社会啊，永远会
把情深的人看成傻子的。

　　顺便再谈一谈尚友古人的问题。太白的诗，有一些是接近陶渊
明的；因为他这种玉卮无当的诗篇，如不择地而出的泉水，迹近于自

---

〔1〕　语出李白《陪族叔刑部侍郎晔及中书贾舍人至游洞庭五首·其三》。
〔2〕　语出杜甫《江畔独步寻花七绝句·其一》。

然的缘故。有些诗也似乎是有意规为渊明的风格的。如《下终南山过斛斯山人宿置酒》：

> 暮从碧山下，山月随人归；却顾所来径，苍苍横翠微。相携及田家，童稚开荆扉。绿竹入幽径，青萝拂行衣。欢言得所憩，美酒聊共挥。长歌吟松风，曲尽河星稀。我醉君复乐，陶然共忘机。

除了辞藻稍形工丽些，几乎可以乱陶诗了。这是一首好诗，大约是醉后真有些忘机的时候写成的。待到《月下独酌》的"但得酒中趣，勿为醒者传"，就见出矜持来，不如陶诗的"悠悠迷所留，酒中有深味"〔1〕了。另如《山中答俗人》：

> 问余何事栖碧山，笑而不答心自闲。桃花流水窅然去，别有天地非人间。

也比陶诗的"此中有真意，欲辨已忘言"〔2〕写得费力，见出"心"上并不十分"闲"来。又如《山中与幽人对酌》：

> 两人对酌山花开，一杯一杯复一杯。我醉欲眠卿且去，明朝有意抱琴来。

---

〔1〕 语出陶潜《饮酒·其十四》。
〔2〕 语出陶潜《饮酒·其五》。

"我醉欲眠卿且去",直用陶潜语,几于无心;缀上一句"明朝有意抱琴来",竟成有意,有意便是造作不自然了。而且这两则诗题的"俗人""幽人",也表示着不能和光同尘的意向;渊明心上就没有幽与俗的界限。道是人家俗,自家先已俗了。总之,太白诗风格类渊明处,多半是"接以迹而不接以心"的,他哪里会有渊明的深沉?

杜甫晚年的诗就渐近自然了。他原无意于学渊明,由于情之真便自然接近古人的真处;可以说是"接以心而不接以迹"的,如他的《可惜》:

> 花飞有底急,老去愿春迟;可惜欢娱地,都非少壮时。宽心应是酒,遣兴莫过诗。此意陶潜解,吾生后汝期。

他自知已经有些懂得渊明了。又如他的《独酌》:

> 步屧深林晚,开樽独酌迟。仰蜂粘落蕊,行蚁上枯梨。薄劣惭真隐,幽偏得自怡。本无轩冕意,不是傲当时。

颇有些"结庐在人境,而无车马喧;问君何能尔,心远地自偏"[1]的情味。他的《江亭》:

> 坦腹江亭暖,长吟野望时。水流心不竞,云在意俱迟。寂寂春将晚,欣欣物自私;江东犹苦战,回首一颦眉。

---

[1] 语出陶潜《饮酒·其五》。

颇有"孟夏草木长,绕屋树扶疏。众鸟欣有托,吾亦爱吾庐"〔1〕的味道。只是"不是傲当时"与"心远地自偏"相比,"欣欣物自私"与"吾亦爱吾庐"相比,仍有一间之差;细心体会,自易领略。但这是"思"的尺度而不是"情"底,由情真上说,子美实已无愧渊明了。

再如他的《漫成二首》:

> 野日荒荒白,春流泯泯清。渚蒲随地有,村径逐门成。只作披衣惯,常从漉酒生。眼边无俗物,多病也身轻。
>
> 江皋已仲春,花下复清晨。仰面贪看鸟,回头错应人。读书难字过,对酒满壶频。近识峨嵋老,知余懒是真。

"渚蒲随地有,村径逐门成","仰面贪看鸟,回头错应人",都颇有些自然而然、无可无不可的光景了。"只作披衣惯,常从漉酒生","读书难字过,对酒满壶频",跟渊明的生活也打成一片了。魔障还在有"眼边无俗物,多病也身轻""近识峨嵋老,知余懒是真"的意念。老庄的说法,我们不能执以责杜甫;难道说"毁方而瓦合"〔2〕,"人不知而不愠"〔3〕,老杜也忘怀了不成?但是我们没有理由用陶诗去衡量杜诗,而且杜诗到了这种境界已经很可喜,他的无心偶会胜似太白的有意更张。在此我只想说明情诚才能触及古人的真处。既识古人之真,也便能尚友:"此意陶潜解,吾生后汝期",遂以发生旷世的神交。

---

〔1〕 语出陶潜《读山海经·其一》。
〔2〕 出自《礼记·儒行》:"慕贤而容众,毁方而瓦合,其宽裕有如此者。"
〔3〕 出自《论语·学而》:"人不知而不愠,不亦君子乎?"

能够尚友，才可以千载下与古人发生感情上的联系，才会设身处地，才能如王静安所说的"入乎其内"〔1〕，才可以创作出较好的怀古的诗篇。非然的便只是站在圈子外面说话，不能使古人、作者与读者三股魂灵儿结成沆瀣一气，力量也便要薄弱许多。譬如太白的《苏台览古》：

> 旧苑荒台杨柳新，菱歌清唱不胜春。只今惟有西江月，曾照吴王宫里人。

又《越中览古》：

> 越王勾践破吴归，战士还家尽锦衣。宫女如花满春殿，只今惟有鹧鸪飞。

何尝不都是好诗？但只是借事立论的文章，说明些人世上沧海桑田、华屋山丘的变幻而已，在我们心灵的湖水上，只能吹起一层涟漪，而不会是汹涌的波澜。

这涟漪是读者与作者共之的，在即景生情的当时，作者的心弦颤动原即微弱。太白对这类事一贯的作风是不当心，即使是专咏那一个人的也一概流于泛泛。试看他的《宿巫山下》：

---

〔1〕 出自王国维《人间词话》："诗人对宇宙人生，须入乎其内，又须出乎其外。入乎其内，故能写之。出乎其外，故能观之。入乎其内，故有生气。出乎其外，故有高致。"

昨夜巫山下，猿声梦里长。桃花飞渌水，三月下瞿塘。雨色风吹去，南行拂楚王。高丘怀宋玉，访古一沾裳。

又《王昭君》：

汉家秦地月，流影照明妃；一上玉关道，天涯去不归。汉月还从东海出，明妃西嫁无来日。燕支长寒雪作花，蛾眉憔悴没胡沙。生乏黄金枉图画，死留青冢使人嗟。

这些诗的醒目处，怕仍是"猿声梦里长""流影照明妃"想像功深的辞句和"桃花飞渌水""燕支雪作花"声辞幽美的藻饰。一落到以怀古的情绪作结时，便只能写出"访古一沾裳""青冢使人嗟"等单调而浅露的句子。太白的想像是夭矫腾挪无所倚傍的，不惯于与情相生，所以每逢抒情时，他的想像活动范围就狭窄得可怜，不得已时只好用生硬的情语填满空隙。

我们试参阅子美的《咏怀古迹》：

摇落深知宋玉悲，风流儒雅亦吾师。怅望千秋一洒泪，萧条异代不同时。江山故宅空文藻，云雨荒台岂梦思？最是楚宫俱泯灭，舟人指点到今疑。

"宋玉悲"只合点题，"一洒泪"只算承说，他绝不令这种直接抒情的字句占重要的地位；又有"深知摇落""怅望千秋"作帮衬，借与昔人通心曲。"空文藻"是伤逝之情，"岂梦思"明尚友之旨；宋玉是借梦以谏楚王，不是闲唇吻去污亵神仙，工部是知之甚稔的。结到人物

全非,指点今疑,无那悲凉,溢在言表。后之视今,亦犹今之视昔,悲夫! 又:

> 群山万壑赴荆门,生长明妃尚有村。一去紫台连朔漠,独留青冢向黄昏。画图省识春风面,环佩空归夜月魂。千载琵琶作胡语,分明怨恨曲中论。

"群山万壑",写道途的崎岖,也在象征着人生途上的坎坷;"尚有村"说出人世上的变幻无穷。"士为知己者用,女为悦己者容"[1],昭君为了争强知耻,终于芜绝异域;杜陵也为了不惯逢迎标榜,流落他乡。琵琶曲中分明怨恨,这首诗里的士不得志的怨恨也分明在,不只是慷他人之慨。"一去紫台连朔漠,独留青冢向黄昏"一联,写尽了昭君的一生,也倾吐尽了她生前死后的哀怨。不是情深似海的人,便不能体味到那薄命的人儿幽怨的尖端,永也不会拈出如此精强顽艳的诗句。

太白豁达,许多事便不甚关心;子美情深,常容易流连光景。对人如此,对物亦然。李白《月下独酌》:

> 花间一壶酒,独酌无相亲;举杯邀明月,对影成三人。月既不解饮,影徒随我身。暂伴月将影,行乐须及春。我歌月徘徊,我舞影凌乱;醒时同交欢,醉后各分散。永结无情游,相期邈云汉。

---

[1]　语出[汉]司马迁《报任安书》。

分明表现着"人似风后入江云"〔1〕、"轻离轻散寻常"〔2〕的旷达之思。杜甫《燕子来舟中作》：

> 湖南为客动经春,燕子衔泥两度新。旧入故园尝识主,如今社日远看人。可怜处处巢君室,何异飘飘托此身?暂语船樯还起去,穿花贴水益沾巾。

却自含蕴着"情似雨余粘地絮""更行更远还生"〔3〕的依恋之感,王静安说:"诗人必有轻视外物之意,故能以奴仆命风月;又必有重视外物之意,故能与花鸟共忧乐。"〔4〕意思似乎在这两种不同的情意,可以具备于诗人一人之身;亦即诗人时而豁达、时而严肃之意。但诗的风格往往也各有所偏,就李、杜说,太白就常常接近于前者,子美则常常接近于后者。

为了太白的想像丰富,他的咏物诗便是忽而天上、忽而地下,变化无方,不可纪极。他的《宣城长史弟昭赠余琴溪中双舞鹤诗以见志》:

> 令弟佐宣城,赠余琴溪鹤;谓言天涯雪,忽向窗前落。白玉为毛衣,黄金不肯博。当风振六翮,对舞临山阁。顾我如有情,

---

〔1〕 出自[宋]周邦彦《玉楼春·桃溪不作从容住》:"人如风后入江云,情似风余粘地絮。"
〔2〕 出自[宋]刘彤《临江仙·千里长安名利客》:"千里长安名利客,轻离轻散寻常。"
〔3〕 出自李煜《清平乐·别来春半》:"离恨恰如春草,更行更远还生。"
〔4〕 语出王国维《人间词话》。

长鸣似相托。何当驾此物,与尔腾寥廓。

一派登仙凌物的遐想。《见野草中有名白头翁者》:

> 醉入田家去,行歌荒野中。如何青草里,亦有白头翁?折取对明镜,宛将衰鬓同。微芳似相诮,流恨向东风。

又是叹老嗟卑的俗念。《鲁东门观刈蒲》:"……织作玉床席,欣承清夜娱。罗衣能再拂,不畏素尘芜。"《咏邻女东窗海石榴》:"……愿为东南枝,低举拂罗衣。无由一攀折,引领望金扉。"又都是《闲情赋》一般的情致。高的太高,低的太低,这里的不和谐说明了太白于生活还未能掌稳了舵。

　　工部却是无所往而不度入他的肫肫之仁、惓惓之义的。他的《房兵曹胡马》:

> 胡马大宛名,锋棱瘦骨成。竹批双耳峻,风入四蹄轻。所向无空阔,真堪托死生。骁腾有如此,万里可横行。

沈归愚说:"咏物,小小体也,而老杜咏房兵曹胡马则云:'所向无空阔,真堪托死生。'德性之调良,俱为传出……彼胸无寄托,笔无远情,如谢宗可、瞿佑之流,直猜谜语耳。"[1]岂止传出胡马德性之调良,原来背后寓有肝胆相照志士的风标;"时危安得真致此,与人同生亦同死"(杜甫《题壁画马歌》),将马给人性化了,而后当它成老

---

〔1〕 语出沈德潜《说诗晬语》卷下。

朋友一般地看待着。再看《病马》：

> 乘尔亦已久，天寒关塞深。尘中老尽力，岁晚病伤心。毛骨岂殊众，驯良犹至今；物微意不浅，感动一沉吟。

便又有同属沦落天涯之感了。在情感上并不卑视禽兽，也时时以诚相接，先已有了心情上的无间，所以每借以为寄托时便极其自然。"世人怜复损，何用羽毛奇"（《鹦鹉》），"乱世轻全物，微声及祸枢"（《麂》），都不见强为援系的痕迹。终于打成一片，与麋鹿为友了："荆扉对麋鹿，应共尔为群。"（《晓望》）把自己还给自然，才谈得上与花鸟共忧乐："自去自来堂上燕，相亲相近水中鸥"（《江村》）；"暂止飞鸟将数子，频来语燕定新巢。"（《堂成》）人类的情感发挥到此般境界，才算臻于仁恕之域。他甚至于提出如此的抗议："飞鸟散求食，潜鱼亦独惊；前王作网罟，设法害生成。"（《早行》）随你去笑他的迂阔罢！

　　至少昔人的抱负是以仁民爱物为极致的，这一类咏物的诗就该是"窃比稷与契"[1]的诗人的安顿处。这是根源的善、超奇的美，须索修辞立诚，出之于感情之真，闷中肆外，才能美善相乐。"……清风无闲时，潇洒终日夕。……何当凌云霄，直上数千尺"（李白《南轩松》），只是好胜的话说；"……苦心岂免容蝼蚁，香叶终经宿鸾凤。志士幽人莫怨嗟，古来材大难为用"（杜甫《古柏行》），也只是解嘲的剩语。"随风潜入夜，润物细无声"（杜甫《春夜喜雨》），颇有些光景了；只是"潜"字还不甚好，改作"匀"何如？使我不禁记

---

〔1〕　语出杜甫《自京赴奉先县咏怀五百字》。

起陶潜的"日暮天无云,春风扇微和"〔1〕之句。

李杜各有抱负,都没有偿其志;不得已就一个为鸥,一个为鹭了。李白自喻曾说:"白若白鹭鲜,清如清唳蝉;受气有本性,不为外物迁"(《赠宣城宇文太守兼呈崔侍御》);又有咏"白鹭鸶"的诗:

> 白鹭下秋水,孤飞如坠霜。心闲且未去,独立沙洲傍。

杜甫自喻曾说:"白鸥没浩荡,万里谁能驯"(《奉赠韦左丞丈》),"飘飘何所似,天地一沙鸥"(《旅夜书怀》);又有咏"鸥"的诗:

> 江浦寒鸥戏,无他亦自饶。却思翻玉羽,随意点春苗。雪暗还须浴,风生一任飘;几群沧海上,清影日萧萧。

欲问他二人果已似鸥鹭忘机否? 曰:否,否! 谈何容易。杜甫身受儒家的洗礼,时时以"知其不可而为之"〔2〕为己志,自不消说;李白于老、庄的思想,也不过耳濡目染,知之而不必好,偶尔好之而不必乐,所以还辽远得很。他的《春日醉起言志》:

> 处世若大梦,胡为劳其生? 所以终日醉,颓然卧前楹。觉来眄庭前,一鸟花间鸣。借问此何时,春风语流莺。感之欲叹

---

〔1〕 语出陶潜《拟古·其七》。
〔2〕 出自《论语·宪问》:"子路宿于石门。晨门曰:'奚自?'子路曰:'自孔氏。'曰:'是知其不可而为之者与?'"

息,对酒还自倾。浩歌待明月,曲尽已忘情。

"忘情"并非由于"曲尽",只是他又醉了;他必须借助于酒。"过此一壶外,悠悠非我心"(《独酌》),"春风与醉客,今日乃相宜"(《待酒不至》),舍无阿堵,便不能忘情。"举头望山月,低头思故乡"(《静夜思》),"含悲想旧国,泣下谁能挥"(《秋夕旅怀》),"蘅兰方萧瑟,长叹令人愁"(《江上秋怀》),"拔剑击前柱,悲歌难重论"(《南奔书怀》),这些诗里不见酒,就不免愁眉苦脸起来。待到《友人会宿》:

> 涤荡千古愁,留连百壶饮。良宵宜清谈,皓月未能寝。醉来卧空山,天地即衾枕。

酒醉之后,方能与天地同其大也!

杜甫的心迹,读他的《江汉》就可以大略知道:

> 江汉思归客,乾坤一腐儒。片云天共远,永夜月同孤。落日心犹壮,秋风病欲苏。古来存老马,不必取长途。

颇有"老骥伏枥,志在千里;烈士暮年,壮心不已"[1]之意。仇兆鳌说:"思归之旅客,乃当世一腐儒,自嘲亦复自负。"[2]是的,"乾坤"二字,却不作"当世"解,它有俯仰天地、舍我其谁的含义,

---

〔1〕 语出〔汉〕曹操《步出夏门行·龟虽寿》。
〔2〕 语出〔清〕仇兆鳌《杜诗详注》。

所以唤起颔联。他的先忧后乐、绝甘分少的精神,是可以与天地
参的。他从不希望"忘情",只是尽量发掘他的情感,使它一天天
地深广。为了他有深挚的同情心,所以能体贴入微。试读他的
《捣衣》:

> 亦知戍不返,秋至拭清砧。已近苦寒月,况经长别心?宁
> 辞捣衣倦,一寄塞垣深?用尽闺中力,君听空外音。

阵阵的砧声,都隐藏着怀远的泪水,而且不只是怀远,这里令人体会
到肫挚而深沉的情爱,这断续的砧声于是乎成为人世间最美的恋
歌。而这一位听砧的诗人,在结句也写出他的同情之感,真是仁人
之言,蔼然动听。这时再去看李白的"长安一片月,万户捣衣声;秋
风吹不尽,总是玉关情。何日平胡虏,良人罢远征"(《子夜吴歌·
秋歌》),不过只是泛泛说去而已。

社会上多少不平事,太白在"着宫锦袍坐舟中,旁若无人"[1]
的时候都把它给"忘"了。杜甫却是念兹在兹的,他的不能自已之
怀不容他缄默无言。他的《暮寒》:

> 雾隐平郊树,风含广岸波。沉沉春色静,惨惨暮寒多。戍
> 鼓犹长击,林莺遂不歌。忽思高宴会,朱袖拂云和。

前方枕戈浴血,后方纸醉金迷,竟也是亘古如此的。再看他的《自
京赴奉先县咏怀五百字》:

---

[1] 语出《新唐书·李白传》。

……彤庭所分帛，本自寒女出。鞭挞其夫家，聚敛贡城阙。圣人筐篚恩，实欲邦国活；臣如忽至理，君岂弃此物？多士盈朝廷，仁者宜战栗。况闻内金盘，尽在卫霍室。中堂舞神仙，烟雾散玉质。暖客貂鼠裘，悲管逐清瑟。劝客驼蹄羹，霜橙压香橘。朱门酒肉臭，路有冻死骨；荣枯咫尺异，惆怅难再述。……

只惜多士盈朝，没有一个"仁者"，他们只有等到渔阳鼙鼓动地来时，才晓得"战栗"呢！

我们讽诵李、杜二人的篇什，有这样一种感觉，觉得他二人与西汉的扬、马有约略相似处。他们都以献赋晋身。玄宗看待李白，也与汉武看待司马相如同样地有"俳优畜之"的味道。《唐书》载御手调羹，赐金放还，以至《天宝遗事》载宫嫔呵笔，《李白外传》载作乐章、赐锦袍等等，都是狎弄近幸之举，太白却误认那是君臣际会了。他的《温泉侍从归逢故人》：

汉帝长杨苑，夸胡羽猎归；子云叨侍从，献赋有光辉。激赏摇天笔，承恩赐御衣。逢君奏明主，他日共翻飞。

正是得意忘形、受宠若惊的时候。他的赋颂歌诗也和汉赋一样内寓讽谏，如《明堂》《大猎》等赋，说些什么"而圣主犹夕惕若厉，惧人未安""俄而君王茫然改容，愀然有失"一类的话，可见他的用心。另如《宫中行乐词》："只愁歌舞散，化作彩云飞"，"宫中谁第一，飞燕在昭阳"，"君王多乐事，还与万方同"；又如《清平调词》："借问汉宫谁得似，可怜飞燕倚新妆"，"解释春风无限恨，沉香亭北倚阑干"，也都有讽有谏，结果却也是"讽一劝百"了。后来一失意，便说

是"一惑登徒言,恩情遂中绝"〔1〕,到底又是以能赋的宋玉自况。有时又不知自量,妄与严子陵相比,《酬崔侍御》:

> 严陵不从万乘游,归卧空山钓碧流;自是客星辞帝座,元非太白醉扬州。

不知光武与严光是何等的交情;李白不过只是偶得君王带笑看而已!后来夜郎遇赦,还说:"圣主还听《子虚赋》,相如却欲论文章。"(《自汉阳病酒归寄王明府》)重以相如自比。他实在又不如相如聪明晓事,相如"常称疾闲居,不慕官爵"〔2〕;他自己是何如人,汉武看他为何如人,他懂了。太白却至死不悟,不免多发些狂吪,多受些罪苦,是一个可怜的人。

杜甫的《酬高使君相赠》:

> 古寺僧牢落,空房客寓居。故人供禄米,邻舍与园蔬。双树空听法,三车肯载书。草玄吾岂敢,赋或似相如。

赋似相如,是谦逊之词;草玄该是他志之所在。《又作此奉卫王》"白头授简焉能赋,愧似相如为大夫",是他真心的自白。他欲以稷契自比,又作了许多咏叹诸葛武侯的诗,可以就觇他的抱负何似,但他又不似扬雄的悔其少作,也没有真的去草什么经;"诗是吾家事,人传世上情"(《宗武生日》),"文章千古事,得失寸心知"(《偶

---

〔1〕 语出《感遇四首·其四》。
〔2〕 语出《汉书·司马相如传》。

题》），他知道歌诗是同样可以寿世的，便不学扬子云的希圣规贤、剽句窜经了。说来说去，还是老杜的情深使然，"药裹关心诗总废，花枝照眼句还成"（《酬郭十五判官》），因情即景，触景生情，只是弄不脱手。所以"他乡阅迟暮，不敢废诗篇"（《归》），废了它便深违于自己的情志啊！

最后，我们读工部的《江上值水如海势聊短述》：

> 为人性僻耽佳句，语不惊人死不休。老去诗篇浑漫兴，春来花鸟莫深愁。新添水槛供垂钓，故着浮槎替入舟。焉得诗如陶谢手，令渠述作与同游。

"为人性僻耽佳句"，不是说眼前这一句，是说这一辈子跟诗打交道了；"语不惊人死不休"，也不是说推敲这一字一句间，是说天假吾年，借诗以传不朽；"老去诗篇浑漫兴"，自知功候完熟了；"春来花鸟莫深愁"，朝闻道夕死可矣；"新添水槛供垂钓"，何妨优游闲暇，有"孔子蚤作，负手曳杖，消摇于门"[1]之意；"故着浮槎替入舟"，人间天上，俯仰已知，不假更去鼓棹容与；"焉得诗如陶谢手，令渠述作与同游"，尚友古人，鼎立而三，值江上水如海势，他猛可地想到自己也已是水到渠成，行且泄于尾闾了。聊短述之，这一篇大道理虽写咏怀百韵亦可。

"浑漫兴"的才会惊人，"莫深愁"的才能感人；这是杜甫的成就。情真所以动人，深所以溺人，广所以覆盖天下古今；少陵诗之所以伟大，由于他同情心的深广。从心所欲，情感本然已真，思想粹然

---

〔1〕 语出《礼记·檀弓上》。

以善,已达情知欣合的境界,它自然不逾矩,形式凝然而美。因为十分合于理想的诗是无声之乐、无言之美,是白纸一张,是任何人也不能到的境界,所以我说杜甫的诗有八九分的光景了。于是乎李白的豪放,便只是一节的精强。杜甫的《促织》:

> 促织甚微细,哀音何动人!草根吟不稳,床下夜相亲。久客得无泪,故妻难及晨。悲丝与急管,感激异天真。

这"天真"便可当得杜诗的的评。李白的"黄鹤楼中吹玉笛,江城五月落梅花"[1],恰好可用以评他的诗。美景良辰,笛韵也悠扬跌宕,令人有潇洒出尘之想;只是江城五月不会有落梅的真景,那只是玉龙的哀曲而已。它不真,所以成就了空灵之美;它不真,所以也难臻于美善相乐。

这恐怕只是我个人的偏见;我却希望密咏恬吟的人,人人暂且有他的偏见,聊胜于道听而途说。我今番大胆地写出我这一偏之解,由衷地希望得到明达的教诲。

1949 年 1 月

----

[1] 语出《与史郎中钦听黄鹤楼上吹笛》。

二五　秦李与三瘦

王世贞《艺苑卮言》云："'人瘦也,比梅花,瘦几分',又'天还知道,和天也瘦',又'莫道不销魂,帘卷西风,人比黄花瘦',三瘦字俱妙。"瘦字在诗余里确是一个容易邀好的字面。一因为诗必穷而后工,它现出一副憔悴的可怜相;二因为词的风格多少有些纤弱,它又带着过去一般社会上所最爱怜的病态美;三因为词尚空灵,跟清癯是分外投缘对意的;四因为它久已意象化了,遁却了那肌肉不丰的原义,而代表着一种超凡的品格……因此,常是将在凝成一种孤芳自赏、顾影自怜的意象时,这幽魂一缕的瘦字便很快地爬上词人的心而奔赴腕下了。未必词人都会只长骨头不长肉吧,但却都喜欢抟弄这个伶仃的字眼儿;在词里再也找不到心广体胖的例子。

旁人我不知道。据陆放翁说,贺方回状貌奇丑,俗谓之贺鬼头。按理应该只在外界的景物上留驻他的眼光,专去写"一川烟雨,满城风絮,梅子黄时雨"[1]一类的境界才是。偏他也要慢腾腾地走近菱花,扭扭捏捏地偷眼暗形相,竟也写下了:

> ……当时早恨欢难偶,可堪流浪远,分携久? 小畹兰英在,

---

[1]　语出［宋］贺铸《青玉案·凌波不过横塘路》。

278

轻付与,何人手。不似长亭柳,舞风眠雨,伴我一春销瘦。
(《鹤冲天》)

天怜见!倘不下笔令人惭,自必是"胸中眼中另有一种伤心,说不出处"(陈廷焯《白雨斋词话》评语),才把半世的苍凉打发在这个瘦字上。

　　词人似乎种了这么一个瘦的根,才能邀致灵感一般;随时随地,它也在词人的心上伺机而动。情思想像只是它的春晖甘露,一加温煦与滋润,就蓦然地茁笋成竹。画楼缥缈中,偏觑见了"宝熏浓炷,人共博山烟瘦"(毛滂《感皇恩》);帘幕疏疏里,又低吟着"别离滋味浓于酒,著人瘦"(张耒《秋蕊香》);似乎除却了瘦便没有方法去形容玉人的美,除却了瘦也便没有适当的字眼儿来发抒那怀人伤逝的情思。"杏腮红透梅钿皱,燕归时,海棠斯勾。寻芳较晚,东风约,还在刘郎归后。凭问柳陌情人,比似垂杨谁瘦?"(周密《玲珑四犯》)"春如旧,人空瘦,泪痕红浥鲛绡透。桃花落,闲池阁。山盟虽在,锦书难托。莫莫莫!"(陆游《钗头凤》)见了由它,不见也由它,将见而未见,魂驰梦想;或是黄昏花落今非昨,见了还休没奈何的时候,又也由它。到了无那凄凉、情融景会、物我同一的境界时,一切都忘怀了,却只是解脱不了这一个瘦字,"孤檠清梦易觉,肠断唐宫旧曲,声迷宫漏。滴入愁心,秋似玉楼人瘦"(陈允平《绮罗香》)。人天都似乎因它而在。这一个字真不知风魔了多少词人!

　　但也不能说瘦字入词便好。果然如此,放翁的《钗头凤》,便莫如改去一个"人空瘦",换成山盟虽在,锦书难又,瘦瘦瘦!重叠上三个瘦了。或者索性用福唐体〔1〕，以瘦字为韵，岂不更多更好？当然不。不是争多斗奇，而是灵府心田上真有那么一档子事，才瘦了的。于是这瘦字的本身又别有纤秾腴瘠的考究了。

弇州所举的三瘦，是信手拈来的，未必沉思过了。康伯可的"人瘦也，比梅花，瘦几分"〔2〕，一面是效颦，一面是拣清冽的梅花装幌子，其实他未必真懂梅花的清瘦，他是只理会多买胭脂画牡丹的人。把此中三瘦相提并论，怕不辱没了易安，尤其是淮海！

说三瘦，何妨说女中三瘦李易安、男中三瘦秦少游，只讲他们两位就够了。

> 香冷金猊，被翻红浪，起来慵自梳头。任宝奁尘满，日上帘钩。生怕离怀别苦，多少事，欲说还休。新来瘦，非干病酒，不是悲秋。　休休，这回去也，千万遍阳关，也则难留。念武陵人远，烟锁秦楼。惟有楼前流水，应念我，终日凝眸。凝眸处，从今又添，一段新愁。（李清照《凤凰台上忆吹箫》）

香也不添，被也不叠，头也不梳，粉也不抹。"自伯之东，首如飞蓬；岂无膏沐，谁适为容？"〔3〕"生怕离怀别苦，多少事，欲说还休"，只是把泪水咽在喉咙里，安得不清减小腰围？所以近来渐渐地瘦了，"非干病酒，不是悲秋"，那是"相去日已远，衣带日已缓，浮云蔽白

---

〔1〕　福唐体，即独木桥体，又称独韵诗、一字韵诗，每句韵脚使用同一个字。
〔2〕　语出[宋]康与之《江城梅花引·娟娟霜月冷侵门》，一说此词为[宋]程垓所作。
〔3〕　语出《诗经·卫风·伯兮》。

日,游子不顾返"〔1〕,德甫听者!

"新来瘦",多么简练的写实之笔,多么动人的情态,多么娇曼的声音!怨而不怒,说一说自己近来的真情实况而已,也没有什么,只是微略地瘦了些儿。自己也纳闷,想不出瘦的原委来;你可知道,可不知道?总只是"千里长安名利客,轻离轻散寻常"〔2〕,"休休",惜别的话语儿说上成千叠万,也挽不回你这石做心肠、铁做心肠。"这回去也,千万遍阳关,也则难留。念武陵人远,烟锁秦楼。惟有楼前流水,应念我,终日凝眸","过尽千帆皆不是,斜晖脉脉水悠悠"〔3〕;"凝眸处,从今又添,一段新愁",愁似这么添了又添,怕不更要一天天地瘦下去?这才真是"别离滋味浓于酒,著人瘦",文潜未必真能毂,还道"月华如昼"〔4〕!

> 昨夜雨疏风骤,浓睡不消残酒。试问卷帘人,却道海棠依旧。知否,知否?应是绿肥红瘦。(李清照《如梦令》)

才之不可强也如此夫!粗心的卷帘人(怕不是梅香?),问她海棠怎样了,她还视若无睹地却道海棠依旧。"知否,知否?应是绿肥红瘦",细心而多感的情种,不待亲见,早已分明。一片惜花心,却也深蕴着美人迟暮之感。细看来,这瘦红是落花,也是昨夜浓睡的人儿;那肥绿是茂叶,却同今晨卷帘的笨伯。

瘦为主,肥是衬。不有卷帘人的颟顸,谁惊讶惜春人的兰心蕙

---

〔1〕　语出《古诗十九首·行行重行行》。
〔2〕　语出刘彤《临江仙》。
〔3〕　语出温庭筠《望江南·梳洗罢》。
〔4〕　语出[宋]张耒《秋蕊香》:"朱阑倚遍黄昏后,廊上月华如昼。"

性？人生识字忧患始，句到伤春泪也多，理会得伤感，是可怜悯还是可骄傲呢？"昨夜雨疏风骤"早已料定今朝的绿肥红瘦了，偏去"试问"卷帘人，要证实她的愚蠢。果然她一见海棠还活着，便道它依旧，不再去管它的红少与绿多……则是敏感的人到底又值得自己骄傲。

王渔洋说："'绿肥红瘦'，'宠柳娇花'，人工天巧，可称绝唱。"[1] 原来易安的性格，自有她的骄宠，她才能把花与柳给人格化了。吴衡照说："易安'眼波才动被人猜'，矜持得妙；淑真'娇痴不怕人猜'，放诞得妙。均善于言情。"（《莲子居词话》卷二）"矜持"两个字，揭穿了易安的性情与她的创作的风格。她的女孩儿家的性格，表现在以凄婉为正格的诗余里，真是事半功倍，伸楮落墨便高人一筹。又加上这矜持的姿态，更迷醉了当代后世的文人墨客，一齐推崇说："其炼处可夺梦窗之席，其丽处直参片玉之班；盖不徒俯视巾帼，直欲压倒须眉。"（李调元《雨村词话》）"男中李后主，女中李易安，极是当行本色。"（田同之《西圃词说》）未免有些声闻过情，无非为了她的骄花瘦红而已。同时，这矜持的性格，终于又成了她创作上的魔障，遂致不能登峰造极，可以说是春色三分，二分流水，一分尘土，修辞立诚上便因矜持而渗入一些造作的尘滓。因此又有些眼光犀利、不讲情面的人说："闺秀词惟清照最优，究苦无骨。"（周济《介存斋论词杂著》）"其源自从淮海、大晟来，而铸语则多生造。"（陈廷焯《白雨斋词话》卷二）"李清照《壶中天慢》，此词造语固为奇俊，然未免有句无章。前人不加评驳，殆以其妇人而恕之耶？"（许昂霄《词综偶评》）许多过失也只在她的骄

---

[1] 语出［清］王士祯《花草蒙拾》。

花瘦红而已。

> 薄雾浓云愁永昼,瑞脑消金兽。佳节又重阳,玉枕纱厨,半夜凉初透。　东篱把酒黄昏后,有暗香盈袖。莫道不销魂,帘卷西风,人比黄花瘦。(李清照《醉花阴》)

易安的骄宠,向着两个方向发展。为了骄,所以她矜持;为了宠,所以她又撒娇。乍看似乎是分道扬镳,两相矛盾;实际上却又是殊途同归,相辅相成。若问撒娇何由见得?试看她给赵明诚的一些词便知底蕴。她叙别情的词多半是前阕说离情,后阕就转入怨思。例如《凤凰台上忆吹箫》的"休休"以下,《声声慢》的"满地黄花堆积"以下,都像是说得太沉重些,恐怕比她心上的真感受都要沉重些吧?这里的《醉花阴》又凭空说:"莫道不销魂。"其实德甫何尝如此说来?德甫离家时,想也定会是"临上马,看人眼泪汪汪"〔1〕的,佳节又重阳,有家归未得,也是一样心上有酸溜溜的味道。这个,易安会比任何人更清楚。但她偏要矫情地来一句恶抢白,令德甫发作又不好,剖辩又无因,只此便是撒娇处。不过这一句在此词中又负着一种修辞的作用,德甫也未必认真去校量,因为下面的警策是亏它来唤起的,跟姜白石的"今何许?凭阑怀古,残柳参差舞"〔2〕是同样的笔调。这么一呼唤,帘卷西风又一衬托,紧逼出人与黄花的对比,最后滴水成冰,凝聚成这么一个怯生生的瘦字,脉注绮交,因此千古叫绝。转去看"人共博山烟瘦","人瘦也,比梅花,瘦几分",就多少

〔1〕　语出刘彤《临江仙》:"记得年时临上马,看人眼泪汪汪。"
〔2〕　语出姜夔《点绛唇·丁未冬过吴松作》。

有些强拉硬凑的痕迹了。

许昂霄说："结句亦从'人与绿杨俱瘦'脱出，但语意较工妙耳。"这一句提醒了我们，联想起秦少游来。少游自是人杰，他的生活便是一首纯美的诗篇。《宋史·文苑传》上载着："……徽宗立，复宣德郎，放还。至藤州，出游华光亭，为客道梦中长短句。索水欲饮，水至，笑视之而卒。……"生死去来，竟是如此飘然！张绹说他"孝友出于天性，行义孚于朋友，少年慷慨论事，尝有系笞二虏、回幽夏故墟之志。方王氏用事时，公能少贬其说，可立登显要。独守正不挠，乃至谪死穷荒，没齿无怨。是其旷度高怀，藐万钟而弗顾；坚操劲气，历九折而不回；中之所存，有过人者"[1]。这过人处怕即是他的一往有深情。天似乎是尽拣那高洁澄明的灵性赋予了他，人世上唯名士与英雄不可以伪。

王静安说："词之雅、郑，在神不在貌。永叔、少游虽作艳语，终有品格。方之美成，便有淑女与娼伎之别。"（《人间词话》）文学趣味的高低，性与习都有关系；有芙蕖一般的品格，自又能出污泥而不染。试读他的《河传》：

　　恨眉醉眼，甚轻轻觑著，神魂迷乱？常记那回，小曲阑干西畔，鬓云松，罗袜划。　丁香笑吐娇无限，语软声低，道我何曾惯？云雨未谐，早被东风吹散。瘦煞人，天不管！

---

〔1〕 语出《秦少游先生淮海集序》。

这一阕词似乎是把李后主的《子夜歌》〔1〕与《一斛珠》二词熔铸在一起，而度入一个失望的收场。比起后主的"笑向檀郎唾"〔2〕、"教君恣意怜"〔3〕来，便别是一种怆然的情致。但这里的"瘦煞人，天不管"只可资证明王氏"虽作艳语，终有品格"一语之非诬而已，还不在本文"三瘦"之列。且再看他赠妓娄东玉的《水龙吟》：

> 小楼连苑横空，下窥绣毂雕鞍骤。疏帘半卷，单衣初试，清明时候。破暖轻风，弄晴微雨，欲无还有。卖花声过尽，垂杨院落，红成阵，飞鸳甃。　玉佩丁东别后，怅佳期，参差难又。名缰利锁，天还知道，和天也瘦！花下重门，柳边深巷，不堪回首。念多情，但有当时皓月，照人依旧。

"小楼连苑横空，下窥绣毂雕鞍骤"，只是为藏着个"娄"字，浪掷了墨沈多许，所以东坡讥讽他说："十三个字只说得一个人骑马楼前过。"〔4〕"玉佩丁东别后"，和赠陶心儿的"一钩残月带三星"〔5〕，东坡又尝诮为恐他姬厮赖。的是畏友之言，可比严师，值得"书绅"的；在少游也不过只是取娱一时而已。这里要特别提出的只是：

---

〔1〕 《子夜歌》："寻春须是先春早，看花莫待花枝老。缥色玉柔擎，醅浮盏面清。何妨频笑粲，禁苑春归晚。同醉与闲评，诗随羯鼓成。"

〔2〕 出自李煜《一斛珠》："晓妆初过，沈檀轻注些儿个。向人微露丁香颗。一曲清歌，暂引樱桃破。　罗袖裹残殷色可，杯深旋被香醪涴。绣床斜凭娇无那。烂嚼红茸，笑向檀郎唾。"

〔3〕 出自李煜《菩萨蛮》："花明月暗笼轻雾，今宵好向郎边长。划袜步香阶，手提金缕鞋。　画堂南畔见，一向偎人颤。奴为出来难，教君恣意怜。"

〔4〕 语出［宋］曾慥《高斋诗话》。

〔5〕 出自《南歌子·玉漏迢迢尽》："天外一钩残月，带三星。"

"名缰利锁,天还知道,和天也瘦。""天还知道,和天也瘦",多么醒目的句子,难得少游能想入非非。但这哪里是想入非非哟!这是少游心上久蓄的牢骚,呼来叱去,被天公当作小孩儿般耍戏,心上的无明业火再也按捺不住,才对彼苍开一个小玩笑,在他胖得发圆的脸蛋上用笔尖儿轻轻戳一下。料得当时,天色也该热刺刺地发一阵红,然后便着"数峰清苦,商略黄昏雨"[1]的吧?

袁质甫说:"伊川一日见秦少游,问:'天若有情,天也为人烦恼,是公词否?'少游意伊川称赏,拱手逊谢。伊川云:'上穹尊严,安得易而侮之?'少游惭而退。"(《瓮牖闲评》)宋代的理学家都是蜷伏在上天的威临之下,去讨那滴水粒米的生活,反而妄冀着能与天地同其大的人们。少游撞到这番煞有介事的责难,只好无言而退;不然,又将惹出玩物丧志等等的做人大道理出来,耳根不得清静。伊川是一生尽瘁于克己复礼之士,哪里晓得什么倜傥风流?少游一身所罹的委屈实在是太多了,又有一副不羁的情怀,谁稀罕上穹的尊严!

少游原是"豪隽慷慨,溢于文词"的人,东坡"勉以应举,为亲养,始登第"[2]。做了几任蚂蚁大的官儿,又坐了党籍,一贬再贬,真是"便做春江都是泪",也"流不尽许多愁"。这"名缰利锁",还不够如泛驾之马的少游生受底!少游有写给东坡的信说:"某鄙陋,不能脂韦婉娈,乖世俗之所好。比迫于衣食,强勉万一之遇,而寸长尺短,各有所施;凿圆枘方,卒以不合。"[3]具征少游的"少无适俗韵"[4],早已是悬着泪水上花轿子。援情之笔,不是

---

〔1〕 语出姜夔《点绛唇·丁未冬过吴松作》。
〔2〕 语出《宋史·文苑传·秦观传》。
〔3〕 语出《与苏先生简》。
〔4〕 语出陶潜《归园田居·其一》。

热中忮求，只是坦荡荡的曳縰长吟，偶犯天颜，那是"说大人则藐之，勿视其巍巍然"〔1〕！

"名缰利锁，天还知道，和天也瘦"，比起"天若有情天亦老"〔2〕来，更活泼、更委婉，也更沉郁。而且这里也便是有"骨"，这瘦骨嶙峋跟那瘦红零落，有刚美与柔美之分。这一股冲天的怨气，上穹也暂时可得退避三舍。另外它又表现着一种谐趣，是无可奈何中的一种解脱，从这里可以见出他的豁达大度，是一个会生活的人。

> 青杏园林煮酒香，佳人初试薄罗裳。柳丝摇曳燕飞忙。
> 乍雨乍晴花易老，闲愁闲闷日偏长；为谁消瘦减容光？（秦观《浣溪沙》）

这一阕应该是比而不是赋。"初试薄罗裳"，正是解褐的意思；"乍雨乍晴"，说尽了朝廷上"待罪"的难处。"……为君薰衣裳，君闻兰麝不馨香；为君盛容饰，君看珠翠无颜色。行路难，难重陈，人生莫作妇人身，百年苦乐由他人。行路难，难于山，险于水，不独人家夫与妻，近代君臣亦如此。君不见：左纳言，右纳史，朝承恩，暮赐死。行路难，不在水，不在山，只在人情反复间。"（白居易《新乐府·太行路》）乐天如此写下来，就显得太露骨，也太操切了。"柳丝摇曳燕飞忙""为谁消瘦减容光"，该是何等温柔含蓄？少游本有脱屣千乘之志，应官家差遣只是不得已而为之；乐天慕君热中之情却是老

---

〔1〕　语出《孟子·尽心下》。
〔2〕　语出[战国]屈原《离骚》。

而弥笃的,所以似少游洒脱从容,他不能到。

"蓬门未识绮罗香,拟托良媒益自伤。谁爱风流高格调,共怜时世俭梳妆。敢将十指夸针巧,不把双眉斗画长。苦恨年年压金线,为他人作嫁衣裳。"(秦韬玉《贫女》)"为谁消瘦",正有为人作嫁的意思。自家正在懊恼着"燕飞忙"的多事,不似仲明却正夸针压线,在那里憧憬着绮罗香哩!佳人初着罗裳,容光已减,夏日漫漫,怎生得黑?叵耐——

> ……香篆暗消鸾凤,画屏萦绕潇湘。暮寒轻透薄罗裳,无限思量。(《画堂春》)

"众皆竞进而贪婪兮,凭不厌乎求索。羌内恕己以量人兮,各兴心而嫉妒。"[1]思前想后,真是何苦来!稍一因循,便沦入人间的劫运,待到——

> ……帘半卷,燕双归,讳愁无奈眉。翻身整顿着残棋,沉吟应劫迟。(《阮郎归》)

"步余马于兰皋兮,驰椒丘且焉止息。进不入以离尤兮,退将修吾初服。"[2]但心想如此,已不容易,此时此际,已是"落花无可飞"[3]了。这沉吟遂愈加促成消瘦。

---

〔1〕 语出屈原《离骚》。
〔2〕 同上。
〔3〕 语出上引《阮郎归》上阕:"春风吹雨绕残枝,落花无可飞。小池寒绿欲生漪,雨晴还日西。"

如此勾搭贯串地讲下来,似乎堕入了魔道。而且《画堂春》一阕,或刻山谷年十六作,岂不是系风捕影?但无论如何说,少游的性格是可以从罗裳消瘦中体会得出的,我之所以喋喋不休,也无非想弄清楚这一点罢了。

> 莺嘴啄花红溜,燕尾点波绿皱。指冷玉笙寒,吹彻小梅春透。依旧,依旧,人与绿杨俱瘦。(秦观《如梦令》)

指冷笙寒,绿杨俱瘦,更分明见出少游的品格了。他原是在素描一位春日弄笙的女人,一切燕莺红绿、指笙人柳,都是外在的物象,本与少游了无关涉。但这物象透过了他的情思想像才构成此词的意象,这里一切人情物态的形容,只是由他的心窗才可以瞰及的境界;这境界所以跟他的灵性方能有无比的和谐。他还不曾知道那调笙的人芳名儿是莺莺,是燕燕,却已经把自己的性格托付了她;我们也只见少游如观世音化身一般地分明欹坐在那里。也许并不是他(或她),那里原只有一株依依的杨柳,则杨柳即是调笙的美人,也即是少游的魂魄——它无乎在,也无乎不在。

周草窗的"凭问柳陌情人,比似垂杨谁瘦"[1],仅只袭取这里的形貌去,却消失了菩萨顶上的圆光,所以人自人,柳自柳,与少游之作有画工与化工之殊。

南齐武帝植蜀柳于灵和殿前,曰:"此柳风流可爱,似张绪当年。"[2]这一件故事的影子,不知多久了就已投入少游的灵海。水

---

〔1〕　语出[宋]周密《玲珑四犯·波暖尘香》。
〔2〕　《南史·张绪传》作"此杨柳风流可爱,似张绪当年时"。

流湿,火就燥,唯有他最能赏识张绪的风标,最能体认杨柳的情态。此日忽然从指冷笙寒,唤出了人与绿杨俱瘦的影像。"丈人玉立气高寒"〔1〕,相通为有相同处;只缘水到渠成,所以珠圆玉润。陈西麓的"滴入愁心,秋似玉楼人瘦",玉楼只是随便抓来的帮衬,并不带有其人如玉的品格。

少游早已不自知地与柳结不解缘。在他所创作的词里,情与景会而着落在杨柳身上的,十居五六。比较脍炙人口的,如:

> 柳下桃蹊,乱分春色到人家。(《望海潮》)
> 朱门映柳,低按小秦筝。(《满庭芳》)
> 西城杨柳弄春柔,动离忧,泪难收。犹记多情,曾为系归舟。(《江城子》)
> 见梅吐旧英,柳摇新绿,恼人春色,还上枝头。(《风流子》)

都自然而然写出杨柳的风光情态。似此般情辞关注,可不道惺惺的自古惜惺惺!待他意识到瘦的意象时,更加容易联想到柳。"和天也瘦",下面便紧缀着"柳边深巷";"消瘦减容光",先便借着"柳丝摇曳"暗相衬托;"人与绿杨俱瘦",自更不消说了。还有两阕调寄《如梦令》的:

> 门外鸦啼杨柳,春色着人如酒。睡起熨沉香,玉腕不胜金

---

〔1〕 出自黄庭坚《次韵钱穆父赠松扇》:"……丈人玉立气高寒,三韩持节见神山。合得安期不死药,使我蝉蜕尘埃间。"

斗。消瘦,消瘦,还是褪花时候。

　　幽梦匆匆破后,妆粉乱痕沾袖。遥想酒醒来,无奈玉销花瘦。回首,回首,绕岸夕阳疏柳。

这些"着人如酒"的瘦字,直接是在赋那"玉腕不胜金斗""妆粉乱痕沾袖"的人儿,间接可知那门外啼鸦、夕阳绕岸的杨柳,也共离人同瘦;又何须更问,那"柳外青骢别后,水边红袂分时,怆然暗惊"〔1〕的少游!他们是三位一体的,"时女步春"〔2〕的评语,在这一观点上到底又是少游的知己。

　　套用谢康乐的老调,可以说天下的瘦共有一石,易安独得八斗,少游得一斗,其余的一斗,才任古今天下人分取。〔3〕易安之能瘦容八斗,为了她是女孩儿家的缘故。扶头酒醒,险韵诗成,却如拈起金针,随便刺成几片清瘦的花花叶叶,早自有动人怜处;所凭仗的是清癯模样、冰雪聪明、宠柳骄花、绿肥红瘦。少游却将这瘦削的形容,夺胎换骨,变成一种清奇秀美的标格,着人去领受那玉消花瘦、指冷笙寒。

　　几年前,我曾援张三影的前例,奉与易安一个雅浑,称作"李三瘦",想易安复生,也当领首。现在又以三瘦为题,拉扯到少游身上,岂不又要增加一位秦三瘦?却无须。还是让易安专美的好,何况少游的瘦又是变了质的。记得易安因张子韶对策有桂子飘香语,

---

〔1〕　语出秦观《八六子·倚危亭》。
〔2〕　出自[宋]敖陶孙《臞翁诗评》:"秦少游如时女步春,终伤婉弱。"
〔3〕　可参见[宋]《释常谈》:"谢灵运尝曰:'天下才有一石,曹子建独占八斗,我得一斗,天下共分一斗。'"

曾嘲笑他说:"露花倒影柳三变,桂子飘香张九成。"〔1〕竟成的对。我也试写两句,作本文的收束语:"绿肥红瘦李清照,指冷笙寒秦少游。"未知可能与露花桂子并韵齿颊不?

1948 年 11 月

---

〔1〕 出自〔宋〕陆游《老学庵笔记》卷二。

二六 新诗与前瞻

新文学运动从苗生到现在有二十几年,它发展得很快,看光景似乎可以"三十而立"了。顽固者反对的议论不再在耳边絮聒,到了自己冷静下来检讨自家的阶段,所以近年来抱着"春秋责备贤者"的善意而立论的渐渐地增多起来,这是可庆幸的,也是可忧惧的。检讨过去才可以筹策将来,这里预启着"百尺竿头,更进一步"的朕兆;自己的眼睛看不清自己的睫毛,这里又潜伏着"医不自医、卜不自卜"的危机。

郭绍虞先生说:"一种文学革命所引起的新文体,假使尚未达到完全适用,便不能说是此种运动之成熟。在现在,白话文是文艺文,而文言文是应用文,所以犹有它的残余势力。……新文艺运动虽只有二十年的历史,而我们却不妨希望它早熟——希望它早从文艺的路走上应用的路。"(《新文艺运动应走的新途径》)郭先生是由文学史上认识了这一点,自是很正确的。但若仔细地来估量一下今日的白话文学创作,似乎在其为文艺文这一点上,还令人不免有"早熟"之感;若想推广它的领域,囊括了应用文,怕又要有第二个"早熟"等在那儿了。

冯友兰先生说:"在新文学作品中,新诗的成绩最不见佳。因为诗与语言的关系,最为重要,于上所举例可见。作新诗者,将其诗

293

'欧化'后，令人看着，似乎是一首翻译过来底诗。翻译过来底诗，是最没有意味底。因为有这些情形，所以所谓新文学运动，并没有得到它所期望的结果。"（《新事论》）任谁都知道，诗是最精纯的文字，它在文学的各部门里边是一向——也会永远——雄踞着王位的。它是文学中之大国，其他如戏剧、小说、散文等，都不过是它的附庸。自从文学革命以来，小说、散文等都比较地有些成就，独有新诗似乎终于还在"尝试"中，内容和形式都还没有确立一种规模。这是畸形的进展，而新文学界就是这样地像无头蛇一般蠕动着，盘旋着。

叶绍钧先生说："孟实先生说，'一切纯文学都要有诗的特质'；推广开来，好的艺术都是诗，一幅图画是诗，一座雕像是诗，一首曲调是诗，一节舞蹈是诗，不过不是文字写的罢了。要在文学跟艺术的天地间回旋，不从诗入手，就是植根不厚。"（朱光潜先生著《我与文学及其他》一书的序文）我再"推广开来"地说一句：新文学发展中，偏是这擅据着王位的新诗暗默着没有声气，正是新文学植根不深。树根不深，枝叶是难得繁盛的；偶尔它的枝叶扶疏茂密了，反而会有倾覆的危险，便愈加不幸了。

一定要新诗的体式确定了之后，"在文学跟艺术的天地间回旋"着的人们，他们的深挚的感情和高洁的思想，才有所附丽。直接而精练的，便自然会创造出新体诗歌；或者借助于表情身势与语言歌唱，便自然会创造出歌剧与话剧；或者把戏剧的衣冠改为文字的描写，便自然会创造出小说；或者要脱却诗歌与小说上种种的限制，而要自由地去抒写内在的情思，便自然会创造出散文。至于一个作家情思方面的涵养和锻炼，当然又离不开要有"诗"意——尤其是新的诗意；如叶先生之所云从诗入手，植根才会厚的。

　　目前新文坛上的情形，却正在倒行逆施着！小说和散文像是有绚烂的外表，而有不少的作品是这外表就是它的全部的。戏剧掉过头去做了小说的附庸——只有话剧，没有歌剧，供给着趣味，表襮着技巧，内容有些也是虽"传奇"而实是枯槁的。这些文艺作品的背后，寻不见有"诗"的特质。新诗呢，不生不死地僵在那儿了。这光景，正像一个苹果，长得还没有胡桃大，种子核儿（新诗）已经结得坚韧了，却不一定孕育生机；果肉（戏剧）受不到核心的滋润，反为表皮所拘束着，是干瘪的；只有果皮（小说、散文）却朱红得爱煞人：这不正是"早熟"的象征吗！

　　因此，许多新诗人都关闭了他们灵感之府，走向"附庸"之路了。仍在努力着的，也为了限于天才与功力，做得像样分儿的仅有些，建树起旗帜的似乎还没有。十之五六是学步邯郸，今天写一首"十四行诗"，明天又是"象征派"，盗弄欧西诗歌的躯壳，而失去了灵魂。这是新文艺绝大的损失，也是新文学运动没有更大成就的主因。

　　郭先生又说："口头的话与笔底的文既不能十分符合，所以可以古化，同时也可以欧化。古化，成为古文家的文；欧化，也造成了新文艺的特殊作风。白话文句式假使不欧化，恐怕比较不容易创造它文艺的生命。"这些话稍有些"以道殉乎人"〔1〕。不能吸收欧西的长处，只是为人家所"化"了，"不似则失其所以为诗，似则失其所以为我"〔2〕，正是新文艺的致命伤；批评的人是不该再曲为之辞

----

〔1〕　出自《孟子·尽心上》："天下有道，以道殉身；天下无道，以身殉道。未闻以道殉乎人者也。"
〔2〕　语出顾炎武《日知录》卷二十一《诗体代降》。

的。冯先生说:"不幸自民初以来,有些人以为所谓新文学应即是欧化底文学,而且应即是这一种真正底、单纯底欧化文学。他们于是用欧洲文学的花样,用欧洲文学的词藻,写了些作品;这些作品,教人看着,似乎不是他们'作'底,而是他们从别的语言里翻译过来底,不但似乎是翻译,而且是很坏底翻译,非对原文不能看懂者。我们于上文说,文学作品是不能翻译底。隋唐译佛经底人向来即说,翻译的工作,如'嚼饭喂人',是个没有办法底办法。翻译的东西,向来不能教人痛快;这些似乎是翻译底东西,更'令人作三日恶'。"〔1〕新文艺的各部门中,诗是尤其不可翻译的,而在今日却要推新诗为尤其欧化,所以它的成绩也便"尤其"不佳了。

不过我们不要误解,以为生在现代还可以关起门来不管什么欧风美雨,从既往的诗歌中依旧可以不假外力地揣摩出新的"花样",这"花样"又会切合时代的需要。这是不可能的。冯先生说:"普通所谓文学中的欧化,有一大部分亦不是欧化,而是现代化。在现代,我们有许多新底东西、新底观念,以及新底见解,因此亦有许多新名词、新说法。我们现在底人说底或写底言语中有新名词新说法,乃是因为我们是现代底人,并不是因为我们是欧化底人。"〔2〕这里容我来夹杂一句解释的话:现代之所以为现代,虽然不是——也不该是——全盘的欧化,但影响是多少要受到一些的,采撷吸收它们也是应该的;不过"文"格要独立,中国的新诗要表现出有中国人的情思在做着它的主人!

诗、词、曲的时代都过去了,"旧瓶盛新酒"只是骸骨迷恋者的一种梦呓。可是文学仍然有它的历史性,向前走路的人有时也需要

---

〔1〕〔2〕 语出冯友兰《新事论》第八篇《评艺文》。

回过头去看一看的,更何况现代文学家的躯体中还流着得自遗传的血液呢?"抽刀不能断水",作新诗的人对于本国过去有韵文字若是丝毫也没有下涵泳的功夫,他会遭遇到失败的。同时为了近代各族文化互糅的缘故,你只是抱残守缺地灌溉本国的旧根株,希望它能放出时代的新花朵,恐怕也要徒劳。新诗它需要有崭新的形式与现代的内容,取资于外国诗歌之处也显见是很多的。

郭先生又说:"新文艺有一点远胜旧文艺之处,即在创格。所谓创格,也即是无定格。"这话深浚了"文体解放"的含义,此次文学革命之所以得成功,正仰仗着这"创格"的彻底。可是天地间的事往往是"祸兮福所倚,福兮祸所伏"的,美点在哪儿,弱点时时也紧跟着它。"无定格",所以诗体解放了;"无定格",所以新诗直到现在也没有建立起一种规模。新诗不拘字句的多寡,不管音韵的调协,所以许多新诗都像是把散文的句子,简短地、错落地横着写下来的一般。诗与散文的分别,应该只是写法的不同吗?诗,不单是用眼的艺术,也要用耳的。用耳,便要注意声音之美。中国的语文是单音系,所以过去自然地走向音内再求声韵平仄的协调,造成独特的声韵之美的格律(如律诗、骈文等)。现在"变"是应该的;一切都不管便不免要滋流弊了。任什么都不管的结果,不但"质胜文则野"[1],并且由于文的粗制滥造,可以影响到它的质也属于生糙的情感。这样,再凭借着什么来打动人心?就算你自己抒情罢,也要有个"低徊要眇,以喻其致"[2],不该拾到篮中便是菜的。因此,这

---

〔1〕 出自《论语·雍也》:"质胜文则野,文胜质则史。文质彬彬,然后君子。"
〔2〕 出自张惠言《词选序》:"极命风谣里巷男女哀乐,以道贤人君子幽约怨悱不能自言之情,低徊要眇,以喻其致。"

"无定格"三个字到今日似乎也该考虑一番了。

朱光潜先生说:"'武帝植蜀柳于灵和殿前,常曰:此柳风流可爱,似张绪当年。'几句散文本极富诗意。王渔洋在《秋柳》里引用这个典故,造成'灵和殿里昔人稀'的句子,便索然无味。"(《文艺心理学》)这是含咀之余得来的结论,我们应该都有同感。但是不能因此便推衍着说:"诗所重的只在它的意境,形式是无关宏旨的。齐武帝的言辞的记载是散文而不妨有'诗意',王渔洋的诗句虽具诗的形式,而像'散文'一般的索然。"原来"此柳风流可爱,似张绪当年"句,它有诗的感情,所以动人;"灵和殿里昔人稀"句,便因使事的缘故,丧失了原有的情感,所以味同嚼蜡。这是就着它的质(内容)说。至于它的文(形式),我们读到后者,自然晓得它是七言诗句;读到前者,本是散文的句子,而感到为诗意所笼罩了的,于句中的词汇和排列上都有关系。假如删去"风流"两字,而把"当年"两字再提到前面去,改作"此柳殊可爱,有似当年之张绪者",便不见有"奢遮"诗意了。因为"风流"两字一方面虽是"凝衿素气,自然标格"〔1〕的张绪的的评,一方面也足以唤起人们"大江东去,浪声沉,千古风流人物"〔2〕一类的联想;"当年"两字一方面既已写出"以德贵绪""赏玩咨嗟"〔3〕的武帝的情怀,一方面也可以引起"止应摇落尽,不必问当年"〔4〕一类的联想。尤其是"风流"和"柳"连接起来,而落到张绪身上,这种睹物思人的情感既是美的题材,这种联想的构成——再借助于词汇的嵌饰——也配搭成诗的素底。至

〔1〕 语出《南齐书·张绪传》。
〔2〕 出自《容斋随笔》所载黄庭坚手书本苏轼《念奴娇·赤壁怀古》。
〔3〕 语出《南史·张绪传》。
〔4〕 语出[清]纳兰性德《临江仙·卢龙大树》。

于把"当年"两字缀在句尾,合于旧日诗词的安排;而这句中平仄字的排列为"仄仄平平仄仄,仄平仄平平",也合于浮声切响的比错,便不待说了。可见这几句"散文"之所以"极富诗意",内容和形式都分肩着这美的因素的。

它所富的诗意,可以说是旧的诗意,而不是新诗的。因为它词汇的安排、形式的组织,仍是旧诗的。假如我们把它翻译成白话:"这棵杨柳的样子风流可爱,像是过去的那人儿——张绪一般。"它的"诗意"恐怕便要贫乏得多了。新诗需要有新的内容和新的形式;这翻译的句子却是既丧其质又乏其文的,所以不能认它作诗。

这一点也从侧面说明了文学革命的必要,不革命便只能陈陈相因地走向坟墓去。但是无论怎样"革命",也不该革了自己的命。中国的语言文字,有它的特点,文学的美多少要借语文特殊的地方作它的基石的。"尝试"之后,往往是一种新形式最适宜于宣达一种新情思。这种形式不该是漫无规律的,要有一个合适的定格,才能教人涉其涯际而浸淫深入。形式确立了之后,抒写情思的人便可以自由自在地涉想与表现了。这样才吻合了"继事者易为,后来者居上"的道理。今日的新诗,受了"无定格"的累,虽说可以"说自己的话",但诗并不只是"说话"。谁也没有个准稿子,每逢创作一篇诗歌,便等于创立一种体制。希冀着它能达成美的条件,无奈等于不依着规矩去画方圆,"使尽了平生的力气画圆圈。他生怕被人笑话,立志要画得圆,但这可恶的笔不但很沉重,并且不听话,刚刚一抖一抖的几乎要合缝,却又向外一耸,画成瓜子模样了"[1]。这样,知道它吓退了多少半途而废的诗人,知道它屈杀了多少可以

---

[1] 语出鲁迅《阿Q正传》。

有成就的天才？我们试着把质性近似的旧诗词曲和新体诗歌比较着去读时，往往可以发现旧日有定型的诗词多半是驾轻就熟的、省力的、自由自在的；而无定格的新诗却多半是捏手捏脚的、吃力的、扭捏造作的，这些都不关作者的情思，我疑心是形式问题从中作梗。形式的固定与否是在给诗人以一种怎样大的方便或是障碍啊！

我要声明的是，我并不是迷恋着死的文学的人，也不是在讥讪着新诗人的才力不逮，仅只是在痛惜着新文艺的"早熟"。很多人创作新诗在漫无目的地尝试，走马灯式地团团转，并不想找出一条道路来。有的才在尝试便自许成了功，无头苍蝇般地乱飞乱撞，撞到什么写什么，横的竖的都谥之为新诗。美其名为只管耕耘，不问收获，实际却是只受恭维，不听劝诤。从事批评的人又怕担着"反革命"的骂名，"三复白圭"〔1〕，或是顺情说好话。以致这新文艺中据着王位的诗坛，二十几年还是无人做主！

蒋百里曾经称赞过一首诗，说是中国青年的思想，因了抗战的关系，渐次地进步了。那诗是——

战地与秋收

快快成熟起来吧，
让一粒一粒谷子填实我们前方将士的肚皮，
增强他们杀敌的精力。

……

禁不住幻想把两臂张成天罗地网一样，
护卫起今年这些绿油油的新稻，

---

〔1〕 出自《论语·先进》："南容三复白圭，孔子以其兄之子妻之。"

　　不再叫那些野兽掠劫去!

青年们的视野扩展了,不只再注意他们自己的身边事,或者描绘些风花雪月,倾吐些无名的悲哀。伟大的时代背景已经由新诗中反映出来,这首诗的朴忠真是值得赞叹的。不过我读到它时,不免有"几句散文极富诗意"之感,没有恰当的形式来辅佐着它,它只能给我们看见一块未经琢磨的完璞。

　　在文字变革的过渡期间,这情形是必然的。新诗和旧日的诗词完全脱了节,便难于创造出一种新而美的形式。情思受了大时代的激荡,尽管可以显现出它的伟大,但是"伟而丽"是一时尚难臻的。这文质不能并茂的原因,归根结蒂只有一句话:从事于新文学创作者,有志于"开来",而忽略了"继往"。

　　冯先生说:"至少自唐宋以来,中国本已有语体文。讲学底人写语录用他;文学家写小说词曲用他;普通人写书信用他。这种语体文自唐宋以来,已经为思想家、文学家,以及普通人所普遍地使用。所谓国语底文学及文学底国语本来是已有底,而且本来是很普遍流行底。近人虽努力作语体文,而尚没有《水浒传》《红楼梦》等伟大纯文学作品出来,很少有如《杨椒山教子书》等可以感动人底文章出来。就这一方面说,民初的文学革命运动是继往。……民初文学革命的开来的方面,即是它说:语体文亦是正式文体,而且应该是以后惟一的正式文体。在以前语体文是非正式文体,所以可用以写语录而不可用以写论文,可用以写家书而不可用以与师友写信。在以前语体文是非正式文体,所以用语体文写底文学作品,都是'闲书',不能入高文典册之列。文学革命以后,语体文成为正式文体,所以在这些方面,都翻案了。就这一方面说,民初的文学革命是开来。……此外还有语体文'欧化'一端,似亦可列入民初文学革命的开来方面。不过这一端并不是文学革命开底。我们于第八篇《评艺文》中说,所谓欧化大部分是现代化。现代人说现代事,其说底方法及形式自不能不有新花样。所以自清末以来,中国的语文,已经开始现代化了。梁启超的文章,固已充分现代化,即严复的文章,亦不是真诸子、真桐城。所以这一端,民初文学革命,虽扬其波,而不是开其源。于此我们要注意底,即民初的文学革命运动,若不是有继往这一方面,它不能有它所能有底成功。……就以上所说,我们可见,社会上底事情,新底在一方面都是旧底的继续。有继往而不开来者,但没有开来者不在一方面是继往。"〔1〕这是就新文学运动的发展一方面说,它既能继往,又能开来,所以这运动成功了。但若就新文艺的内容说,我们感到它扬欧化之波的工作做得很够,这只能说是部分的继往(因为它"虽扬其波,而不是开其源")与片面的开来(因为它太偏于"欧化");至于承接"中国文化的一脉薪传",大家努力的火候还差得远。也许这便是"近人虽努力作语体文,而尚没有《水浒传》《红楼梦》等伟大纯文学作品出来"的原因。开来者,忘记了在一方面去继往,所以不能有它所能有的成功。新文艺中的新诗,这种缺憾尤为显著,因之它的成绩也便最不见佳。过去尝试的路子已经走向牛角尖儿里去了,应该转换一个方向走。

这儿原是十字路口,你该"凡事回头看"地在纵的方面观察我国诗歌的流变史,多多地含咀前代的作品,再"左右采之"〔2〕地在

────────────

〔1〕 语出冯友兰《新事论》第十篇《释继开》。
〔2〕 出自《诗经·周南·关雎》:"参差荇菜,左右采之。"

横的方面采撷欧西诗歌的菁英,来辅助完成新诗的形式与内容的创
造。这交叉点才是起脚点,你勇往直前地走向前去吧,这时凭依着
你诗歌创造的天才,会蔚成伟大的作品的。

诗人们只是凭借着他们的"烟士披里纯"而创作,批评者的意
见向来是为他们所唾弃的。我这一番粗浅而近于常识的话,只想说
给一般有志于试作新诗的学习者。别再去学卞和的抱璞哀号吧,珍
惜着自己的两只脚,选择一条正确的路去走;训练自己的技巧,做一
个理玉的工匠,把径尺之璧磨琢出来,才是新文学界的硕果。

1945 年 4 月

索引

张仲素

韩愈(昌黎)

刘禹锡(梦得)

后记

借着《中国文学欣赏发凡》的出版，我写下本文来纪念祖父，并希望能够和大家分享一些我生活中的他。我和祖父并没有见过面，幼年时期对他的印象主要来自客厅悬挂着的大幅黑白照片，以及在院子里玩耍时听一些老人对别人讲"这是傅先生的孙子"等等谈论的内容。除此而外，在很长一段时间里，我对祖父并没有太多的印象。随着年纪增长，我知道了他更多的事情：少年无忧无虑的"纨绔"生活、曾祖父去世后青年发奋的日子、中年遭受迫害时的无奈以及晚年依旧固守的身影。他的境遇使我对这个行当有些望而却步。虽然我读过他的著作并参与过一些出版的文字工作，但是我并没有选择"继承家学"来攻读与文学相关的科目，甚至还有些抵触。我还记得在中学阶段，有位喜爱祖父作品的老师，在课堂检查时，对没有背过《归去来兮辞》的我说："出身书香门第，愧为文人之后。"不过我并没有过多地在意这类事情，也没有体会到多少祖父带给我们家庭有关"学问"以外的东西。但是逐渐地，读祖父的著作给我的教育是在文学欣赏之外的，更多地体会到人生的价值和做人的道理。

在讨论《举隅》再版时，连父亲都会认为祖父的书已经有些"不合时宜"了。随着社会的发展，在学习传统文化的热情跌入谷底的今天,快餐式的读物好像更符合现今的需求。那些被竞争激烈的世界洗礼过的灵魂更需要"简单粗暴的情感宣泄"。这么看来这本于七十多年前问世的文学读物所能拥有的受众群可能会相当有限。过去的社会还没有那么浮躁,人们还有心情和闲暇来慢慢地体会这些非纯娱乐性读物。可是在高举"管理主义"和"实用主义"大旗的现今社会,国内的高等教育似乎有些偏离了方向。那些本应该来学习如何生活的人逐渐被搬"敲门砖"的短工取代。《礼记·文王世子》提到"师也者,教之以事而喻诸德者也";教育本是通过教书手段来达到教化人心的过程,不幸的是,有些教育者渐渐忘记了自己在传授技能之前的身份是人类精神世界的工程师。最终这些教育者和他们的学生一起沉沦于反方向的漩涡中:学术造假,论文抄袭,拉帮结派,攀附权贵,商演走穴。这些学生眼中"事业成功"的大师每天游走于学术的边缘并无情地痛击着学术圈最后的尊严。最终真正埋首研究的人们因为不懂"江湖规矩"被一步步边缘化,而"左右逢源"的代价便是加入那个世界从而保证利益关系者的集体安全。也许这就是我们过分强调智育教育的结局,爱因斯坦曾经说过单纯智育教育将直接损害社会的伦理教育。钱学森对教育界发出最后一声呐喊后,那个世界依旧循着相左的方向扬长而去。

本次新近整理的《发凡》部分,有多篇文章都以祖父——一个教育工作者的角度来讲述那个时代的高等学府:以教授治学为主的学术氛围、以教书育人为纲的学术思想、以德才兼备为荣的学者风范和以诲人不倦为本的师生之情。这些都值得每个人去反思接受教育的真正意义以及国内教育的现状,特别是传统文化相关科目教育的迷失。

如今,我从祖父那里得到的并不仅仅是书香门第的名号,或者是他那沉甸甸的著作，接过的更应该是那值得珍视和传承的精神遗产。我相信他更愿意看到他的后人能够先作为周而不比的君子立于世间；他也用他一生的奋斗诉说着如何去努力地生活。这也应了当我出生之后，父亲因祖父的秉性，为我取名为"侃"，并非希冀我能言善辩地侃侃而谈，而是取其刚强正直之意。

傅　侃

2017 年 2 月于望云楼